信長　暁の魔王

天野純希

集英社文庫

目次

序章　黎明　9
第一章　大うつけ　15
第二章　弾正忠家崩壊　87
第三章　血族相剋　155
第四章　兄と弟　227
終章　覚醒　323
解説　末國善己　366

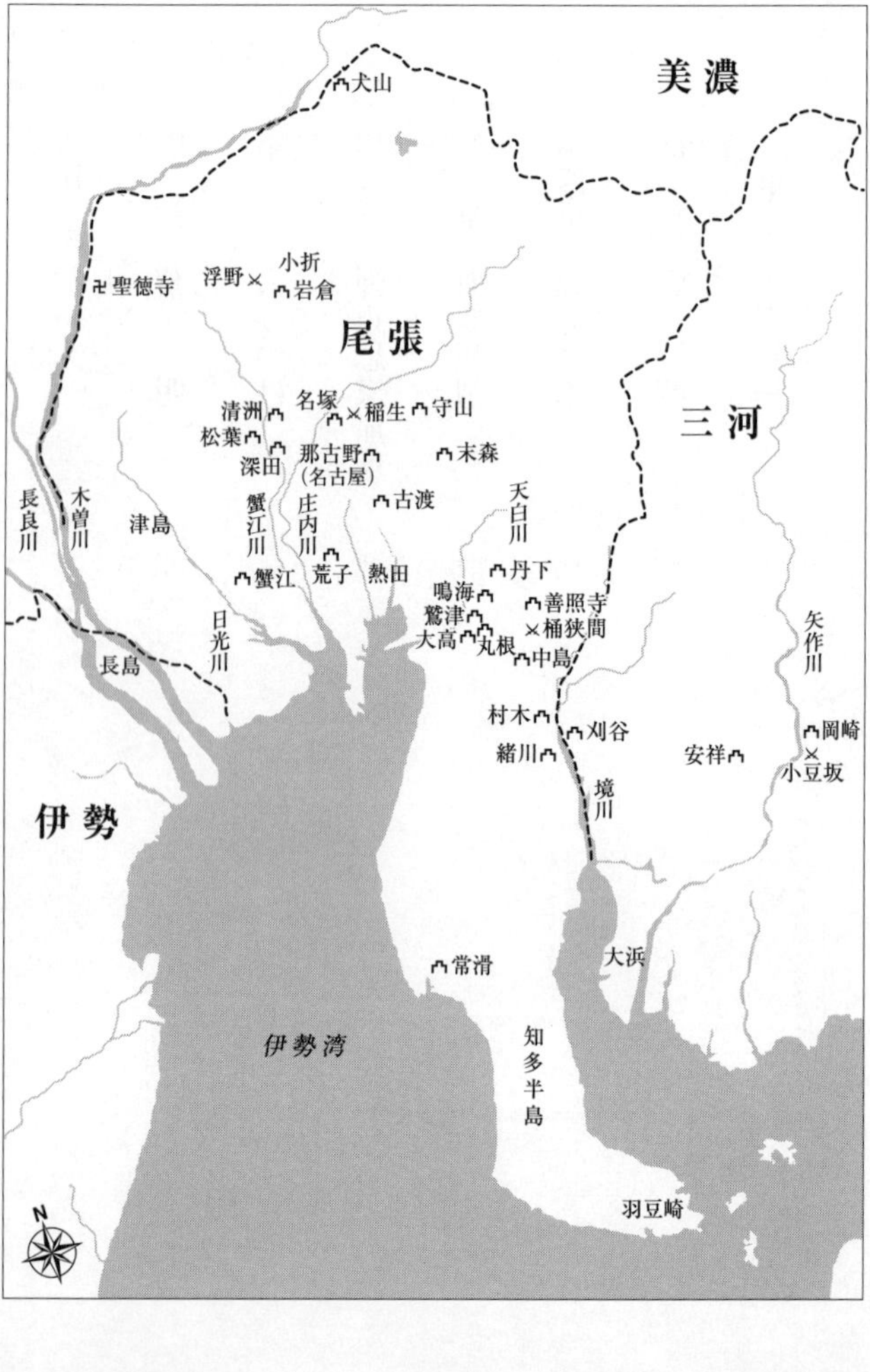
美濃
犬山
浮野
小折
岩倉
聖徳寺
尾張
三河
清洲
名塚
稲生
守山
松葉
深田
那古野
(名古屋)
末森
古渡
長良川
木曽川
津島
蟹江川
庄内川
天白川
蟹江
荒子
熱田
丹下
鳴海
鷲津
善照寺
桶狭間
大高
丸根
中島
日光川
長島
矢作川
村木
刈谷
岡崎
緒川
安祥
小豆坂
境川
伊勢
大浜
常滑
伊勢湾
知多半島
羽豆崎
N

織田氏略系図

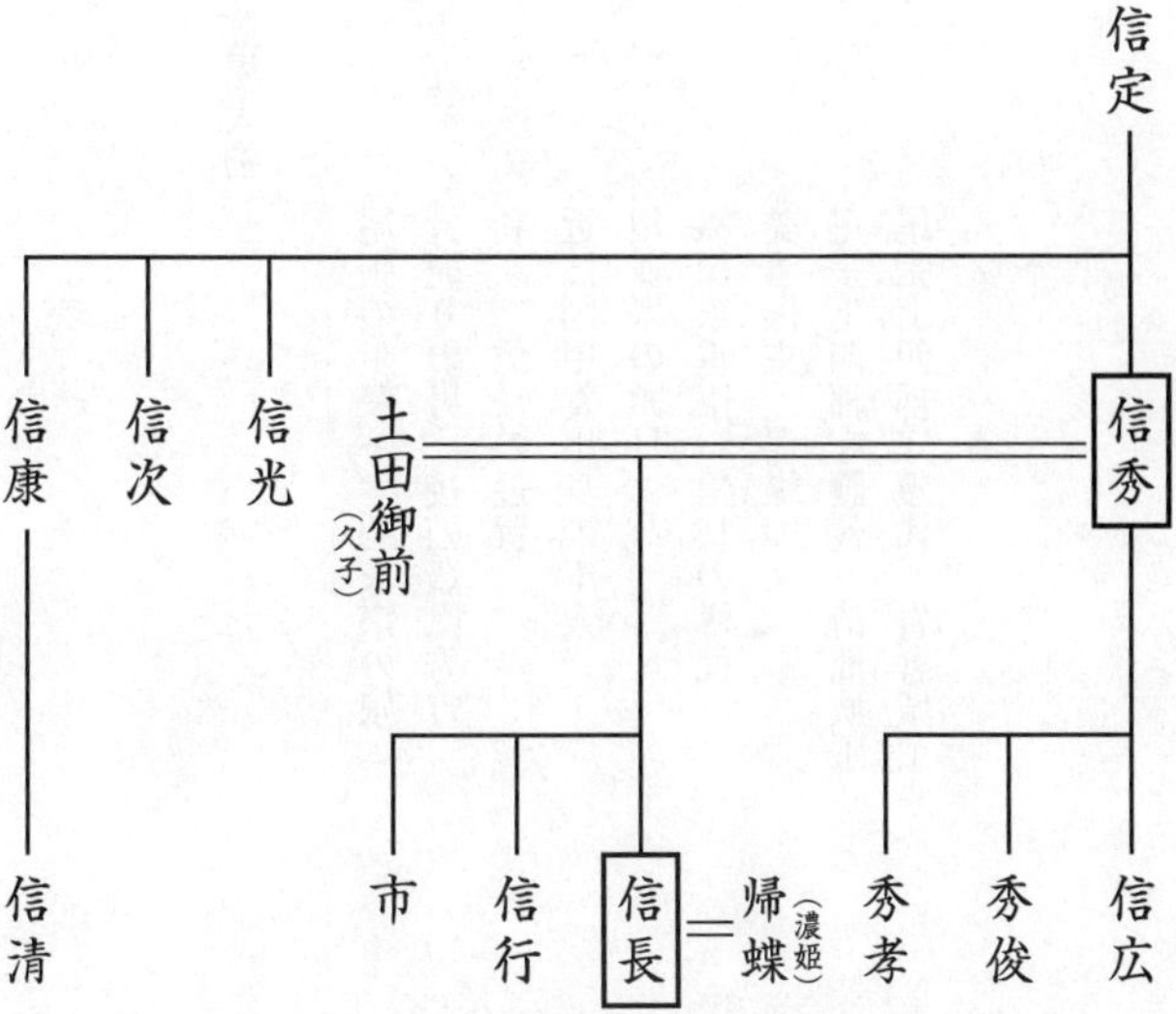

その他の登場人物

吉乃　　　　　　　尾張の土豪・生駒家宗の娘
藤吉郎（日吉丸）　針売りの男　後の豊臣秀吉
前田犬千代　　　　利家　信長の近習
滝川一益　　　　　近江国甲賀出身の牢人
蜂須賀小六　　　　川並衆の頭目
平手政秀　　　　　織田家重臣　信長の傅役
斎藤道三　　　　　美濃国主　帰蝶の父
織田大和守　　　　尾張下四郡守護代　清洲城主
織田伊勢守　　　　尾張上四郡守護代　岩倉城主

信長　暁の魔王

序章　黎　明

この世に生まれ落ちた刹那のことを、今も覚えている。

そう話すと、誰もが笑った。そんなことがあるはずがない。きっと、夢の中で見た出来事を、本当にあったことと思い込んでいるだけだ、と。

だが、あれは断じて夢などではない。暗く、しかし温かい場所から引きずり出され、やわらかな産着にくるまれたあの感触は、今もしっかりと残っている。

無論、まだ目は開いていない。それでも、自分が眩《まばゆ》い場所に出てきたということはわかった。そしてこの耳で、母が放った言葉を聞いた。その時は意味などわからない。だが、母は泣き叫ぶような声で、はっきりとこう言ったのだ。

おぞましい。その赤子を今すぐ殺せ、と。


清洲城《きよすじよう》奥御殿の寝所で、織田上総介信長《おだかずさのすけのぶなが》は目覚めた。

夜明けまでにはまだ間があるが、梅雨《つゆ》の最中《さなか》とあって蒸し暑い。小袖は汗に濡《ぬ》れている。

寝所には、信長一人だった。独りで眠ることには慣れている。正室は信長のもとを去り、側室たちはそれぞれの実家にいて、この城には置いていない。

枕元の水差しを取り、一口飲んだ。

そろそろ、時か。夜具をはねのけて立ち上がり、宿直《とのい》の小姓《こしょう》に短く命じる。

「具足」

慌てて駆けていく小姓の足音を聞きながら、主殿の表座敷へと向かう。

座敷に人の姿はない。昨夜は今川《いまがわ》軍来襲の報を聞いて重臣たちが集まっていたが、軍議とは名ばかりの雑談を延々と続けた挙句、深更近くになってそれぞれの屋敷へと追い返したのだ。いつになく多弁な信長を見て困惑する者もいれば、露骨に嘆息を漏らす者もいた。

「勝てるか」

誰の耳にも届かないほどの声で、呟《つぶや》いた。

駿河《するが》、遠江《とおとうみ》、三河《みかわ》を領する今川勢は、四万五千と号している。実数でも、二万から二万五千というところだろう。味方は、どれほど掻《か》き集めても五千に届かない。そのうちの半数を重臣たちが握っているが、誰が今川と内通しているかもわからない現状では、動かすことができなかった。できる限りの手配りはしてきたが、兵力差はあまりにも大きい。

ふっと息を漏らし、小さく笑った。勝たねば、この首が飛ぶだけのことだ。

扇子を抜き、腰を低く落とした。丹田に力を籠《こ》め、低く声を出す。

人間《じんかん》五十年　下天《げてん》の内をくらぶれば　夢幻《ゆめまぼろし》のごとくなり
一度生《ひとたびしょう》を得て　滅せぬ者の　あるべきか

舞い終えると小袖を脱ぎ捨て、運ばれてきた具足を身につけた。立ったまま湯漬けを掻き込み、厩《うまや》へ向かう。曳《ひ》き出した馬に跨《またが》り大手門を出る。従うのは、佐脇藤八《さわきとうはち》、岩室長門守《いわむろながとのかみ》ら、わずか五騎の近習《きんじゅう》のみ。いずれも、〝尾張《おわり》の大うつけ〟と呼ばれていた頃からの付き合いで、気心は知れている。

清洲の町は、まだ寝静まっている。人気《ひとけ》のない通りを、百姓姿の小男が駆けてくるのが見えた。

「申し上げます」

小男が、馬前に進み出て跪《ひざまず》く。

「丸根《まるね》、鷲津《わしづ》の両砦《りょうとりで》を囲む今川勢に動きあり。間もなく攻め寄せてまいるものと存じまする」

「義元《よしもと》は？」

「いまだ沓掛城《くつかけじょう》に」

「猿、大儀であった。今後も目を離すな」

へへっ、と大仰に頭を下げ、男が駆け去っていく。

「まずは、熱田《あつた》へ」

命じ、信長は馬上から振り返った。束《つか》の間《ま》、薄闇の中に浮かぶ清洲の城を眺める。今川などどうでもいい。本当の敵は、この城の中にいる。

手綱《たづな》を引き絞った。高く嘶《いなな》きを上げ、馬が駆けはじめる。月と星の明かりで、走らせるのに支障はない。近習たちも、遅れずについてくる。

夜明け前の冷えた気が、頬を、全身を打つ。体の中の奥深い場所で、何かが目を覚まそうとしている。

血が見たい。唐突に思った。

戦場に出ればすぐに見られると、抗《あらが》い難い衝動を抑え込む。敵か味方か、あるいは己の血か。いや、思い描いた通りの戦ができたなら、勝てるはずだ。

生きて清洲に戻ったら。馬を駆けさせながら、信長は思った。

俺は、この手で母を殺す。

第一章　大うつけ

一

激しく床板を踏み鳴らしながら現れた吉法師《きつぽうし》の姿を一瞥《いちべつ》し、上段の間に座る久子《ひさこ》は思わず腰を浮かしかけた。

尾張古渡城《ふるわたりじよう》、大広間。久子の隣にはこの城の主《あるじ》、織田弾正忠《だんじようのじよう》家当主信秀《のぶひで》が並び、左右には一族、家臣がずらりと居並んでいる。

「近《ちこ》う」

信秀の声に応え、吉法師が立ったまま中央に進み出る。自身に注がれる視線も意に介さず、立てた小指を鼻の穴に突っ込んだ。

口から飛び出しそうになる罵声《ばせい》を呑《の》み込み、久子は吉法師を見据えた。

色白の細面。鼻筋高く、やや切れ長の両目も父の弾正忠信秀によく似ている。美男といってもいい面立ちは、吉法師がまぎれもなく織田家の血を引くことを示していた。

だが、問題はその出《い》で立《た》ちだった。

両袖をちぎった湯帷子《ゆかたびら》に半袴《はんばかま》、帯代わりに締めた荒縄には瓢簞《ひようたん》や皮袋をいくつもぶら下げ、派手な朱鞘《しゅざや》の刀を差している。髪は茶筅《ちゃせん》のように高々と結い上げ、これも派手な朱色の紐《ひも》で結んでいた。

噂《うわさ》には聞いていたが、さすがにこの格好でやってくるとは思わなかった。時と場所をわきまえないにも程がある。

これが、尾張一の実力を持つ織田弾正忠家の嫡男なのか。あまりの見苦しさに、居並んだ家臣たちは誰もが顔を顰《しか》めている。その非難の目が実母である自分にも向けられているような気がして、久子は怒りと羞恥《しゅうち》に身を震わせた。

救いを求めるように、視線を隣に向けた。だが夫の信秀は、我が子の奇矯な出で立ちを叱るでもなく、頬を緩めてさえいる。

久子より七つ年長の信秀は、当年三十六。文武に秀で、主筋《しゅうすじ》に当たる守護代の清洲織田家や、さらにその主君である尾張守護の斯波《しば》氏をも凌《しの》ぐ勢力を築いている。近年は他国へも活発に兵を出し、西三河の安祥《あんじょう》や美濃《みの》の大垣《おおがき》までも勢力下に収めていた。

「何を突っ立っておる。座るがよい」

信秀が声をかけた。返事の一つもなく、吉法師は憮然《ぶぜん》とした表情のままどっかと胡坐《あぐら》をかく。その不遜な態度に、家臣たちは嘆息を漏らした。十三歳にもなって、まるで礼法が身についていない。久子が睨《にら》み据えると、傅役《もりやく》の平手政秀《ひらてまさひで》が恐縮しきった面持ちで頭を下げた。

「なかなかに面白きなりをしておる。そなたのことじゃ、何ぞ意味があるのであろう?」

この場で頬を緩めているのは信秀だけだった。だが吉法師は、無言のままそっぽを向いている。

「も、申し訳ございませぬ。若殿は……」

しわがれ声を張り上げる平手を「よい」と制し、信秀はあくまで穏やかに語りかける。

「答えとうなければ、無理に訊《き》きはせぬ。だが、装束は改めてもらわねばならんぞ。今日のために、斯波の御屋形《おやかた》様をはじめ、清洲の守護代殿もおいでになる。そのなりでは、烏帽子《えぼし》をかぶっても格好はつくまい」

執り行われるのは、吉法師の元服の儀だった。夫はこの日のために親交のある僧侶《そうりょ》に多額の銭を積み、吉法師の実名を選んでもらっている。

「織田三郎《さぶろう》信長。これより、そなたはそう名乗るがよい」

「……信長」

確かめるように、吉法師が呟く。

「よき名であろう。いずれはその名を天下に轟《とどろ》かすよう、精進いたせ」

傅役たちに促され、吉法師改め三郎信長が退出していく。見送る信秀の顔は、どこか満足げだった。

「殿。もっときつう叱ってやってもよかったのでは？」

小声で言うと、信秀はかぶりを振った。

「好きにさせておけ。無理に改めさせたところで、性根までは変えられぬ」

「されど、もしも方々《かたがた》の前で粗相でもあれば……」

「その程度のことはわかっておろう。あれは、わしの顔を潰《つぶ》すような真似《まね》はせぬ」

久子や家臣たちの危惧《きぐ》をよそに、元服の儀は滞りなく行われた。

式には、尾張守護の斯波義統《よしむね》や、信秀の直接の主筋に当たる清洲の織田大和守《やまとのかみ》、昨年に信秀と同盟を結んだ西三河の水野信元《みずののぶもと》ら、錚々《そうそう》たる顔ぶれが揃《そろ》った。正装に着替えた信長は斯波義統から烏帽子を授けられ、三郎信長の実名披露も行われた。

その後に開かれた宴《うたげ》は盛大なもので、膳には贅《ぜい》を尽くした料理が並んだ。信秀は終始上機嫌で、誰彼《だれかれ》となく手ずから酒を注《つ》いで回ったほどだ。もっとも、元服した当人は相変わらず笑顔の一つも見せず、決められたことを淡々とこなしているだけのように見えた。

「何とか、つつがなく終わりましたな」

珍しく酒を過ごした信秀とともに寝所に戻り、久子は言った。

「方々の前で見苦しき振る舞いをいたさぬか、気が気ではございませなんだ」

「申したであろう。あれは、わしの顔を潰したりはせぬ」

直垂《ひたたれ》姿のままごろりと横になった信秀の頰は、すっかり緩みきっている。

「なれど、民草《たみくさ》は吉法師、いいえ、信長殿のことを大うつけなどと称しておる由にございまする。すでに、殿の面目を潰しておるとも言えましょう」

「言いたい者には言わせておけ。世の風評ほど当てにならぬものはない。ただ、残念なことが一つだけあるわ」

「それは？」

「あれは、酒を一滴も受けつけないほどのひどい下戸《げこ》らしい。元服の暁には盃《さかずき》を酌み交わそうと楽しみにしておったのだが」

十三の童《わらべ》に、下戸も何もあるまい。呆《あき》れるうち、信秀は鼾《いびき》を搔きはじめた。


元服の翌年、秋の刈り入れが終わった頃、信長は初陣《ういじん》に臨んだ。相手は、信秀と同盟を結ぶ水野家の領内に侵入した駿河の今川勢である。

西三河、刈谷城主《かりやじょうしゅ》の水野信元は、信秀と結んで今川家に対抗していた。今回の出兵は、信元の援軍要請に応《こた》えたものだ。

「さて、どう戦うか、見ものよ」

信長が那古野《なごや》を出陣したと聞いても、信秀は古渡城を動こうとはしなかった。

通常、初陣は父親の下で本陣に控え、戦場の雰囲気を味わうだけにとどめる。だが信秀は、息子にいきなり一軍の指揮を委《ゆだ》ねた。

「信長殿には、いかほどの兵を？」

「我が手勢から選《え》りすぐった精兵八百じゃ。将も兵も、幾多の修羅場をくぐっておる」

「されど、今川勢は二千と聞きまする。いくら水野様の軍がともに戦うとはいえ」

「二千といっても、せいぜい小競り合い程度にしかなるまい。ほとんどは大浜《おおはま》に砦を築くための人足じゃ。ひと当てすれば、すぐに逃げ散る」

「それゆえ、信長殿にすべてを委ねたと？」

「あれは、人の下に付いて力を出す類《たぐい》の男ではない。生まれついての、一軍の将よ」

信夫が信長のどこを買っているのか、久子にはまるで理解できなかった。これまで、信長を廃嫡するよう幾度も勧めたが、「女子《おなご》が口を挟むな」の一点張りで、ろくに話を聞こうともしない。

尾張に並ぶ者のない力を持つ信秀といえど、我が子のこととなると目が曇るのだろうか。

信長は久子にとって、棄《す》てたも同然の子だった。

尾張海東郡《かいとうぐん》の土豪、土田政久《どたまさひさ》の娘に生まれた久子に台頭著しい織田弾正忠家から声がかかったのは、十五歳の時のことだ。当主信秀の妻、しかも正室に迎えたいという、願ってもない話だった。

城に入ると、久子は土田御前と呼ばれるようになった。侍女たちにかしずかれ、家臣たちには丁重に扱われる。美しい着物で己を飾り立て、美食に舌鼓を打つ。城での暮らしは、夢に見た以上のものだった。

だが、そうした絶頂も長くは続かなかった。信長を身ごもったその時から、すべてが狂ったのだ。

はじめて経験するつわりは地獄のような苦しみで、丸一日近くかかる難産だった。気を失い、堪え難い痛みに目覚めてはまた気を失う。それを、幾度も繰り返した。

この子は、自分に苦痛を与えるために生を享《う》けたのか。想像をはるかに超える痛みを味わいながら、自分は我が子に殺されるのだと恐怖を覚えた。

生きて出産を終えられたのは、奇跡に近かった。母子ともに命を失っていてもおかしくはない状態だったという。

何と可愛《かわい》げがないのか。生まれ出た我が子を目にした瞬間、久子は思った。自分には似ても似つかない、皺《しわ》だらけの醜い生き物。いとおしさなどまるで感じない。殺されかけたのだと思えば、憎しみさえ覚える。気づくと、久子は赤子を殺せと叫んでいた。

その件は一時的な錯乱ということで片付けられたが、それ以後も信長に対する愛情が芽生えることはなかった。武家の嫡男の通例として、信長は生まれてすぐに乳母《めのと》に引き取られていったが、それが悲しいとも思わない。

信秀にとっては三人目の男子だが、上の二人はいずれも妾腹《めかけばら》だった。つつがなく成長すれば、いずれは信長が弾正忠家の家督を継ぐことになる。夫も家臣も、自分にかしずいていた侍女たちも、久子には目もくれず、信長ばかりを気にかけた。甲高い声で泣けば「元気がある」と称《たた》え、勢いよく乳を吸えば、「この子は大きくなる」と誉《ほ》めそやす。輿《こし》入れ以来、城の奥向きはすべて久子を中心に回っていた。だが、信長が生まれてからというもの、自分だけが蚊帳《かや》の外に置かれている。自分が手に入れたものすべてを奪われたような気がして、信長への怒りと疎《うと》ましさはさらに募っていった。

信長を産んだ翌年、久子は二人目の男児、勘十郎信行《かんじゅうろうのぶゆき》を出産する。

不安はあったものの、こちらは信長を産んだ時の苦しみが嘘《うそ》のような安産だった。信行を産んだ時、久子ははじめて我が子に対する慈しみを感じることができた。信行には久子自ら乳を与え、肌身離さず手元に置いて育てている。大人しく手間もかからない信行を見ていると、やはり信長が異常なのだとわかった。

乳飲み子の頃から、信長は尋常ではない癇癖《かんぺき》の持ち主だった。些細《ささい》なことで泣き叫び、怒りを露《あら》わにする。歩けるようになってからは手当たり次第に暴れ回り、侍女たちを困惑させた。障子を蹴破《けやぶ》り、高価な掛け軸を引き裂いたことも一再ではない。

癇癪《かんしゃく》を除いては、童らしいところのまるでない子供だった。誰に対しても笑顔を見せず、信秀や実母の久子にもまるで懐かない。声を発することさえほとんどなく、周囲は知恵が遅れているのではと危惧した。

上下の歯が生え揃ってもなお、信長は乳をせがみ続けた。そしてさらに異様なのは、乳母が気に入らなければその乳首を噛《か》み切ることだった。幾人《いくたり》もの女が浅からぬ傷を負い、城を去っていった。

久子は一度だけ、その場を目《ま》の当たりにしたことがある。

口のまわりを血で染め、泣き叫ぶ乳母を無言で見つめる。これが腹を痛めて産んだ我が子とは、到底信じられなかった。いや、人の子でさえない。自分の腹を借りて生まれた、悪鬼の化身《けしん》。そうとしか思えなかった。

信長は五歳になると、古渡城から一里（一里は約三・九キロメートル）ほど北の那古野に移された。

信秀が謀略を用いて奪った那古野城は、国中《くになか》と呼ばれる尾張中央部の要衝である。この地を押さえるには、信秀の一族を置いておく必要がある。そのため、信秀は幼い嫡男に平手政秀らの老臣を付けて城主としたのだ。

だが、そうした事情は別にして、久子は信長と離れられることを喜んだ。信長の顔を見ると、なぜか胸がざわつき、わけのわからない苛立《いらだ》ちに駆られる。できることなら、寺にでも入れて一生俗世から切り離してほしかったが、少なくとも、これで信長の顔を見る機会が減る。信行に思う存分、愛情を注げる。

信長の振る舞いが目に余るものになったのは、ここ一、二年ほどのことだ。城を抜け出しては馬を責め、川遊びや戦ごっこに興じる。見苦しい出で立ちで町を練り歩き、近習の肩に寄りかかりながら物を食らう。大人たちは眉を顰《ひそ》めたが、近隣の悪童たちはこぞって、信長を頭《かしら》と仰いでいるのだという。

自分へのあてつけか。

はじめて噂を聞いた時、久子は思った。奇行に走り、久子に〝うつけの母〟の烙印《らくいん》を押す。それが、自分を棄てた母への、信長の復讐《ふくしゅう》なのだ。

いっそ、川で溺れ死んではくれまいか。どこぞで喧嘩沙汰《けんかざた》でも起こして殺されるのでもいい。

家臣たちの期待は、何を考えているかわからない信長ではなく、利発で品行方正な信行に移っている。信長が死ねば、家督は信行が継ぐことになるだろう。

いつしか久子は、我が子の死を切実に願うようになっていた。

吉良《きら》大浜での戦勝が報じられたのは、信長が出陣した翌日のことだった。

海路、吉良大浜に上陸した信長以下八百の兵は敵陣に忍び寄り、敵の仮小屋に火矢を射かけた。折からの強風に、炎は瞬く間に燃え広がっていく。信長は混乱に陥った敵陣に突っ込み、逃げ惑う今川勢を散々に追い散らしたという。

「お味方の放った火は敵陣を舐《な》め尽くし、天をも焦がさんばかりの勢いにございました。炎を背に采配《さいはい》を振る若殿は、まさに軍神の申し子に候《そうろう》」

伝令の武者が、興奮気味にまくし立てた。その顔は煤《すす》に汚れ、鎧《よろい》のあちこちも黒ずんでいる。どれほどの炎だったのか、戦を知らない久子にも、ある程度の想像はついた。

「大儀であった。ゆるりと休むがよい」

伝令を下がらせると、信秀はそれまで抑えていた笑いを解き放った。

「見事なものではないか。これぞ我が嫡男に相応《ふさわ》しき、苛烈《かれつ》なる戦ぶりよ。のう、久子」

「大仰な。所詮《しょせん》は小競り合い。殿がそう申されたのではありませぬか」

「小競り合いであろうと、将器の片鱗《へんりん》は見て取れる。あれは、わしをも超える無双の大将となろう」

「さようにございますか」

答えながらも、久子は内心で恐怖に慄《おのの》いていた。

戦の様相を聞いた途端、脳裏にいつか夢で見た光景が広がった。闇夜の中、紅蓮《ぐれん》に燃え盛る炎が照らし出す、刀を提げた男の影。その足元には、夥《おびただ》しい数の骸《むくろ》が転がっている。やがて、男はおもむろに振り返り、血の滴る刀を久子に向けて振り上げる。

はじめてこの夢を見た時、信長はまだ、自分の腹の中にいた。それでもなぜか、男がこれから生まれる我が子なのだと、はっきりとわかった。

やはりあの夢は、来《きた》るべき未来なのだ。

いずれ信長は織田家に、そして自分に、とてつもない災厄をもたらす。久子はそう確信している。

二

最初に覚えているのは、生まれたその時のことだ。母は狂乱の態《てい》で、「その赤子を殺せ」と叫んでいた。

次の記憶も、悲鳴からはじまる。

赤く染まった乳房。胸を押さえ、泣き叫ぶ乳母の姿。自分の口の周りが濡れている。拭《ぬぐ》うと、手の甲が赤黒く汚れた。

「何事か！」

別の女が現れた。母だ。しばしその場に立ち尽くすと、乳母を下がらせ、目の前に座った。もう、立って歩くこともできたが、大人しく腰を下ろす。部屋には、母と自分の他に誰もいない。

記憶の中の母は美しい。触れてみたい。そう思って伸ばした手は、邪険に払われた。

母は能面のような無表情で信長を見下ろすと、やがて口を開いた。

「そなたは何ゆえ、わらわを苦しめる。そなたは何ゆえ、この世に生まれてきたのじゃ」

問われている意味など、わかるはずもない。それよりも、母が自分に言葉をかけている。そのことの方が重要だった。

「何を笑《わろ》うておるのじゃ、おぞましい」

立ち上がり、汚物を見る目で射られる。

踵《きびす》を返した母を追おうと、裾を摑《つか》んだ。次の刹那、胸を蹴り飛ばされた。柱に打ちつけた頭に、激しい痛みが走る。

ぼんやりとした頭の中に、母の声が響いた。

「触るな、汚らわしい！」

滲《にじ》んだ視界の中で、母が身を翻す。その一瞬、唇の端に浮かんだ小さな笑みを、信長は見た。

それから、母は時折、信長のもとを訪れるようになった。侍女は連れず、乳母も遠ざける。

二人きりになっても、母は信長を抱くことはおろか、触れることさえしない。ただ恨み言をぶつけ、そなたはおぞましいと罵《ののし》り、産まねばよかったと繰り言を並べた挙句、あの冷え冷えとした笑みを浮かべて去っていく。

父の記憶はない。戦だの外交だのに追われる父はいつも諸方を飛び回っていて、顔を見ることさえめったになかった。

近くにあって、触れることのできないもの。それが、信長にとっての父と母だった。

そして五歳になると、那古野城を与えられ、近くにいることさえできなくなった。

那古野城大広間の上座につき、平伏する家臣たちを見下ろしながら、信長は理解した。

俺は、棄てられたのだ。


人を斬《き》らねばならない。いつものように取り巻きを従えて津島《つしま》の町を歩きながら、信長は思った。

家臣や兵に命じてやらせるのでは意味がない。この手で人を斬って、息の根を止める。

昨年の秋、信長は吉良大浜の初陣で二千の今川勢を蹴散らした。人はそれを大勝利と呼ぶ。確かに、信長の立てた火攻めの策は図に当たり、戦に勝ちはした。

赤い尾を引きながら飛ぶ無数の火矢。風に煽《あお》られ、見る間に敵陣を覆い尽くしていく炎。その光景は、これが戦だということを忘れそうになるほど甘美で、信長を魅了した。

だが、敵は今川家の支配が弱い三河から駆り集めた烏合《うごう》の衆で、駿河や遠江の今川本軍ではない。麾下《きか》の八百も、父に付けられた家中の精鋭だ。信長の策がなくとも、勝って当然といえた。

信長が許せないのは、戦場に臨んだ際の己の弱さである。

火を放つのに成功し、混乱する敵陣にいざ突撃した時、信長が感じたのは言いようのない恐怖だった。矢を受け、槍《やり》で突かれ、あるいは炎に身を焼かれる断末魔の声。自身に向けられる刀槍《とうそう》の閃《ひらめ》き、そして怒りと憎しみ。

己に対する他者の感情には、人よりも敏《さと》いという自覚が信長にはあった。自分を疎み、忌み嫌う人間などいくらでもいることも承知している。それでも、二千の人間から一斉に浴びせられる剝《む》き出しの殺意は、ただただ恐ろしかった。

恐怖を抱《いだ》いた己の心が、信長には許せない。人を恐れさせるのは自分であって、他の者であってはならない。だが結局、雑兵《ぞうひょう》の一人を倒すこともないまま初陣は終わった。

慣れることだ。慣れるまで、何人でも人を斬り、返り血とともに憎悪と殺意を浴び続けることでしか、恐怖は克服できない。

ゆえに今宵《こよい》、人を斬る。

平素は人や荷を運ぶ牛馬で溢《あふ》れる津島の往来だが、日がとうに落ちた今はひっそりと静まり返っている。

尾張の西に位置する津島は、牛頭天王《ごずてんのう》を祭る津島神社の門前町で、多くの商家が建ち並ぶ繁華な湊町《みなとまち》でもある。伊勢湾《いせわん》を往来する船は津島に荷を上げ、さらには美濃、尾張、伊勢の国境を網の目のように流れる河川を伝って人、物、銭を運ぶ。

この町を支配下に収めたのは、信長の祖父信定《のぶさだ》だった。その跡を継いだ信秀は、津島の富裕な商人《あきんど》と結んで商いに保護を与える一方、その利益の一部を税として吸い上げる仕組みを作り上げる。

こうして得た銭を、信秀はある時は戦に、ある時は調略や外交に注ぎ、勢力を広げていった。言うなれば、津島に集まる銭こそが、さして多くの領地を持たない信秀の力の源だった。

津島の町並みを外れ、天王川《てんのうがわ》の岸辺を北へ向かって進んだ。

今夜は新月だが、歩き慣れた道なので不自由はない。

聞こえるのは、草を掻き分ける音だけだ。二月も終わりとはいえ、川辺に吹く風は冷たく、小袖と半袴だけでは少しばかり寒い。

「若殿、あの寺です」

河尻《かわじり》与兵衛が、声を潜めて言った。信長より七つ上の二十二歳。父の代から信秀に仕え、近習の中では最も信頼できる。

与兵衛の指差す先、薄闇の中に建物の影が浮かんでいた。元の名も知れない破れ寺《やでら》で、山門は朽ち、境内も荒れ果てている。他国からの流れ者がねぐらとするにはうってつけだ。

風に乗って、人声が聞こえてきた。女の嬌声《きようせい》も混じっている。大方、稼いだ銭で遊女を呼び、酒盛りでもしているのだろう。

野盗同然の連中だった。頭目は美濃土岐《とき》氏の元家臣で、没落した主家を見限り出奔したものの、再仕官は叶《かな》わなかった。この地に居つくようになったのは、二月ほど前からだという。どこからともなく集まった溢《あぶ》れ者《もの》を従え、押し込みから商家の用心棒まで手広く行っている。殺されたところで、誰からも文句は出ないだろう。

敵は十五人。こちらは十人だが、腕の立つ者だけを連れてきた。小袖の下には鎖帷子を着込み、得物《えもの》もそれぞれが得意とするものを持参している。

「しばし待つ」

襲われるなどとは、露ほども思っていないのだろう、敵は見張りの一人も立てていない。周囲は身の丈近い雑草が生い茂り、見つかる心配はなかった。息を殺し、じっと待つ。

家臣や一族の多くは、自分のことを気が短く、堪《こら》え性《しょう》がないと思っている。それはそれで構わない。何を仕出かすかわからないと思わせておくのは、悪いことではなかった。人は、己の理解できないものを疎んじ遠ざけるが、同時に恐れも抱く。人を動かす立場にある者は、親しまれる必要などない。恐れさせ、しかる後に利を食らわせる。その二つが肝要なのだと、父信秀のやり口を見ていてわかった。

父に、何かを教わったことなどない。幼い頃から離れて暮らし、たまに会ってもほとんど話をすることもなかったのだ。

弓も馬も、傅役の老臣たちが選んだ指南役から教わった。近頃凝っている火縄銃は、橋本一巴《はしもといっぱ》なる名人を招いて指南を受けている。読み書きも、津島天王坊まで出向き、博識で知られる坊主に習った。

書物を読むのは嫌いではない。むしろ、一時期は没頭していたと言っていい。四書《ししょ》五経《ごきょう》や孫子《そんし》、六韜三略《りくとうさんりやく》は言うに及ばず、軍記物や各宗派の経典、天文書、農学書、絵画や歌舞音曲《かぶおんぎょく》について書かれたものにいたるまで、ありとあらゆる類の書を読んだ。

だが所詮、書物は書物だ。得た知識は単なる文字の羅列で、身をもって会得したものではない。そして何より、和漢典籍を手当たり次第に読み耽《ふけ》っても、信長が本当に知りたいことの答えは記されていなかった。

答えは、書物の中にはない。ならば、人の中に求めればいい。

織田家の嫡男としてではなく、一人の男として城下に出た。近在の童たちと遊ぶのは、父や老臣たちに付けられた近習などよりはるかに面白く、学ぶところも多かった。川遊びに相撲《すもう》、戦ごっこ。畑から瓜《うり》を盗んで、鍬《くわ》を持った百姓に追い回されたこともある。

悪童たちと交わるのに、武士の子らしい装束は邪魔なだけだ。湯帷子と半袴があれば十分。動きにくいので、袖はちぎった。遊んでいれば喉《のど》が渇く。寒くなれば火が欲しい。ゆえに、瓢簞や火打ち石を入れた袋をぶら下げた。やがて仲間が数十人になると、朱色の鞘を目印にした。

そうしたすべてを、仲間以外の誰もが嗤《わら》った。そしていつしか、信長は大うつけと嘲《あざけ》られるようになっていた。

はじめのうちは、自分たちを嗤う者すべてをいずれ殺そうと思っていた。だが、やめた。実行すれば、尾張から人がいなくなる。

傾《かぶ》くという言葉を知ったのは、悪童たちと交わるようになってからだ。世のしきたりを意に介さず、己の好きなように振る舞うことを指す。

はじめて耳にした時から、気に入っている。〝尾張の大うつけ〟も悪くはないが、〝傾き者〟と呼ばれた方がしっくりとくる。

「若殿」

与兵衛の声。どれほどの時が経《た》ったのか、境内は静まり返っている。

「よし、手筈《てはず》通りだ。かかれ」

低く命じると、毛利新介《もうりしんすけ》を頭とする搦《から》め手組《てぐみ》の四人が、寺の背後へ回り込んでいく。

信長は残る五人を引き連れ、山門をくぐった。本堂の雨戸はすべて閉めきられている。

やがて、数ヶ所で火の手が上がった。本堂の中が騒然としはじめ、いくつもの声や足音が重なって響く。

「斬るのは男だけだ。女は放っておけ」

雨戸ががたがたと揺れはじめると、信長は腰の刀を抜き放った。鞘こそ安物の朱鞘だが、中身は信秀に与えられた業物《わざもの》だ。与兵衛たちも、それぞれの得物を構えた。

雨戸が外れ、敵が勢いよく飛び出してきた。先頭の男は、刀も持っていない。舌打ちしつつ、信長は地面を蹴った。

「何だ、てめえ……」

男が言い終わる前に、刀を振った。肉を断った刃《やいば》が、あばら骨に食い込む。そのまま、力任せに横に引く。断ち割られた腹から臓物を毀《こぼ》れさせながら、男が膝をついた。呆《ほう》けたような顔で信長を見上げ、前のめりに崩れ落ちていく。

こんなものかと、信長は思った。男は自分の身に何が起きたかも理解していなかったのだろう。殺意を向けてくることさえなかった。初陣のような恐怖も感じない。

炎はさらに燃え広がり、周囲は激しい斬り合いになっている。搦め手組も合流し、不意を衝《つ》かれた敵は防戦一方だった。その合間を縫って、数人の遊女が逃げていく。

不意に、右手から槍が伸びてきた。肩口に鋭い痛みが走る。後ろに跳び、刀を構えて向き合った。

「若殿！」

「よい、手を出すな！」

配下を制し、正面の男を見据える。六尺近い長身に、顔の下半分を覆う髭《ひげ》。この男が、話に聞いていた頭目だろう。

「若殿と言ったな。お主、何者だ?」

「織田三郎信長」

名乗る筋合いもないが教えてやると、頭目は一瞬目を見開き、怪訝《けげん》な声で言う。

「信秀の子が、何ゆえ」

「人を斬りたくなった。手頃だったのがそなただ」

頭目の視線が左右に飛んだ。他に軍勢がいないかどうか確かめると、声を上げて笑う。

「こいつはいい。噂通りの大うつけでも、織田の嫡男とあらば、その首もそれなりの値で売れよう」

笑いを収め、頭目が槍を構え直す。はじめて、肌が粟立《あわだ》った。頭目の全身から滲み出た殺意を、信長ははっきりと感じる。求めていたのはこれだ。

いきなり、頭目が踏み出してきた。眼前に迫った穂先をかわし、渾身《こんしん》の力で打ち込む。

だが、斬撃《ざんげき》はいとも簡単に柄《つか》で受け止められた。

凄《すさ》まじい膂力《りょりょく》で押し返され、背中から地面に落ちた。刀が手から離れる。脇差《わきざし》を抜いて投げつける。これも、たやすく叩《たた》き落とされた。

「小童《こわっぱ》、戦は相手を選んでするものぞ。覚悟はできて……」

言い終わる前に、何かが弾《はじ》けるような音が響いた。火縄銃の筒音。味方のものではない。状況を把握できないまま視線を上げると、炎に照らされる頭目の笑みが、なぜか強《こわ》張《ば》っていた。

頭目の胸に、黒い染みが広がっていく。そのまま膝をつき、前のめりに倒れ込んだ。

数間《けん》（一間は約一・八メートル）先に、鉄砲を手にした人影が見えた。流れるような手つきで玉を込め、立ったまま引き金を引く。筒音。毛利新介と斬り結んでいた敵が、胸を押さえて倒れた。頭目の死にようやく気づいた敵が、得物を捨てて逃げ出していく。

味方は、手負いが数名いるものの、死人はない。他に敵が隠れていないか調べるよう命じ、信長は落ちた刀を拾った。

「危のうござったな、うつけ殿」

鉄砲の男が、ゆっくりと歩み寄ってきた。信長は間に入った与兵衛や新介を押しのけ、刀の切っ先を突きつける。

「そなた、主を裏切ったか」

「主ではない。野宿にも倦《う》んだゆえ、なけなしの銭を払《はろ》うて屋根を借りていただけよ」

動じる様子もなく、男が答える。歳《とし》の頃は、三十路《みそじ》手前といったところか。小袖も袴も継ぎだらけで、顔は無精髭に覆われ、月代《さかやき》も伸び放題。背丈は人並みだが、鉄砲を放つ姿を見れば、相当な鍛錬を積んでいるのはわかった。

「そなた、名は？」

「滝川一益《たきがわかずます》。甲賀《こうが》の生まれだが、わけあって諸国を流れておる」

「何ゆえ、俺を助けた」

「助けたわけではない。泊めてもらったはいいが、どうにもいけ好かぬ連中でな。払うた銭を返してもらおうと思うただけよ」

悪びれる様子もなく、滝川一益は頭目の懐から巾着《きんちゃく》を抜き出し、笑みを浮かべた。顔の造作は厳《いか》めしいが、笑うとどこか愛嬌がある。

「夜討ちと火攻めの策はよいが、人数がこれだけというのは感心せんな。織田の嫡男が、たったの十人しか集められんということはあるまい」

「腕の立つ者だけを連れてきた。悪いか」

「悪いな。戦は何が起きるかわからん。寡《か》をもって衆を制して悦に入っているうちは、未熟者と言わねばならん。将たる者の務めの第一は、敵を上回る兵を集めることよ」

「おのれ、口の利き方に……」

「よせ、与兵衛。この者の申す通りだ」

飄々《ひょうひょう》とした口ぶりのせいか、不思議と腹は立たない。

俺に仕えろ。そう言いかけた時、仲間の一人が駆けてきた。

「若殿、来てくれ！」

案内されたのは、本堂裏手の蔵だった。扉には錠前がかけられている。

「奴《やつ》らの溜《た》め込んだお宝があるかもしれねえ。開けてみようぜ」

「では、拙者が」

勝手についてきた一益が、鉄砲に玉を込めた。大した錠前ではない。一発で、簡単に外れた。

「灯《あか》りを」

扉を開けて中を照らす。宝らしき物はなにもない。

「何者か！」

不意に、甲高い声が響いた。灯りの届かない奥からだ。

近づき、松明《たいまつ》を向けさせた。眩《まぶ》しげに顔を背けるのは、後ろ手に縛られた若い女だった。着ている物は上等で、それなりの家の者のようだ。

「どこぞからさらってきたのであろうよ。この者らは、かどわかしにも手を染めておったゆえな」

一益が、眉を顰めて言う。

「それ以上近づけば、舌を噛んで死にます。わたくしが死ねば、身代《みのしろ》は取れませぬぞ！」

「誤解するな。お前をさらった者たちは追い払った」

「では、わたくしをどうするつもりです？」

女は疑いの目で信長を見据える。

化粧は落ち、顔は泥と埃《ほこり》で汚れている。目鼻立ちは整っているようだが、暗がりの中ではっきりとはわからない。それでも好色な新介などは、すっかり見惚《みと》れていた。

信長は、女にかすかな苛立ちを覚えた。なぜかはわからないが、女の容姿と態度が癇に障る。

「別に。お前がどうなろうと知ったことではない。死にたければ、勝手に死ね」

女の目に、怒りの火が灯《とも》る。これと同じ目を知っていると、信長は思った。

「縛《いまし》めだけは解《ほど》いてやる。後は好きにいたせ」

踵を返すと、一益が腕組みしながら女を見つめていた。

「思い出した。そなた、生駒《いこま》殿のご息女ではないか？」

女が、弾かれたように一益へと顔を向ける。

「生駒だと？」

織田家に従属する丹羽郡《にわぐん》小折村《こおりむら》の小領主で、武士でありながら商いも手がけるという家だった。当主の家宗《いえむね》は商才に恵まれ、生駒家の商いを一代で大きく広げている。

「もう五、六年も前になるか。短い間だが、生駒殿の屋敷に世話になったことがあってな。そこで見かけた生駒殿の娘が、そなたに瓜二つであった。名は、確か……」

女は横目でちらと信長を見やり、それから名乗った。

「吉乃《きつの》。生駒家宗が娘、吉乃じゃ」

三

　三月、駿河今川家が動いた。三河安祥城に向け、大軍を発したのだ。

　安祥城は八年前、信秀が松平《まつだいら》家から奪った、三河攻略のための拠点である。城主は信秀の庶長子、三郎五郎信広《さぶろうごろうのぶひろ》。この城が落ちれば、信秀の勢力が三河から一掃される。

　信秀はすぐさま尾張全土から兵を募り、今川迎撃の陣容を布告した。だが、その中に信長の名はない。那古野にとどまり、留守居せよとのことである。

　信秀の大軍が古渡城を出陣した日、信長は傅役の平手政秀に訊《たず》ねた。

「爺《じい》。俺は何ゆえ留守居か」

「不服にございますかな？」

「訊ねているのは俺だ」

　咳払《せきばら》いをひとつ入れ、政秀が答える。

「そもそも我が織田弾正忠家は、尾張守護斯波氏の陪臣に過ぎませぬ」

「そのようなことはわかっておる」

　尾張守護の斯波氏は、長きにわたる乱世で力を失い、実権は守護代を務める織田家が握っていた。その織田家もやがて、尾張八郡のうち、北の上四郡守護代を務める岩倉《いわくら》の織田伊勢守《いせのかみ》家と、南の下四郡守護代、清洲の織田大和守家の二つに分裂して今に至っている。守護の斯波氏は清洲に住まっているが、何の実権もない。

信定、信秀と続く弾正忠家は元々、清洲の織田大和守家で奉行を務める家柄だった。斯波氏から見れば家来のそのまた家来、取るに足らない存在である。

「その大殿が現在の声望を手にするためには、それこそ泥田を這《は》いずり回るほどの苦労が必要にござった。幾多の戦場を駆け、家柄だけの愚物に跪き、矢銭《やせん》（軍資金）を得るため商人どもにまで頭を下げられ……」

「話が長い」

「では」と再び咳払いを入れ、重々しく口を開く。

「若殿は、大殿の留守中、清洲や岩倉がおかしな動きをせぬための重石《おもし》に候」

なるほど、物は言いようだ。重石は重くなければ意味がない。信秀は、信長を決して軽んじているわけではないのだと、政秀は言っている。

「だが、重石なれば他にも務まる者はおろう。信行では軽すぎるが、秀俊《ひでとし》殿も、信光《のぶみつ》殿もおる」

安房守《あわのかみ》秀俊は、信広と同じく信秀の庶子で、信長より三つ年長になる。孫三郎《まごさぶろう》信光は、数多い信秀の弟の中でも、取り分け重きをなしていた。その二人は、ともに信秀の軍に加わっている。

「大殿も、こたびの戦には相当なお覚悟を召されておいでのはず。ゆえに万一の場合を考え、若殿をお連れしなかったのです」

「負けるやもしれぬ、ということか」

形としては斯波氏の陪臣に過ぎない信秀には、あくまで守護や守護代の命によって軍の采配を預かっているという名目が必要だった。今回、三河に出陣した軍勢も、その多くを清洲や岩倉から借りた兵で構成されている。だが、その名目を保ち続けるには、戦場で勝ち続けなければならない。勝てない将に、誰も采配など預けはしない。

「大殿はすでに一度、大きな負けを喫しておりまする」

四年前、信秀は美濃に攻め入って大垣城を奪ったものの、余勢を駆って美濃の蝮《まむし》こと斎藤道三《さいとうどうさん》の本拠稲葉山城《いなばやまじょう》を攻め、逆襲を受けて大敗していた。再び国外で負けたとなれば、長年にわたって築き上げた信秀の声望は失墜する。

「されど、戦場におらねば、若殿の名に傷がつくことはござらぬ」

「俺の名など、うつけの悪名しかあるまい」

嫡男とはいえ、信秀の後継と決したわけではない。二人の庶兄もいれば、信行をはじめとする弟たちもいる。家臣の中には、品行方正な信行を跡継ぎにと推す者も少なくはない。

「無名よりも悪名の方がよほどまし。大殿は、そうお考えなのでしょう」

「わかるものか」

ふん、と鼻を鳴らし、信長は席を立った。

信長が父について知っていることは、それほど多くない。

織田弾正忠信秀。当年三十八。謀略と政治的な駆け引きに長じ、戦はそこそこ。一代で弾正忠家を尾張一の勢力に押し上げ、その名は〝器用の仁《じん》〟として他国にまで鳴り響いている。

その程度のことは、尾張の武士ならば誰もが承知している。信長が知りたいのは、そんなことではない。何を思い、日々を生きているのか。戦場で血煙を浴び、自らの謀《はかりごと》で数え切れない恨みを買ってまで、いったい何を求めているのか。なぜ、信行を手元に残し、自分を棄てたのか。

二日後、いつものように城外に出かけようとして、政秀に捕まった。普段なら振りほどいて逃げ出すところだが、その表情はいつになく切迫している。

「一大事に候」

聞かされたのは、信秀敗北の報《しら》せだった。

三月十九日、三河小豆坂《あずきざか》において、信秀は今川家の軍師、太原雪斎《たいげんせっさい》率いる軍と遭遇した。

兵力は、今川軍一万二千に対し、織田軍一万。今川軍が駿河から遠征してきたことを考えれば、勝算は十分すぎるほどある。だが、織田軍は激戦の末、全軍総崩れとなって安祥まで敗走した。信秀自身が首を獲《と》られるかどうかというほどの惨敗だった。

「父上は？」

「今川軍が引き揚げたため、信広殿を引き続き安祥城に置き、すでに帰路についたとの由。じきに、古渡に戻られるものと」

勝った今川が軍を引いたのなら、それなりの損害は与えたということだ。だが、負けたことに変わりはない。

「どこへまいられる？」

立ち上がった信長の裾を、政秀が引いた。

「決まっている。古渡だ」

「なりませぬ。この機に乗じ、清洲や岩倉が若殿のお命を狙うやもしれませんぞ」

「父上を敵に回してか。奴らには、そんな胆力も才覚もありはせぬ」

「されど……」

「構うな。死ぬ時は、馬から落ちても死ぬ」

制止を振りきり、厩へ向かった。いつものうつけ装束のまま、河尻与兵衛ら数騎の供《とも》廻《まわ》りだけを連れて馬を飛ばす。

当然、古渡へも敗報は届いている。城内の様子はどこか浮き足立っていた。馬を預け、本丸へ向かう。

　表座敷に入ると、いきなり怒声が響いた。

「そなた、何をしにまいった！」

　母の土田御前だった。信秀を迎えるため、留守居の一族や家臣たちが揃っている。

　母は、胸に乳飲み子を抱えていた。昨年生まれた、妹の市《いち》だ。この子にも、母は自ら乳を与えているらしい。

「何をしにまいったと聞いておろう。ここに、そなたを呼んだ覚えはない！」

「呼ばれた覚えもない」

「ならば、早々に那古野へ帰りなされ。そのような格好で大殿をお出迎えすること、許しませぬ！」

　構わず、座敷の奥へ歩を進めた。

「席を空けろ」

　上段の間に座す信行に向かって言った。

「何を申す。大殿の留守居は、信行が預かっておるのじゃ！」

　母の金切り声を聞き流しながら、真っ直《ます》ぐ弟の端整な顔を見据える。表情らしい表情もなく、こちらを見上げる信行が、母に顔を向けて静かに口を開いた。

「母上。それがしは確かに、父上からこの城の留守を預かり申した。されど、長幼の序というものもございます。父上もじきにお戻りになられましょう。それまで留守居の役を兄上に譲ったところで、さしたる障りはありますまい」

言うと、信行は一礼して席を立ち、下段の間に移った。家臣たちの賞賛の目を、信行は涼しげな顔で受け流している。

横暴な兄にも礼を尽くす、賢明な弟。演じているのか、それとも本性か。いずれにせよ、今はどうでもいい。

気まずい沈黙が降りる中、信行が空けた席に腰を下ろした。侮蔑《ぶべつ》の視線には慣れている。理解されないことも、嫌われることも、恐ろしいとは思わない。

やがて、信秀の帰城が告げられた。具足を鳴らしながら、信秀や参戦した一族郎党が姿を見せる。留守居の者たちが平伏するが、信長は脇息《きょうそく》にもたれたまま敗残の父を見つめた。

「ほう、信長が出迎えか。これは珍しい」

愉快そうに言う父に、信長は頬杖《ほおづえ》をつきながら答えた。

「出迎えに来たわけではない」

「ならば、何用じゃ？」

「父上を嗤いに来た」

座が凍りついた。母や家臣たちが刺すような視線を向けてくるが、父は数拍の間を置き、声を上げて笑った。

「それはよい。確かに、嗤われても仕方ないほどの惨敗じゃ」

笑いを収めると、父は一同に命じた。

「皆、席を外せ。信長と話がしたい」

「しかし、大殿……」

「外せと申しておる！」

なおも言い募ろうとする母を一喝すると、一同は席を立った。

「そこはまだ、わしの座だ。代われ」

信長は無言で立ち、下段に座り直した。大敗を喫したとはいえ、父にはまだ勝てない。

「なぜ、負けた」

斬りつけるように訊ねると、父はふっと口元を緩めた。

「相変わらず、言葉の少ない男よ」

「気に入らぬか」

「いや、話が早くてよい」

大きく息を吐き、父が答えた。

「今川は強い。そして、わしの力は弱い。それだけだ」

「なぜ、弱い」

「所詮わしは、守護の陪臣、守護代の奉行にすぎん。わしのために命懸けで戦おうという者など、おりはせぬ」

「ならば、守護も守護代も、潰せばいい」

「名分がない。主家に弓引けば、四方八方から矢が飛んで来る。周囲のすべてを敵に回すには、我ら弾正忠家はあまりにも小さい」

「では、いかがする？」

「さて、どうしたものかの。今川に和を乞い、三河松平のごとく属国となるか。所領の半分も差し出せば、穏やかな余生を送れるやもしれん」

「つまらぬな」

「ああ、つまらん」

戯言《ざれごと》めかして言い、指で顎鬚《あごひげ》を弄ぶ。そこにずいぶんと白い物が増えていることに、信長ははじめて気づいた。

「父上は、何のために生きておる。なぜ、この世に生まれてきた？」

訊ねると、父は再び声を上げて笑った。

「そなたこそ、つまらぬことを考えておる。この世に生まれ落ちたことに、意味などあるものか」

「では、何ゆえ戦う？」

「己《おの》が心が、我に戦えと命じるからよ。斯様《かよう》な面白き世に生を享けたのじゃ。身過ぎ世過ぎで一生を終えるは、あまりにもったいなかろう。そなたは、この世を面白いとは思わぬのか？」

しばし考えを巡らせ、信長は首を振った。

「わからん。憎いと思うたことならある」

「ならば、好きなだけ憎めばよい。憎いものを叩き潰し、世のすべてを斬り従え、望みの世を作ることじゃ」

「たわけたことを。できるはずがあるまい」

「できる、できないはそなたが決めることではない。まずは手始めに、この家をくれてやろう」

何でもないことのように、信秀は言った。

「いま決めた。そなたを、我が織田弾正忠家の跡継ぎといたす」

十一月、敗戦の痛手を癒《いや》した信秀は、斎藤道三に攻められた大垣城を救援するため、美濃に出兵する。

しかし、信秀の留守中に清洲織田家の軍勢が古渡に攻め寄せ、信秀は急遽《きゅうきょ》兵を返す羽目になる。清洲勢は撃退したものの、大垣城は道三の手に落ち、美濃も失う結果となった。

苦境に立った信秀は、道三との和睦《わぼく》に動く。道三としても、国内はいまだ不安定で、大垣を奪回した以上は信秀と戦を続ける理由はない。こうして、平手政秀の奔走により、道三の娘を信長の正室に迎えることで話がまとまった。

これで、信秀は北からの脅威を取り除き、国内の敵と東の今川に力を傾注できる。と同時に、後継は信長と内外に公表することにもなった。

婚儀が翌年二月に決まると、信秀は土田御前や信行とともに、末森城《すえもりじょう》へと移った。末森は那古野から一里ほど東の、小高い丘に築かれた堅城である。自らが今川に備える楯《たて》となるつもりなのだろう。

家督など、欲しいと思ったことは一度もない。だが、信広なり信行が跡目になれば、信長の存在は火種にしかなり得ない。何かしらの理由をつけて、いずれ信長を殺すだろう。

好きこのんで生まれてきたわけではないが、誰かの望み通りに殺されてやるつもりもない。だから、後継指名を受けることにした。

とはいえ、信長の日々にこれといった変化はない。うつけの装束で野に出て悪童たちと戯れ、作物を盗んでは追い回され、祭りがあれば踊りに興じる。

歌舞音曲は、幼い頃から好きだった。信長が手習いに通っていた津島には、参拝客を目当てに多くの旅芸人がやってくる。能や猿楽《さるがく》、傀儡《くぐつ》に念仏踊り。物心ついた頃から、信長は様々な芸に親しんでいる。

特に、津島の牛頭天王社の祭礼で催される大掛かりな踊り興行が、信長の愉《たの》しみの一つだった。夥しい数の群衆が思い思いに扮装《ふんそう》し、歌舞音曲に合わせて腕を振り、激しく足を踏み鳴らし、ただひたすらに踊り狂う。そこには身分も、大人も子供も、男と女の違いさえありはしない。忘我の境地。渦を巻くような熱。その二つがあるだけだ。

ある日、信長はわずかな供廻りを連れ、那古野から程近い熱田の町を訪れた。

熱田神宮の門前町で、津島を凌ぐ繁栄を誇る湊である。元は駿河今川家の一族氏豊《うじとよ》が領していたが、信秀が謀略を用いて叩き出した。信秀の力が飛躍的に増したのは、この熱田を無傷で手に入れたことが大きい。信長が好き勝手に銭を使えるのも、熱田、津島を押さえる織田家の財力があったればこそだった。

祭りの日でもないのに、往来は人でごった返している。武士、百姓、商人に僧侶、旅歩きの芸人に物乞い。ありとあらゆる類の人間がこの町にはいる。道の両側に軒を連ねる店棚には、京や堺《さかい》、遠くは奥羽や九州から運ばれた様々な品が並んでいた。

町の賑《にぎ》わいを眺めながら、熱田の土豪、加藤順盛《かとうよりもり》の屋敷に向かった。商いも手がける加藤家の屋敷は、並の領主のものよりもはるかに大きい。訪《おとな》いを入れると、奉公人に離れへと案内された。

「竹千代《たけちよ》、顔を見に来てやったぞ」

返事も待たず障子を開けると、竹千代は手習いの筆を止め、顔を輝かせた。

「これは、信長様」

竹千代は、駿河今川家に従属し織田家と敵対する三河岡崎城主《おかざきじょうしゅ》、松平広忠《ひろただ》の嫡男である。

一年ほど前、今川家から臣従の証《あかし》を求められた広忠は、竹千代を人質として駿河に送ることにした。だがその途上、竹千代は護送役の戸田康光《とだやすみつ》に裏切られ、尾張へと売り飛ばされてしまう。無論、信秀が手がけた謀略だった。聞くところでは、信秀は永楽銭《えいらくせん》一千貫文を戸田康光に支払ったという。

竹千代を手中にした信秀は、広忠に対し、今川と手を切り織田につけと迫る。だが、広忠はその要求を突っぱねた。広忠は息子の命よりも、今川からの支援を選んだのだ。

結果はどうあれ、一千貫文は大金だ。戦で捕虜に取られた百姓の童など、一人二十文程度の値で売り買いされる。

尾張へ連れてこられてすぐ、信長は竹千代に会いに出かけた。一千貫文の童がどれほどのものかという興味からだったが、なぜか妙に懐かれてしまっている。

「父が憎いと思ったことはないか」

しばらく相撲の相手をした後、縁で汗を拭《ふ》きながら訊ねた。竹千代は少し考える素振りを見せ、首を振る。

「いいえ、ございません」

七歳になる竹千代の受け答えは、どこか鈍重さを感じさせる。ただ、肉付きがよくどこか愛嬌のある丸顔が手伝ってか、苛立ちを覚えることはなかった。

「なぜ、恨まぬ?」

短い腕を組み、竹千代は思案する。どんな問いにも熟慮してから答えるのは、人質暮らしの中で得た、竹千代なりの処世の術なのかもしれない。

「私の身と、家臣領民、父祖伝来の領地。秤《はかり》にかけるまでもありません」

「それは、織田と今川では、今川の方が強いということか?」

「ご無礼ながら、父が動かなかったということは、つまりはそういうことです」

はじめて会った時は愚鈍な童だと思ったが、よくよく話してみると、頭は悪くない。むしろ、同じ年頃の子供と比べれば、図抜けて秀でている。

「では、母はどうだ?」

「恨んだことなど、ただの一度もございませぬ」

今度は間髪《かんはつ》を容《い》れず答えた。

竹千代の母は水野家の出身だが、実家が今川と手を切り織田についたため、広忠と離縁させられ、今は別の家に嫁いでいる。竹千代が三歳の時のことだ。顔も覚えてはいないだろう。

「父も母も、やむにやまれぬ理由があったのだと思うておりまする」

「お前は、物わかりがよすぎる」

誉めたつもりはないが、竹千代は嬉《うれ》しそうに笑う。

「母は時折、菓子や衣服など贈ってくれます。私を忘れたわけではありません」

「それは」

お前を憐《あわ》れんだ家臣が母の名を騙《かた》っているだけかもしれんぞ。思ったが、口にはしなかった。誰に何と言われても、竹千代は母を信じることをやめはしないだろう。

「私と父母は離れていても、目に見えぬ絆《きずな》で結ばれておりまする」

思わず噴き出しそうになった。離れていようといまいと、人と人が本当に通じ合うことなどあり得ない。目に見えないものなど所詮、どこにもありはしないのだ。

最近わかったことだが、人には二通りある。己の境遇を進んで受け入れようとする者と、抗い、打ち破ろうとする者。

竹千代が前者なら、父は後者だろう。守護の陪臣という程度の家柄でも、所領もあれば津島から上がる税収もある。よほどの下手《へた》を打たなければ、それなりに豊かで、平穏な生を送ることができたはずだ。だが、父はそれをよしとせず、己が心の命じるまま、自身の境遇を打ち破る戦いをはじめた。

俺は、どちらだろう。武家の嫡男という鋳型《いがた》に嵌《は》めたがる周囲に反発し、こうして傾《かぶ》いている。そのくせ、後継に指名されれば神妙な顔でそれを受けた。

考えるのが面倒になり、腰を上げた。

「熱田の町、見たくはないか？」

幽閉の身である。この屋敷を出たことはないはずだ。

「はい。ですが……」

「案ずるな。うつけの俺が大事な人質を連れ出したとて、誰かが咎《とが》められることはない」

「ならば、行ってみとうございます」

「そのうち、祭り見物にも連れて行ってやる。何百人もが踊り狂うところなど、見たこともあるまい」

少し考え、竹千代は満面の笑みを浮かべた。

四

二月二十四日、蝮の娘が輿入れしてきた。十数人の侍女と数百の護衛を引き連れた、盛大な行列である。

「斎藤山城入道《やましろにゅうどう》道三が女《むすめ》にございます」

「織田三郎信長。遠路、大儀である」

名乗ると、蝮の娘は笑みを浮かべた。

さして見映えのいい女ではなかった。小柄で、信長より二つ上の十八歳。歳のわりに、顔立ちに大人びたところはまるでない。目は大きく、鼻も頬も丸みを帯びていて、蝮というよりも、狸《たぬき》の子のような印象だ。

とはいえ、美濃の蝮と恐れられる斎藤道三の娘である。目の奥に宿る光は強く、つい先日まで敵地だった尾張へ乗り込んできても、臆《おく》する様子は見えない。

「名は？」

「帰蝶《きちょう》と申します」

「帰るに蝶、と書いて帰蝶、か」

「はい」

しばし、その名の響きに浸ってみる。見た目はさておき、美しい名だと信長は思った。

帰蝶の母、明智《あけち》氏は絶世の麗人だという。警固のため随行してきた明智十兵衛《じゅうべえ》という若い侍も、なかなかの美丈夫《びじょうふ》だ。帰蝶は顔も気性も、おそらくは父に似たのだろう。

信長は、帰蝶にとって二人目の夫だった。

最初の夫は道三の主筋に当たる土岐頼純《よりずみ》という男で、帰蝶を正室に迎えて間もなく急死している。病とも道三による毒殺とも噂されているが、おそらく後者だろうと、信長は見ていた。

縁組が決まると、信長は斎藤道三という男について、調べられる限りのことを調べた。

道三による国盗《くにと》りは、父子二代で成し遂げられた。

道三の父は京都妙覚寺《みょうかくじ》で修行した後に還俗《げんぞく》し、松波庄五郎《まつなみしょうごろう》と名乗った。その後、油商人として名を成した庄五郎は何を思ったか商いの道を棄てて武士となり、美濃の守護土岐氏に仕官する。庄五郎の跡を継いだ道三は持ち前の将器と謀才で勢力を拡大、美濃の名門斎藤家の名跡《みょうせき》を継ぎ、守護職の土岐頼芸《よりなり》を追放するにいたった。

主家に弓を引いた極悪人という評もあれば、民を慈しむ名君という者もいる。どちらにしろ、主君を追放していながら、美濃はよく治まっている。いつまでも守護の陪臣という地位に甘んじている信秀が勝てないのも、当然の理《ことわり》だ。

祝言とそれに続く宴は、那古野城の大広間で執り行われた。

「若殿。くれぐれも、姫君にご無体な扱いはなされぬよう」

宴の仕度が整うのを待つ間、平手政秀が体を寄せて囁《ささや》いた。

「わかっておる。女子に飢えた餓鬼ではない」

女はもう、何人も知っている。元服の際に添い寝役と称する寡婦を宛《あ》てがわれ、それからは小姓近習の姉や妹、遊女から百姓女にいたるまで、幅広く抱いている。そのうち、自分が女に好かれる顔立ちらしいことがわかってきた。そして、自分より若い女に興味を抱けないことも。

「ならば、よろしゅうございますが」

政秀の顔から、不安は消えない。

やがて、面白くも何ともない宴がはじまった。

慣れない烏帽子直垂に身を包み、ろくに飲めない酒に形ばかり口をつける。一族郎党や他家の名代《みようだい》は口々に心にもない祝いの言葉を述べ、どこの誰かもよく覚えていない年寄りが得意げに〝高砂《たかさご》〟などを謡《うた》う。

父は終始上機嫌で、美濃の侍や他家の名代に酌などして回っていた。その一方で、母は不機嫌さを隠そうともしない。求められるままに型通りの挨拶《あいさつ》は述べたものの、信長と目を合わせることさえ一度もなかった。

母の挨拶の後、帰蝶はちらとこちらを一瞥した。信秀に散々煮え湯を飲ませた道三のことだ、織田家中の事情は調べ上げてあるに違いない。帰蝶も、信長と母の不和は聞かされているのだろう。

それにしても、退屈だった。小用とでも言って中座し、そのまま抜け出してしまおうか。辟易《へきえき》としながら半ば本気で考えていると、不意に鼓が打ち鳴らされた。続けて、太鼓の音と謡《うたい》の声が重なる。

また、頼みもしない余興がはじまったらしい。脇息にもたれかかろうとしたところで、甲高い笛の音が鳴り響いた。

最初の一吹きを耳にした刹那、信長は覚えず身を乗り出した。

吹き手は女だが、並大抵の技巧ではない。旋律は高く低く、嵐の海のように大きくうねる。心の臓を鷲摑《わしづか》みにされたような心地に、しばし息をするのも忘れた。技巧だけではない。聴く者を何かに駆り立てるような激しさが、女の笛にはある。

事実、信長は衝き動かされる。気づくと立ち上がり、広間の中央に進み出ていた。叱責《しっせき》でもされると思ったのか、奏者たちが平伏する。

「よい。いま一曲、所望じゃ」

顔を上げた笛の吹き手に、信長は思わず声を上げそうになった。

母が、そこにいた。いや、今の、多くの子を生《な》し、年老いた母ではない。信長が物心つくかつかないかの頃の、若く美しく、それでいてぞっとするほど冷ややかな視線を自分に向ける母だ。

違う。あの頃の母が今、目の前にいるはずがない。目を細め、女を見据えた。

思い出した。いつか、溢れ者の根城で助けた女。確か、吉乃とかいった。しっかりと化粧を施し、鮮やかな色遣いの小袖と打掛《うちかけ》で着飾っていて、あの時とはまるで別人だった。よく見れば、鼓を打っているのは吉乃の父、生駒家宗だ。そういえば、家宗は風雅の道にも秀でていると聞いたことがある。

だが、そんなことはどうでもよかった。腰の扇子を抜き、命じる。

「奏でよ」

再び、音曲がはじまる。

信長は腰を落とすと、大きく床板を踏み鳴らした。

腰を沈め、その場で回る。両足を揃え、跳び上がる。腕を振り、扇子で宙を切り裂く。

動きに合わせるように、笛の旋律が次第に激しさを増していった。

吉乃を見た。挑むような目つきで、信長の一挙手一投足を睨んでいる。刀を手に向き合うような心持ちだが、悪くはない。

母や家臣たちの、蔑《さげす》むような視線が刺さる。信長の舞は、誰に学んだものでもない。作法も何もない、野卑な踊りにしか見えないのだろう。

どれほどの間、舞っているのか。帰蝶のことも宴の退屈さも、頭から消えていた。

いつの間にか烏帽子が落ち、髪も襟元も乱れている。体も汗に濡れているが、それでも旋律に身を委ね、気持ちの赴くまま腕を振り、足を跳ね上げた。

途中、幾度も吉乃と視線を絡めた。吉乃は額に汗を浮かべ、頰を紅潮させている。

抑えがたい衝動に駆られた。刀のように閉じた扇子を握り、吉乃に向けて振り下ろす。

肩口から胸まで斬り下げられ、血に染まる吉乃。想像するだけで、恍惚《こうこつ》とした気分に包まれる。

気づくと、音曲はやんでいた。静まり返った広間で、聞こえるのは自分の荒い息遣いだけだ。

「なかなかに勇壮な舞であった。見事じゃ」

沈黙を破り、信秀が手を打った。他の者たちも、戸惑いながらも口々に追従《ついしょう》を並べる。すべて無視して、吉乃へ目をやった。しばし信長の視線を受け止め、笑みの一つも浮かべず一礼する。

やはり似ている。思った途端、胸の奥がざわつき、体中から熱気が失《う》せていくのを感じた。

「休む。宴は続けられよ」

低く言うと、一同は再び押し黙った。

扇子を腰に差し、歩き出す。

広間を出るまで、誰も声を発することはなかった。

寝所に戻り直垂を脱ぎ捨てると、ややあって衣擦《きぬず》れの音が聞こえてきた。

「帰蝶にございます」

「入れ」

床はすでに延べてある。信長は体を投げ出し、大の字に横たわった。帰蝶は褥《しとね》の横に端座し、こちらを見つめる。やはり、緊張は見られない。大した肝の据わり方だと、素直に感心した。

「そうか」

「まこと、お見事な舞にございました」

「勇ましく、それでいて優雅で、あれほど人の心を揺さぶる舞を、帰蝶ははじめて拝見いたしました」

「笛がよかっただけだ」

思ったまま答えると、帰蝶はくすくすと笑い出した。

「何が可笑《おか》しい」

「申し訳ございませぬ。父から聞いていた通りでしたので」

「どう聞いた？」

「無駄な言葉は口にせず、それでいて、どこか人を惹《ひ》きつけるものをお持ちだ、と」

「人望などない。一族郎党も他家の連中も、俺を蔑んだ目で見る」

「ですが、町の悪童たちには大層慕われておるとの由」

「うつけだからな」

うつけは、うつけにしか理解されない。他の者に理解されたいとも思わない。

「殿はご自身を、まことにうつけとお思いですか？」

「さあな。うつけか否かを決めるのは、俺ではなく他人だ。近頃は、〝海道一の大うつけ〟などと言う者もいる」

駿河の今川義元は、〝海道一の弓取り〟と称されている。同じ海道一でも、天地の違いだ。

「わたくしの前の夫のこと、お聞き及びにございましょう」

「大体のことは」

「頑健な御方《おかた》でしたが、わたくしの輿入れから一年足らずで、夥しい血を吐いてそのまま事切れました。たぶん、父が毒を用いたのでしょう」

「夫を父に殺されるのは、どんな気分だ？」

「前夫は猜疑心《さいぎしん》強く、己の血筋を誇るだけのつまらぬ御方でした。前夫が死んだ時、これで実家に戻れると喜んだものです」

帰蝶は淡々と語った。

「わたくしはこたびの輿入れにあたり、父から一振りの短刀を与えられております」

「尾張と美濃が手切れとなれば、自害せよとでも言われたか」

「いいえ。夫がつまらぬ男であれば、刺し殺して戻ってまいれと」

「怖いな」

「海道一の大うつけも、父は恐ろしゅうございますか」

笑われても、不思議と腹は立たない。器量は十人並みだが、笑うと笑窪《えくぼ》ができて、どことなく愛嬌がある。

「以前は、何かを恐れる自分が許せなかった。だが、最近になってわかった」

「と、申しますと？」

「怖いと認めることと、震え上がって膝を屈することとは別だ。相手が誰であろうと、それがいかに恐ろしくとも、俺の前に立ちはだかるのであればすべて……」

言い澱《よど》んだ信長の顔を、帰蝶が笑みを湛《たた》えたまま覗《のぞ》き込む。

「すべて？」

「……殺す」

帰蝶の顔から、笑みが消えた。

「立ちはだかる者を悉《ことごと》く薙《な》ぎ倒して、殿はいったい何処《いずこ》へ向かわれるおつもりです？」

「そこだ。織田の嫡男という境遇は変えられん。だから、前に進まねばならんとは思う。だが、自分が何処へ行きたいのか、何がしたいのか、それが一向にわからん」

信長は、いつになく多弁になっている自分に気づいた。もしかすると、帰蝶の術中に嵌まっているのかもしれない。だとすれば、やはり蝮の娘か。ただ、それが不快だとは思わなかった。

しばし真顔でこちらを見つめると、帰蝶は弾けるように笑った。

「何だ」

「父から与えられた短刀は、しばらくの間、しまっておくことにいたします」

「しばらく、か」

「はい。帰蝶は、織田信長という御方のことを知りとうなりました。あなた様が何処へ向かわれるのか、しかと見定めた上で、短刀を用いるか否かを決めまする」

「で、あるか」

体を起こし、帰蝶の襟首を摑んだ。打掛を剝《は》ぎ取って引き寄せ、褥の上に組み伏せる。

「男は知っているか？」

小さく、帰蝶は頷《うなず》いた。

「ならば、俺という男のことを教えてやる」

頰をかすかに強張らせているが、目を閉じるでもなくこちらを見上げる。

挑むような目つきに、腹の底が熱くなるのを感じた。薫《た》き染《し》めた香の匂《にお》いが鼻をくすぐる。つい先刻の狂熱が蘇《よみがえ》ってきた。

「俺のことを知りたくば、そなたも、うつけになれ」

「はい。帰蝶は、うつけになりまする」

唇を重ねた。胸元に手を差し込むと、帰蝶は身を捩《よじ》って抗う素振りを見せる。

「なりません。小袖が」

「何だ」

「汚れてしまいます」

「構わん。いくらでも買ってやる」

「でも……」

言い終わる前に、再び唇を塞《ふさ》いだ。裾を割り、左手を差し入れる。重ねた唇から、苦しげな吐息が漏れた。堪えきれず、着衣を脱ぎ捨てる。帰蝶の帯も解き、前をはだけさせた。小ぶりな乳房が露わになる。そっと触れ、軽く力を込めた。先端を口に含み、舌で転がす。

幼い頃の俺は、こんなものを嚙み千切っていたのか。

何という、おぞましい餓鬼だろう。母が自分を忌避し、疎んじるのもわからなくはない。

いや、赦《ゆる》せるものか。母の姿が脳裏をよぎった刹那、怒りとも憎しみともつかない感情が押し寄せてきた。乳房から口を離し、足を広げさせる。陰りに突き入れた。きつく、強い抵抗があったが、強引に捻《ね》じ込み、覆いかぶさる。

声を上げる帰蝶の顔が不意に、あの吉乃とかいう女のそれと重なった。あるいは、吉乃にかつての母の姿を見ているのか。どちらでもいい。母も、母に似た吉乃も、俺は生涯、赦しはしない。

昂《たかぶ》りに身を任せ、激しく動いた。帰蝶が顔を歪《ゆが》める。それでも、動きは止めない。もっと苦しめ。声を上げて泣き叫べ。俺に、赦しを乞え。

刃を突き立てるように何度も貫き、全身を震わせながら果てた。

体を離し、横臥《おうが》する。息が上がっていた。目を閉じたままの帰蝶の胸も、かすかに上下している。

俺は誰を抱き、何を犯したのか。答えが出ないまま、信長は眠りに落ちた。

五

蝮の娘だけあって、やはり帰蝶は変わり者だった。

信長の普段着、すなわちうつけの装束を見ても、嗤うでも眉を顰めるでもなくしげしげと眺め、「なるほど。理に適《かの》うておりますね」などと感心したように言う。

早朝から馬を責め、鉄砲を放ち、小姓近習と相撲を取るのが信長の日課で、川の水が温《ぬく》めば水練も加わる。三日に一度は悪童たちを集め、戦の稽古《けいこ》もした。

帰蝶はそのすべてを見物したがり、引き止める侍女たちを振り切って同行した。帰蝶の馬術は男顔負けで、邪魔になることもないので好きにさせている。

「あの槍、ずいぶんと長《なご》うございますね」

輿入れから十数日が経ったある日、戦稽古に出かけた川原で、見物に来た帰蝶がぽつりと言った。その視線の先では、二組に分かれた悪童たちが隊列を組み、稽古用の槍で叩き合っている。

「職人に命じて、特別に作らせた」

「これも、理に適うております」

通常の槍は、およそ二間から二間半だが、信長が作らせた槍は、三間半あった。戦では、足軽の槍は突くのではなく叩くためにある。ならば、長い方が敵より先に届き、その上、高い位置から振り下ろすので威力も増す。そう考えてのことだ。

「尾張の兵は、弱いからな」

小豆坂の合戦で、父は今川勢とほぼ互角の兵力を持ち、地の利も得ていた。にもかかわらず惨憺《さんたん》たる敗北を喫したのは、用兵云々《うんぬん》以前に、兵の強弱によるところが大きい。

元々、尾張の兵は弱いと言われている。加えて、信秀が自前で動かせるのはせいぜい三千程度で、不足分は清洲や岩倉からの援軍に頼らざるを得ない。他家から送られてきた兵が、信秀のために命懸けで戦うはずがなかった。

差し当たり、信長は自身の手勢を育てることにした。信長から扶持《ふち》を受け、信長のためだけに戦う。手足のごとく動かせて、軍勢の規模が大きくなれば、その中心となる者たちだ。

幸い、周りには力を持て余した若い連中が多くいた。いずれも、下級の武家や百姓、町人の次男、三男である。信長はこうした者たちを集め、馬廻り衆として編制した。今のところ、その数は三百。扶持は、すべて銭で支払っている。

「それで、あの旗ですか」

帰蝶が指した先には、永楽銭を模した紋様を染め抜いた新しい旗が翻っている。

「銭を旗にするなどとんでもないと、年寄り連中はずいぶんと反対したがな」

三間半の長槍も、常雇いの馬廻りも、平手政秀ら老臣たちはことごとく異を唱えた。曰《いわ》く、三間半では長過ぎて、容易に扱えるものではない。曰く、銭で雇った兵など、物の役には立たない。それらの異見をすべて無視したせいで、うつけの評判はさらに高まっていた。

隠し立てしたところで、いずれは道三の知るところとなる。包み隠さず話してやると、帰蝶は一瞬驚いたような表情を浮かべ、それから頬を緩めた。

「殿」

「何だ？」

「殿は、うつけかどうか決めるのは自分ではない、と仰せになりました」

「言ったな」

「では、わたくしが決めて差し上げます。殿は、断じてうつけなどではございません」

そなたが決めたところでどうにもなるまい。言いかけたが、なぜか誇らしげに胸を張る妻の姿を見て、やめた。

「そうだ。どうせなら、槍の柄を殿の鞘と同じように朱で揃えたらいかがです。そうすれば目立つ上に、敵も恐れをなしましょう」

朱色の槍を林のごとく立てながら、整然と進む軍勢。悪くはない。なかなかに傾《かぶ》いていると、信長は思った。

「帰蝶。そなたは、おかしな女だ」

「ありがとうございます」

「誉めてはおらん」

冷ややかに言っても、帰蝶の笑みは消えない。

しばらく黙って稽古の様子を眺めていると、馬蹄《ばてい》の響きが聞こえてきた。那古野城の方角からだ。馬を駆るのは平手政秀の嫡男、五郎右衛門《ごろうえもん》である。

疾駆する馬を見て、信長は息を呑んだ。

並の駿馬《しゅんめ》ではない。すらりと長く伸びた四肢で地面を蹴り、跳ぶように駆ける姿は思わず見惚れるほどに美しい。馬格も、選びに選び抜いた信長の愛馬より一回り以上大きかった。

五郎右衛門が手綱を引いて下馬すると、信長は馬に歩み寄った。

葦毛《あしげ》の牝馬《ひんば》だ。あれほど駆けても、ほとんど汗を掻いていない。首筋を撫《な》でる。まだ走り足りない。その思いが、掌《てのひら》を通して伝わってきた。五郎右衛門の馬は、信長を威嚇するでもなく、撫でられるに任せている。

「これは驚き申した。この馬が、それがし以外に触れることを許すとは」

当然だ。馬の稽古には、人の何倍も力を入れてきた。今では、人よりも馬の気持ちの方がよくわかる。そしてこの馬は、五郎右衛門を背に乗せることを喜んではいない。

欲しい。この馬を、俺にくれ。熱に浮かされたように言いかけた時、五郎右衛門が声を落として言った。

「若殿、大事にございます」

「何事か」

平静を装って訊ねると、五郎右衛門は横目で帰蝶の顔を窺《うかが》う。

「よい。申せ」

「されど」

「帰蝶は、俺の正室だ」

「はっ。では……」

竹千代の父、松平広忠が死んだ。三月六日のことだ。

間者《かんじゃ》の報せによれば、広忠は城内で寛《くつろ》いでいたところを、岩松八弥《いわまつはちや》なる近習に刺殺されたのだという。八弥はその場で別の家臣に討ち取られている。

刺客。即座に、その言葉が浮かんだ。もしかすると、八弥を討ち取った家臣も一味なのかもしれない。

口上を聞くうち、信長はこめかみのあたりがひりついてくるのを感じた。

「末森へまいる」

言い捨て、馬に跨り鞭《むち》を入れた。慌てて、数騎の近習が追ってくる。振り返ることなく馬を飛ばし、四半刻《しはんとき》（三十分）ほどで末森に着いた。

案内も待たず、奥の居室へ向かう。

「若殿、お目通りは表座敷にて……」

引き止める父の小姓を振り払い、襖《ふすま》を開ける。

「何事だ、騒々しい」

何かの書状に目を通していた信秀が、顔も上げずに言う。

「何ゆえ、竹千代の父を殺《や》った？」

憚《はばか》ることなく大声で質《ただ》すと、信秀は手を振り小姓を下がらせた。

「誰に聞いた？」

「誰にも聞いてはおらん。だが今、広忠が死んで利があるのは、父上だけだ」

広忠が死んで当主不在となれば、松平の家臣団は信秀に膝を屈し、竹千代の返還を求めるしかない。竹千代の後見とでも称して松平家中に人を送り込めば、三河は労せずして信秀の手中に収まる。

ほとんどが白くなった顎鬚を撫でながら、値踏みするような目を向けてくる。

「まずは、座れ。落ち着いて話もできん」

大小を脇に置き、胡坐をかいて向き合った。

「確かに、広忠に刺客を差し向けたはわしじゃ」

あっさりと信秀は認めた。

「それで、そなたが何ゆえ腹を立てておる？」

問われて、信長は言葉に詰まった。

「しばしば熱田の加藤順盛の屋敷を訪っているそうだが、よもや、竹千代に情が移ったのではあるまいな？」

情が移るというのがどういうことか、信長には理解できない。ただ、広忠の死を聞いて父の仕業と確信した時、わけのわからない怒りに駆られたのは間違いない。

「広忠が死ねば、竹千代は人質の境遇を脱し、晴れて三河松平の当主となる。見知らぬ敵地で幽閉の身の上にあるより、よほど幸福とは思わぬか？」

だが、自分を棄てた父親を、竹千代は今も慕っている。度し難いほど愚かだが、それを嗤う気にはなれない。

「いま一度問う。わしが広忠を謀殺して、何かまずいことがあるか？」

「……竹千代が悲しむ」

我ながら、無様な答えだと思った。

大きく息を吐き、信秀は再び書状に目を通しはじめた。

「情けになど囚《とら》われぬ男と思うておったが、少しばかり買いかぶりすぎておったかのう」

「俺は……」

「もうよい。帰れ」

失望の色。信秀の目に、はっきりと浮かんでいる。

狼狽《うろた》えた。自分でも不可解なほど、動揺している。己が情に流される愚物だと知らされたからか、それとも、父に見棄てられる恐怖か。

馬鹿な。そもそも一度、自分を棄てた父ではないか。胸の裡《うち》で否定しても、狼狽《ろうばい》は治まらない。

唇を噛み、大小を摑んで立ち上がった。

それから数日と経たないうちに、今川家の太原雪斎が率いる大軍が駿河を発し、三河に入ったという報せが届いた。雪斎は岡崎に入城し、今後は城代として、当主不在の松平家を統率するのだという。

これにより、竹千代を松平当主に据えるという信秀の目論見《もくろみ》は完全に頓挫《とんざ》した。今川の動きの速さを勘案すれば、信秀が広忠の謀殺を狙っていることを、事前に察知していたのかもしれない。

「竹千代君にお会いにならなくてよいのですか？」

ある夜、帰蝶が閨《ねや》の中で言った。

「会って、どうする？」

「謝るなり、慰めるなり、何かございましょう」

「俺は、竹千代の仇《かたき》の息子ぞ。どの面下げて会いに行ける」

「義父上《ちちうえ》が裏で動いていたこと、竹千代君はご存知ないのでしょう？」

「それはそうだが」

織田家にとって、竹千代は単なる駒《こま》の一つにすぎない。頭ではわかっていても割り切れないのは、己の心の弱さなのだろう。その弱さが許せず、それでいてどうすればいいのかもわからない。父にははっきりと失望された。今頃、跡目についても再考しているかもしれない。

跡継ぎの地位を失えば、自分はどうなるのだろう。妾腹の兄たちや信行に頭《こうべ》を垂れながら、一生を終えるのか。いや、あの者たちはいずれ必ず、俺を殺す。ならば、いっそのこと出家でもするか。だが、そこまでして生き長らえる価値が、この世にはあるのか？

「やめた」

考えるのが面倒になり、帰蝶の胸に顔を埋《うず》めた。


この年の秋、信秀は清洲の織田大和守と和睦した。美濃大垣を失うきっかけを作られてもなお、信秀は主家に弓引くことを選ばなかったのだ。

広忠の一件以来、父とは疎遠になっている。後継は信広、もしくは信行という噂が、まことしやかに流れていた。発言力のある一門や重臣の中で、いまだに信長を後継に推しているのは政秀ただ一人と言ってもいい。

秋が過ぎ、冬が訪れた。尾張は夏暑く、冬寒い。十一月にもなれば、小雪がちらつく日も多くなる。

帰蝶の輿入れから半年ほど経った頃から、家臣たちがしきりに側室を持てと進めてくる。幾度となく交わりを重ねても、帰蝶には一向に懐妊の気配が見られない。石女《うまずめ》の帰蝶には、正室の役目は果たせない。家臣たちは、そう判断したのだ。

「誰ぞ、心当たりはございませぬか？」

このところ、事あるごとに平手政秀が訊ねてくる。

「帰蝶はまだ十八じゃ。石女と決めつけるのは早かろう」

「されど、お世継ぎは早く、そして多く作るにこしたことはございません。何でしたら、爺が年頃の女を見繕ってまいりまするが」

「いや、やめておく。爺の趣味は当てにならん」

政秀は一度、自身で見つけた百姓娘を妾にと連れて来たことがある。力士かと見紛うほど大柄で、見るなり信長は逃げ出した。

「若殿はわかっておられぬ。女子は器量ではなく、丈夫な世継ぎを産めるか否かにござるぞ」

「わかったわかった。好きにいたせ」

懐妊云々はさておき、帰蝶とのまぐわいの最中、別の女の顔が浮かぶことが多々あった。

吉乃。あの女はいったい何なのだ。祝言の日、あの女の笛で舞って以来、脳裏にあの女の顔が焼き付いて離れない。

あれから、鷹狩《たかが》りや遠乗りに事寄せて、小折村の生駒屋敷を訪うようになった。溢れる者から吉乃を助け出した恩義を感じてか、生駒家宗からは毎度、盛大な歓待を受けている。だが、吉乃は信長の前に出てくることもほとんどなく、出てきても形ばかりの挨拶を述べるだけだ。

聞けば、吉乃は信長より六つも年長だという。とうにどこかへ嫁していてもおかしくないが、笛の稽古に明け暮れ、縁談はことごとく断っているらしい。

あの女はいつ、どんなことで笑うのだろう。笛を吹くことで、心の中の何を満たしているのだろう。ふとした時にそんなことを考えている自分を見つけ、信長は戸惑った。

恋慕などではない。そもそも、誰かを恋しいという感情が信長にはない。敵か、それとも信長に支配されるか。他人など、そのどちらかでいい。


膠着《こうちゃく》していた三河の情勢が動いたのは、十一月だった。

松平広忠の横死後、岡崎に詰めていた太原雪斎が突如、信秀の庶長子三郎五郎信広が守る安祥城に攻め寄せたのだ。

安祥城は平城《ひらじろ》だが、幾多の湖沼に囲まれた要害である。だが、今川勢の動きは迅速で、城方に備えを固める間も与えず次々と郭《くるわ》を突破、信広はあえなく生け捕られたという。

信長は四歳年長の信広と、数えるほどしか言葉を交わしたことがない。家中の評価では、文武ともに優れた資質の持ち主ということになっているが、信長にはそれほどの人物とも思えなかった。そして兄弟たちの例に漏れず、うつけの信長に侮蔑の目を向けている。

「それで、父上はどうするつもりだ？」

訊ねると、末森から戻った政秀は言い澱んだ。

「はあ、それが」

「何だ、申せ」

数拍の間を置き、政秀が口を開く。

「大殿は、竹千代との人質交換に応じるとの仰せでした」

「そうか」

安祥陥落の直後、太原雪斎から使いが送られてきた。竹千代を今川に引き渡せば、捕らえた信広は生きて返すという。そしてその申し出を、あろうことか父は受けた。

「愚かな」

竹千代を引き渡せば、三河は完全に今川の手に落ちる。それでもなお、信広ごときを助けたいのか。

「大殿にとっては、三郎五郎様も大切なお子の一人にございますれば」

「あの父上が、父子の情などで動くものか」

言い捨て、席を立った。

「どちらへ？」

「遠乗りだ」

馬を曳いて城を出たものの、行く当てはない。

父は、信広を跡目に据えるつもりなのだろうか。人質交換に応じたということは、父にとって信広が、三河を棄ててまで取り戻したい人材ということだ。自分にそこまでの価値があるのか、信長にはわからない。

荒《すさ》んだ気持ちのまま、当てもなく馬を飛ばす。

どれほど駆けたのか、気づくと小折村の近くまで来ていた。

「これは、織田の若殿ではござらぬか」

声をかけてきたのは、滝川一益だった。溢れ者の根城を襲った後、信長は助け出した吉乃を一益に託した。吉乃を送り届けた一益はそれ以来、生駒屋敷の客分に収まっている。

「ちょうどいい。今日はなかなかの大漁でしてな」

見ると、一益は釣竿《つりざお》を手にしている。腰には、大振りな魚籠《びく》を提げていた。

「そこもとは、悩みが無さそうで羨《うらや》ましい」

「ほう、若殿は何ぞお悩みかな。そうした時は、一杯やって寝てしまうのがよいぞ」

促されるまま、生駒屋敷に上がり込んだ。いつものように、生駒家宗とその一族郎党が丁重に出迎える。無意識のうちに吉乃を探している自分に気づき、信長は苦笑した。

吉乃は笛の師のもとに出向いていて、戻るのは夕刻だという。

「たまには、酒でも呑んでみるか」

そう呟いたのが、間違いのもとだった。

一益に勧められるまま二度、三度と盃を干すうち、眩暈《めまい》に襲われ吐き気を催した。何度か嘔吐《おうと》した。いつ床についたのかも覚えていない。目覚めると、見知らぬ部屋で寝かされていた。

灯明《とうめい》の薄暗い光の中、人影が見える。女。帰蝶ではない。

「お目覚めになられましたか」

吉乃。思わず体を起こすと、こめかみに刺すような痛みが走った。呻《うめ》くと、水差しを手渡された。冷えた水が、吐き疲れた喉を潤していく。

「俺は、どのくらい寝ていた？」

「三刻（六時間）ばかりかと。今は、亥《い》の刻《こく》（午後十時頃）を過ぎたあたりにございます」

城には、すでに使いを送ったという。

「ずいぶんとお過ごしになられたそうで。わたくしが戻った時、すでに潰れておいででした」

「ずっと、ついていたのか？」

「はい。父に申しつけられましたので」

淡々とした口ぶりで答える横顔はやはり、若い頃の母に似ている。この顔が歪むところを見てみたい。酔いの残る頭で思った。

「吉乃」

「はい」

「俺は、そなたが欲しい」

思い切って口にしたが、吉乃は戸惑う素振りも見せず答える。

「それは、側室にということにございますか？」

「そうだ」

「聞いて、おられぬのですか？」

「何のことだ。嫌と言うなら、城に上がらずとも、いや、妻にならずともよい。とにかく、俺はそなたが欲しいのだ」

「それは、なりませぬ」

表情ひとつ変えず、吉乃は言った。

「俺を、嫌《きろ》うておるのか。俺がうつけで……」

生みの母にも忌み嫌われる、おぞましい人間だからか。言いかけたところで、吉乃は首を振った。

「嫌うてなど、おりませぬ。あの祝言の日、ご無礼ながら、相通じるものさえ感じました」

「ならば、なぜ？」

「年が明ければ、わたくしは人の妻となりまする」

「……誰だ」

「土田弥平次《やへいじ》様。土田御前様の、甥御《おいご》に当たる御方です」

その名に、信長は困惑した。なぜ、ここで母の名が出てくるのか。甥に生駒の娘を嫁がせて、母にそれほどの利があるとも思えない。

「土田御前様が直々《じきじき》にこの屋敷へおいでくださり、お話をいただいたのです。生駒のような弱き家が、断れるはずもございませぬ。どうか、ご寛恕《かんじょ》くださいませ」

床に手をつき、頭を垂れる。

吉乃が、自分に赦しを乞うている。だが、望んだのは決して、こんな形ではなかった。

低く言ったが、吉乃の姿勢は変わらない。

「頭を上げよ」

「頼む……頭を上げてくれ」

ようやく頭を上げた吉乃をまともに見ることもできず、信長は夜具に潜り込んだ。

何のことはない、懇願しているのは俺の方ではないか。己のあまりの無様さに、全身が震えた。


数日後、竹千代が熱田を発《た》った。

結局、広忠が死んだと聞いてからは一度も会っていない。いや、会うことができなかったのだ。

俺は弱い。そのことが、嫌というほどよくわかった。どれほど傾《かぶ》いたところで、力無き者の言葉など、誰も聞き入れはしない。

強くなるにはどうすればいいか。この数日、そのことだけを考えた。この乱世では、弱い者は力ある者に奪われ、失うばかりだ。ならば、奪う側に回るしかない。

「出かけてくる」

言うと、帰蝶は微笑を浮かべ、黙って頷いた。

一人で城を出て、馬を飛ばす。

追いついたのは、鳴海城《なるみじょう》の近郊だ。このあたりは丘陵が多く、街道は丘の裾を縫うように蛇行している。そこを、二十人ほどの行列が進んでいく。

虜囚の身から解き放たれたといっても、竹千代はこのますんなりと松平の家督を継ぎ、岡崎城主になれるわけではない。まずは今川家の本拠、駿府《すんぷ》へと送られ、成人までを過ごすことになる。松平家の主となれるかどうかは、本人の器量と今川義元の考え次第ということだ。

小さな丘の上から、行列を見下ろす。声をかけるつもりも、引き止めるつもりもない。だが、眼下の行列は動きを止め、一人が信長のいる丘を駆け上ってきた。

から、竹千代は一旦首を傾げるのを止めた。

「織田の、若殿にございましょうや」

中間《ちゅうげん》か小者らしき、みすぼらしい身なりの中年男だ。頷くと、男は平伏し、竹千代からの言伝《ことづて》を述べた。

「これまでのご厚情、まことに有難く存じ候。いずれ、折を見てお返し仕《つかまつ》りたく候。また、祭り見物の約定《やくじょう》、お忘れなきよう願い奉る、との由にございまする」

思わず、信長は噴き出した。何が〝願い奉る〟だ、餓鬼のくせに。

「戻って竹千代に伝えよ。約定の儀、ゆめゆめ忘るることなく存じ置き候、と」

男が駆け戻り、駕籠《かご》の前に片膝をついて口上を述べる。と、下ろされた駕籠から竹千代が出てくるのが見えた。

深々と一礼すると、あの丸顔に満面の笑みを浮かべ、再び駕籠に乗り込んでいく。

竹千代は強い。己の境遇を笑って受け入れ、弱みを見せることもない。

だが、俺はいずれ、竹千代など足元にも及ばぬ強さを手に入れる。そして、今まで誰も見たことのないような盛大な祭りを、竹千代に見せてやる。

その時までは死ぬなよ。心の中で念じて、馬首を返した。

第二章　弾正忠家崩壊

一

弾正忠家の衰退は、その後も続いた。

竹千代と引き換えに信広の身柄は取り戻したものの、今度は配下の犬山城主《いぬやまじようしゆ》、織田信清《のぶきよ》が背いた。末森を目指した犬山勢は、信秀の出陣であえなく撃退されたが、一昨年の秋には鳴海城の山口教継《やまぐちのりつぐ》が織田家を見限り、今川に寝返った。

弾正忠家だけでなく、信秀自身にも衰えが見えていた。

信秀はこのところ病がちで、犬山勢を打ち破って以来、信秀が表に出てくることはほとんどなくなっている。血を吐いたという噂も聞こえていた。信長は何度か末森城を訪ねたが、父の近臣たちから「今は会える状態ではない」と追い返されている。おそらく、母の意向を受けてのことだろう。

水面下では、再び後継争いが激しくなっていた。安祥失陥で武名を落としたものの、年長で経験のある三郎五郎信広と、折り目正しく、若くして風格を備えた勘十郎信行。信長を推すのは、相変わらず平手政秀のみである。信秀に万一のことがあれば、兄弟間の戦になるという風説も流れていた。

微妙な緊張を孕《はら》んだまま天文二十一（一五五二）年を迎え、信長は十九歳になった。

吉乃は一昨年の正月に嫁いでいったが、信長は以前にも増して、生駒屋敷に通う日が多くなっている。

無論、吉乃と出会う偶然など期待してはいない。別のものを求めてのことだ。

近頃、信長は馬廻り衆を鍛える役を河尻与兵衛ら近習に任せ、自身は商いを学ぶことに専念していた。信長の追い求める力とは何なのか。突き詰めて考えた結果はやはり、銭だった。

銭さえあれば、兵を雇い、鉄砲を買い、敵を上回る量の兵糧《ひょうろう》を集められる。敵対する家中にばら撒《ま》いて離反を促し、寺社や朝廷に献金すれば、権威さえ買うことができる。

「大殿の優れた点は多々あり申すが、やはりその最たるは、銭の使い方にござる」

政秀も生駒家宗も、口を揃えて言う。たとえ同じ額の銭でも、使い方ひとつで絶大な効果を示すこともあれば、肥溜《こえだ》めに捨てたも同然の結果となることもあるのだ。

銭について学ばねばならない。そのための、生駒屋敷通いだった。信長は生駒家の奉公人に交じって商いの帳簿を睨み、銭の集め方、物の動かし方などをつぶさに検討した。主筋で、娘の恩人でもある信長に、家宗から文句が出ることもない。むしろ、信長が商いに興味を示すことを喜んでいるようだ。

「軍勢を繰り出して土地を奪い合ったところで、得られる物はわずか。兵や矢銭の損耗を考えれば、失う物の方が多いこともままございまする」

「戦に明け暮れる連中は、阿呆《あほう》ということだな」

「まあ、そういうことになりますな」

吉乃の父とは思えないほど、家宗の容姿は凡庸だ。武人として戦場で手柄を立てたという話も聞かない。それでも、学ぶべきところは多くあった。

「銭は、手元に蓄えるだけでは意味がござらん。銭と物の流れを作り出し、そこから上がる利を武力へと変える。さすれば、戦わずして敵を屈服させ、さらに大きな流れを生み出すことができ申す」

「戦うより、その流れに加わった方が得。敵に、そう思わせろということか」

「まさしく」

足繁《あししげ》く通っているのは、生駒屋敷だけではない。津島や熱田の有力商人のもとにも頻繁に顔を出している。

信長の馬廻り衆は皆若く体力に優れてはいるが、実戦の経験が少ない。それを補うため、信長は商人たちの私兵を使うことにした。

手広く商いを行う富豪の多くは、商品を護《まも》るための自前の兵を抱えている。信長は、商人たちの権益をこれまで通り保障する代わりに、有事の際にはそれらの私兵を配下に組み込むことを認めさせたのだ。その多くは潰れ百姓や浪人、野盗といった連中だが、若い馬廻りよりも場数は踏んでいて、功名を求める気持ちも強い。

一族郎党のほとんどが信用できない以上、配下は己の目で選ばねばならない。必要なのは、能力だけだ。身分や家柄になど、こだわっている余裕はなかった。

銭の流れを学ぶのも、手勢を集め、三間半の長槍を持たせるのも、すべては生き残るためだ。自分が何をしたいのかは、いまだにわからない。だが、生き残らねば、何もはじまりはしない。

三月三日、信長は数人の近習だけを連れ、海東郡の蜂須賀村《はちすかむら》を訪ねた。

弾正忠家の版図《はんと》の外だが、この地にも〝尾張の大うつけ〟の名は鳴り響いている。傾《かぶ》いた装束で馬に揺られる信長に、村人たちは奇異の目を向けてきた。

「蜂須賀小六《ころく》という男に会いたい。俺は、織田三郎信長という者だ」

一際大きな屋敷の前で来意を告げると、門番は慌てて邸内に駆けていった。

案内を受け、座敷に上がった。屋敷は、生駒家のものに勝るとも劣らない広さだ。ただ、あちこちに粗末な身なりの男たちが屯《たむろ》していて、溢れ者《あぶれもの》の住処《すみか》と言われても違和感はない。

「失礼仕ります」

碗《わん》を運んできたのは、小柄な下人風《げにんふう》の男だった。

少し迷い、碗を手に取った。殺すつもりならば、機会はいくらでもあった。毒殺などという回りくどい方法は採らないだろう。

中身は、濃い茶だった。富豪の屋敷でも出されたことのない、上等なものだ。たぶん、京か堺あたりから仕入れたのだろう。

「ところで、この屋敷には女はおらんのか？」

「へえ。生業《なりわい》が生業だけに、女子どもが寄りつきませんで」

愛想のいい笑みを浮かべる男は、なかなかに面白い面貌をしていた。声は若いが顔は皺だらけで、猿にも似ているし、人よりも飛び出た目玉や歯は、鼠《ねずみ》にも見える。

それから、男は頼みもしないのに世間話をはじめた。あそこの遊女屋の女が美しいだの、どこぞの代官が民から搾り取って私腹を肥やし、恨みを買っているだの、そんな話だ。

つまらなければ手討ちにするところだが、他家の下人を勝手に斬るわけにもいかない。それに、男の話は尾張だけでなく、美濃や三河、遠江から駿河のものにまで及ぶ。聞けば、男の本業は針売りで、東海道の諸国を歩き回っているのだという。旅に出ていない時はこの屋敷で世話になり、下人のようなことをしているらしい。ずっと年長かと思っていたが、驚いたことに、信長より三つも下なのだという。

話を聞いているうちに、あることに気づいた。

「そなた、その指……」

右手の親指の外側に、指がもう一本ある。

「へえ。聞けば、ごく稀《まれ》にこうした赤子が生まれるようですな。普通の親はすぐに切り落とすそうですが、俺の母はそんな真似はできなかったそうです」

母親の気持ちなどわからないが、先々我が子が奇異の視線を浴びるよりも、指一本切り落とす方がましだろう。

「では、さぞや母を恨んでおろうな」

「何の、母には感謝しておりまする。人と違うことは、恥ではございませぬ」

男の言うことが、信長には理解できない。人と違うせいで自分は疎まれ、嗤われている。

「そなた、名は？」

「日吉丸《ひよしまる》と申しまする。針がご入用の時は、お申し付けくださりませ」

「針を買うことはないだろうが、覚えておく」

日吉丸が退出すると、顔の半分に黒々とした髭を蓄えた大柄な男が現れた。四角い顎に太い四肢、日に焼けた肌は、武士というよりも熟年の漁師を思わせる。

「蜂須賀小六正勝《まさかつ》にござる」

戦場嗄《が》れした野太い声で、男が名乗った。信長より八つ上だという話だが、ずっと上に見えた。

「織田の若殿が何の前触れもなくおいでとは、いったいいかなるご用かな？」

穏やかに言いながらも、目の光は鋭い。

「俺は無駄な言葉を好まぬゆえ、直截《ちょくせつ》に申す。俺に、力を貸してもらいたい」

「ほう、それがしのような小身の土豪に、いったいどんな力があると？」

「つまらぬ謙遜はするな」

蜂須賀村の小領主という顔は、あくまで一面に過ぎない。

小六はどこの大名にも属さず、濃尾《のうび》国境の河川舟運に携わる川並衆《かわなみしゅう》を束ねていた。その配下は二百を超え、大名に雇われて戦に出ることも多いという。

「尾張、美濃、伊勢を往来して物や銭を動かし、精強な兵を抱えるそなたは、そこらの武家などよりよほどの力を持っておろう。そして何より、裏で働く者たちを抱えておる。兵を抱える商人は多くいるが、忍びを養う者は、そなたの他にはおらん」

小六の眼光が、鋭さを増した。こちらを威圧してくるものを感じながら、信長は続ける。

「子飼いの手勢は、ある程度形になった。商いを学び、銭と物の流れも摑んだ。あと一つ必要なのは、裏の力だ」

蜂須賀党と呼ばれる影働きをする者たちの風聞は幾度か耳にしていたものの、どれほど探ってもその全貌は摑めなかった。だが、川並衆と対立した武士や商人が、幾人も不可解な死を遂げたり、姿を消したりしているのは間違いない。

「川並衆は雑多な者どもの集まりゆえ、確かに、そうした者どももいくらかはおり申す。されど、弾正忠家ほどの銭の力があれば、伊賀《いが》や甲賀から腕の立つ者を雇うこともできましょう」

「どこの家でも、伊賀者や甲賀者は、その時々に応じて銭を払い、仕事をさせる。だが俺は、常に影働きのできる者を置いておきたい。俺には、敵が多いゆえな」

「なるほど。それで、力を得た貴殿は、いったい何をなさるおつもりかな？」

顎鬚を撫でながらこちらを窺う小六の目は、商人そのものだ。

「父上は重い病だ。遠からず、死ぬであろう」

何でもないことのように言っても、小六は表情を変えない。

「まがりなりにもまとまっていた尾張は、父の死で割れる」

「で、ありましょうな」

「ばらばらになった尾張を、我が名の下に統一いたす」

「ほう。それは、守護も守護代も廃し、信長殿お一人で尾張全土を治める、ということにござろうか」

「そうだ」

他の者が聞けば、嗤うだろう。尾張の統一どころか、弾正忠家を継げるかどうかも疑わしいのだ。

だが、小六は嗤わなかった。値踏みをするような目を向けてくるだけだ。

「して、尾張が統一されたとして、我らに何の利が？」

「木曽川《きそがわ》に設けた関も、荷にかかる運上金も廃する。好きなように川を行き来できるようになれば、川並衆の得る利は今の数倍となろう」

「なるほど」

小六の口元には、かすかな笑みが浮かんでいた。

「ここで、つまらぬ理想だの、お父上の果たせなんだ志だのを持ち出せば、即刻お帰り願うつもりにござったが、商いを学んだというのはまことのようじゃ」

「ならば、力を貸してくれるか」

「承知仕った。必要な時には、いつでもお声をかけられよ。されど今はまだ、主従の契りを結ぶつもりはござらぬ」

信長の臣ということになれば、今後の商いに支障が出るということだろう。今は誰にも属さないことが、川並衆の利に適っている。

「それでよい。尾張一国を制するまでは、一働きごとに銭を払おう」

「若殿は、そこらの商人などより、よほど商いの才をお持ちじゃ」

はじめて、小六は声を上げて笑った。

話がまとまると、小六は「お近づきの印に」と、信長の近習も交えての宴を開いた。

信長は酒こそ呑まなかったが、粗野な男たちばかりの宴は居心地の悪いものではない。

興が乗り、女装して女踊りを披露すると、次は日吉丸が、本物としか思えない猿の物真似で場を沸かせる。

結局、その日は蜂須賀屋敷に泊まり、翌朝、那古野に戻った。

大手門をくぐると、城内がどこか浮き足立っているように感じた。

「若殿、どこに行っておられたのじゃ！」

馬を繋《つな》ぐと、血相を変えた政秀が飛んできた。肩衣《かたぎぬ》に袴という正装である。

「大殿が、身罷《みまか》られました」

疲れを滲ませた声で、政秀が呟くように言う。

信長はどこへ行くにも、誰かに行き先を告げることはない。自分の命を狙う者など、掃いて棄てるほどいる。刺客を避けるには、誰にも居場所を知られないことだ。

もっとも、今回はそれが裏目に出た。父は昨夕危篤に陥り、そのまま何も言い残すことなく息を引き取ったという。通夜はすでに終わり、遺体も荼毘《だび》に付されていた。

「昨日か」

桃の節句だった。あの父がそんな日に死ぬなど、笑い話にもならない。

「葬儀は本日、万松寺《ばんしょうじ》にて執り行われまする。急なことゆえ、喪主は勘十郎信行様が務められるとの由」

「で、あるか」

「急ぎお着替えを。御方様も、とうに仕度をすませておりまする」

「爺は、帰蝶を連れて先に行け。俺は、後からまいる」

「何を申される。お父上のご葬儀に……」

「行け、と申した」

覚えず怒気が滲み出たのか、政秀の顔が一瞬強張る。何か言おうと思ったが、言葉が上手《うま》く出てこない。

「何か、深いお考えあってのことにございましょうや」

無言で頷き、足早にその場を去った。

誰もいない座敷に、大の字になって寝転ぶ。

政秀にはああ言ったが、葬儀に出る気などまるでなかった。深い考えなど、何もありはしない。ただ、死んだ人間に経を上げ、弔辞を読んで悲しんでみせることに、何の意味があるのかと思うだけだ。

とうに予期していたことだ。父の死後のことを考え、打てる手はすべて打ってきた。

だから、驚きも戸惑いもない。

「父上が、死んだ」

声に出して呟いてみる。少しは悲しくなるかと思ったが、胸に去来するものは何一つない。それも、当然だろう。

そこそこに有能だが、下剋上《げこくじょう》を行う勇気もなく、晩年には戦に負け続け、その生涯を賭けてさえ尾張一国を制することもできなかった男。松平広忠を暗殺し、竹千代ではなく無能な信広を救った男。そして、信長を二度も棄てた男。それが、自分にとっての父だ。

「お泣きには、なられないのですね」

気づくと、濡れ縁に帰蝶が立っていた。

「そなたは、蝮が死んだら泣くか？」

「泣きまする。父には、可愛がってもらいましたゆえ」

「俺は、可愛がられた覚えなどない。だから、泣く必要がない」

「そうでしょうか」

帰蝶は侍女たちを遠ざけ、信長の傍《そば》に座った。

「まことに、悲しくはないのですか？」

「悲しくない。いや、違う。俺は……」

口にするべきかどうか迷ったが面倒になり、言った。

「俺は、悲しいという気持ちがどういうものか、わからん」

帰蝶は、寝転がったままの信長を穏やかな目で見下ろしている。

「そなたの夫は、人の気持ちもわからぬおぞましい男だ。軽蔑するか?」

やわらかな微笑を湛え、帰蝶は首を振る。

「軽蔑などいたしませぬ。ですが、泣きたい時には声を上げてお泣きになるのがよろしいかと」

父が死んだくらいで、俺が泣くか。反論する前に、帰蝶は腰を上げた。

「お先にまいりまする。なるだけ早《はよ》う、おいでくださいませ」

衣擦れの音を残し、帰蝶が出ていく。

どれだけ待っても、涙など出ない。それでも、胸の中に小さな穴が空いたような気がする。こうして寝転がっている自分に、なぜか言いようのない苛立ちを覚えた。

拳《こぶし》を握り、床板に叩きつけた。立ち上がり、着替えもせずに厩へ向かう。

万松寺まで馬を飛ばし、山門をくぐった。境内に入った途端、耳を聾《ろう》するほど盛大な読経《どきよう》の声が聞こえてくる。

「愚かな」

吐き棄てた。喪主の信行は、三百人もの僧侶をそこら中から掻き集めたという。坊主を多く集めれば、己の才覚を示せるとでも思っているのだろう。

草鞋《わらじ》も脱がず、本堂に上がる。焼香がはじまるところだったらしく、信行が立ち上がろうとしていた。

信長に気づいた者が隣の者に囁き、ざわめきが波のように広がっていく。あの格好は何じゃ。大うつけめ。読経の声に混じって、そんな声が聞こえてくる。

母や、一門重臣たちの刺すような視線。いつものことだ。信行はこちらをちらと見やると、何事もなかったように座り直した。まずは相手の出方を窺い、取り澄ました顔で応対する。これも、いつものことだ。

つまりは、父が死んだところで何一つ変わってなどいない。この場では悲しみ、嘆いてみても、式が終わればいつもと同じ日々に戻っていくのだ。

大股で前に進み出て、仏前に立つ。信行が忌々しげな表情を浮かべたが、無視した。こんな連中に焼香などされても、迷惑なだけだろう。これが俺からの、最初で最後の孝行だ。一つまみも残さないつもりで抹香を握り、仏前に投げつけた。

踵を返し、再び大股で歩き出す。

誰もが唖然《あぜん》とした表情を浮かべていた。視線を動かすと、政秀ががっくりと肩を落としている。

そんな中、帰蝶一人が口元を袖で隠し、笑いを堪えていた。

二

「うつけておるのは承知しておったが、よもやあれほどとは」

葬儀を終えて末森の城に戻ると、久子は怒りをぶちまけた。

「己が父親の仏前に抹香を投げつけるなど、考えられぬ。その場で討ち果たしてしまえばよかったのじゃ！」

奥の居室に呼んだのは、信行と家老の林美作《はやしみまさか》の二人だけだ。侍女も遠ざけてあるので、会話の内容が漏れることもない。

「喪主はそなたぞ、理由など何とでもつけられように」

目を向けると、信行は頭《かぶり》を振った。

「そうもまいりますまい。葬儀の場で刃傷沙汰《にんじょうざた》など起こさば、弾正忠家全体の恥となりまする」

言われてみれば、確かにその通りだった。ともすれば激しがちな自分に比べ、十八になる息子は常に泰然と構え、声を荒らげるようなこともない。

「むしろ、感謝せねばなりません。今日の一件で、兄上は自ら墓穴を掘ったも同然。我らに靡《なび》く者はさらに増えましょう」

「さよう、敢《あ》えてこちらから動く必要はございませぬ」

信行の後を受け、林美作が口を開いた。

「我が兄をはじめとして、那古野衆のほとんどは、すでにあのうつけ殿を見限っておりまする。じっくりと調略を進めれば、遠からず那古野は信行様のものとなりましょう」

信秀は生前、有力な家臣を信長に付け、家老とした。平手政秀、青山与三右衛門《あおやまよさえもん》、内藤勝介《ないとうかつすけ》と、美作の兄・林通勝《みちかつ》の四人である。

そのうち、青山は八年前、信秀の美濃攻めに従って討死を遂げている。内藤は小身で、大きな影響力はない。そして、林通勝は信長の振る舞いに愛想を尽かし、弟とともに信行擁立に向けて動いていた。

「母上、何も焦ることはございませぬ」

息子の穏やかな声音《こわね》に、久子はようやく怒りを鎮めた。

「我らは一年以上も時をかけ、事を進めてまいったのです。急がずとも、果実はいずれ、我らの掌《て》に落ちてまいりましょう」

「そうじゃな。その時をゆるりと待つといたそう」

襖を開け放すと、庭から吹き込む風に乗って、桃の香が漂ってきた。ぽつりぽつりと雲の浮かぶ空は赤く染まり、西日が部屋の奥にまで射し込んでいる。

夫はもう、この城にはいない。改めて考えると、肩の荷を下ろしたような身の軽さを感じた。

一昨年の正月に犬山衆の反乱を鎮めた直後、信秀は大量の血を吐いて床に就いた。長年にわたる心身の疲労と深酒、そして二十人以上の子を生した荒淫。命を縮めるのも無理はない。

夫に対して、愛情と呼べるものがあったのだろうか。

久子は死の床に就いた信秀を前に自問し、否、と答えた。

嫁いだ時にはすでに、十数人の妾を抱えていた男だ。家格の低い久子を正室に迎えたのも、つまらぬしがらみに囚われないためだろう。

所詮は、互いの利のためだけの繋がりだった。夫婦の情など、あるはずもない。信秀が病と闘っている間も、久子の頭にあるのは後継のことだけだった。

見舞いに来た信長を追い返し、信秀の病床には常に信行を侍《はべ》らせた。だが、久子が何度訴えても、信秀は信長の廃嫡も、信行への家督相続も拒み続ける。そして二年近くに及ぶ闘病の末、何も言い残すことなく息を引き取った。

信行や美作と話し合い、しばらく信秀の死を秘すことにした。諸方に根回しして、信行の地盤を固めるためだ。その甲斐《かい》あって、ほとんどの一門と重臣はこちらに靡いている。庶長子の三郎五郎信広は、安祥失陥の際に敵の俘虜《ふりよ》となり、その武名を大きく損なっている。すでに、後継候補としては恐るるに足りない。

遺言の偽造も検討したが、結局、家督は敢えて信長に継がせることにした。当主となったところで、家臣の協力が得られない以上、いつか必ず大きな失敗をする。その時に満を持して起《た》てばいいという、信行の考えだった。その方が、いきなり家督争いをはじめるよりも、当主の器にない兄を家臣団の支持を受けた弟が倒すという大義名分が得られるのだ。

そして昨日、地盤固めができたと判断した久子と信行は、信秀の死を公表した。信行は喪主としての役割をそつなくこなし、信長は満座の視線の中、そのうつけぶりを曝《さら》け出した。後は、信長陣営の瓦解を待つだけだ。

久子は床に尾張の絵図を広げ、改めて周囲の情勢を検討した。

「お父上亡き後、尾張で最も大きな力を持つは、信行様と申してよろしゅうござる」

扇で絵図を指し示しながら、林美作が言う。

「その次に有力なのは、清洲にござろう。当主の大和守は凡庸なれど、実権を握る家宰の坂井大膳《さかいだいぜん》は野心家にして、謀にも長《た》けておりまする。いずれ、何らかの動きを見せるは必定かと」

他にも、上四郡守護代の岩倉織田家、信秀存命中に弾正忠家を離反した鳴海城の山口教継、犬山城主の織田信清といった勢力が乱立している。これらを一つずつ潰し、国内をまとめ上げるのは容易なことではない。

「兄上が、どれほどやってくれるかだな」

顎をさすりながら、信行が呟く。

信長に家督を継がせるのは、清洲や岩倉といった弾正忠家以外の敵と嚙み合わせ、双方の勢力を削《そ》ぐという狙いもある。

「そのためにも、信光殿を信長方に送り込んだのではありませんか」

久子が言うと、信行と林美作は頷いた。

守山城主《もりやまじようしゆ》の孫三郎信光は、信秀の弟で、数々の戦で武功を挙げた弾正忠家の重鎮である。内心では信行を支持しているが、しばらくは信長に従うよう言い含めていた。

信光と信長を組ませ、清洲や岩倉の力を弱めた上で漁夫の利を得る。それが、信行の描いた絵だった。もしも信長が守護や守護代を滅ぼすようなことになれば、信行が起つ大義名分はさらに補強される。

「我が弾正忠家の人柱として、兄上にはしかと働いていただきましょう」

いずれは倒すべき相手でも、利用できる間はとことん利用する。亡き信秀の謀才は、信行にもしっかりと受け継がれていた。

やはり、自分の育て方は間違っていなかったのだと、久子は思う。武芸も学問も、信行の師は久子自身の目で選んだ。信秀のやり方を傍で見て学び、犬山衆の叛乱《はんらん》の際には初陣を飾った。四肢は逞《たくま》しく、決して線の細い貴公子などではない。そして何より、信長には欠片《かけら》も湧かなかった愛情を、信行にはしっかりと注いでいる。

「お心を安んじてお待ちください。遠からず、母上の願いはすべて叶いましょう」

「何も案じてなどおりませぬ。そなたこそ、亡き大殿の志を継ぐ者に他ならぬ」


居室に戻り、酒を命じた。

酒は、京や奈良から取り寄せている。肴《さかな》も、干《ほ》し鮑《あわび》やからすみなど、庶民が一生縁のないものばかりだ。久子も若い頃は、自分の生涯でこれほど上等なものを口にできるとは想像もしなかった。

久子の生まれた土田家は吹けば飛ぶような小領主で、暮らし向きは、武士とは名ばかりの貧しさだった。

与えられる衣は百姓の娘と変わらない貧相なものばかりで、櫛《くし》一つ満足に買えない。父は文武の才も処世術も持ち合わせず、土田家の所領は借財のかたに取られて年々目減りしていく。久子は兄とともに畑仕事に狩り出され、土にまみれて育った。

母の記憶はほとんどない。久子が物心つくかつかないかの頃に、流行《はや》り病《やまい》で呆気《あっけ》なく死んだのだ。名のある武家の出で、美しく気立てもよかったというが、久子が覚えているのは、老婆のように痩せ衰えた死に顔だけだ。

数年後に父が病死し、兄嫁が男児を産むと、家に久子の居場所はなくなった。兄嫁が内心で久子を毛嫌いしていることに、兄は気づこうともしない。

幸福など、どこを探しても手がかりさえ見つからない。毎日畑に出て、いずれは同じような家に嫁に行き、貧窮の中で疲れ果てて生を終える。それが自分の一生なのだと、久子は幼心に悟っていた。

だが、十歳をいくつか過ぎた頃から風向きが変わった。祭りに出かければ男たちが群がり、複数の相手から縁組を申し込まれるようになった。

ようやく、兄嫁が自分を嫌う理由がわかった。幼い頃に患った疱瘡《ほうそう》で顔中にあばたの残る兄嫁は、義妹の美しさに嫉妬していたのだ。

自分の容姿が武器になると気づき、久子ははじめて希望を見出《みいだ》した。土田家の分限《ぶげん》では、和歌や踊りを学び、物語を読んで教養を身につけることもできない。それでもこの容姿があれば、這い上がることができる。母のようなみじめな死に方は、絶対にしない。

縁談はいくらでもあったが、久子は慎重に相手を見定めた。つまらない男の妻となって一生を棒に振りたくはない。伴侶となるなら、運と実力を兼ね備え、多くの所領を持つ男でなければならなかった。婚期が遅れようと、どんな噂を立てられようと構わない。兄嫁の冷たい視線にも、歯を食い縛って耐えた。

信秀の正室にと望まれた時、久子は確信した。ようやく、このみじめな暮らしから抜け出せる。自分はすべてを手に入れるのだ。

使いの者を見送り、久子は狂喜した。兄は信秀の直臣《じきしん》に取り立てられ、奪われた所領も取り戻すことができた。あの兄嫁までもがいい思いをするのは癪だったが、憐れみを施してやるのだと思えば悪い気はしない。

だが、ようやく手にした幸福は、瞬く間に久子の手から滑り落ちていった。

込み上げる憎しみを流すように、盃を干す。信行の言うように、遠からず、すべての望みは叶う。それまでの辛抱だ。

侍女の酌を受けながら、久子は想像する。

首台に載せられた、信長の首。その顔は血と泥に汚れ、恐怖に歪んでいる。思い浮かべただけで、自然と口元が緩むのを感じた。


信秀の葬儀から一月余、早くも情勢が動いた。かねてから今川義元に誼《よしみ》を通じていた鳴海城主山口教継が、今川家の兵を尾張に引き入れたのだ。

これを受けた信長の動きは早かった。四月十七日、手勢を率いた信長は那古野を出陣し、その日のうちに鳴海に近い三《さん》ノ山《やま》に布陣する。

迎え撃ったのは、教継の嫡男、九郎次郎《くろうじろう》の率いる千七百。対する信長は、馬廻り衆のみのわずか八百。周囲には山口方の城や砦が散在し、今川の兵を合わせれば敵は数千に達する。直属の馬廻り衆以外は信用できないという事情もあるのだろうが、度し難いほ

いた。
して、倍する九郎次郎勢と互角に渡り合い、山口方の援軍が現れる前に素早く軍を引
だが信長は、三ノ山を駆け下り、東の赤塚《あかつか》に陣を布《し》いた九郎次郎勢に襲いかかる。そ
どの無謀さだった。

信長方は、三十人もの騎馬武者を失ったという。足軽の死人は、百を下らないだろう。ただ、九郎次郎方も四人の足軽大将が討たれ、信長方よりも多くの損害を出している。

「兄上の手腕、なかなかに侮りがたいものがございます」

報告に来た信行の眉間には、かすかに皺が寄っていた。

「銭で雇った兵など物の役には立つまい。そう思うておりましたが、彼奴《きやつ》らは騎馬武者三十を失ってなお、兄上の采配に従い整然と退却いたしております。これは、相当に統率の取れた軍でなければできることではありません」

「ならば、何といたす？」

「侮ることはできませんが、それでも数はたったの数百。いたずらに恐れる必要もございません。まずは軽々しく動かず、じっくりと腰を据えることが肝要かと」

結局、信長はそのまま那古野まで引き揚げ、双方ともに痛み分けという形で干戈《かんか》を収めた。

それから四月の後、今度は清洲の坂井大膳が動いた。信長方の松葉《まつば》、深田《ふかだ》の両城を攻

め、反弾正忠家の旗幟《きし》を鮮明にしたのだ。信長はすぐさま清洲討伐を決し、守山の孫三郎信光だけでなく、この末森にも軍勢督促の使者を送ってきた。

「信長め、我らに兵を出せじゃと？」

末森城表座敷で開かれた評定《ひょうじょう》では、久子も信行と並んで上座についた。

「はっ。清洲に対しては、弾正忠家が一丸となって当たるべし、との仰せにござる」

信長の使者を引見した林美作が報告した。

「いかがなさりまする。このまま清洲の動きを捨て置けば、弾正忠家全体が弱腰と見なされることにもなりかねませぬぞ」

「何を申す。一門の結束が得られぬのは、信長の素行が原因ぞ。それを今更、一丸となって当たるべしなどと」

「よいではありませんか、母上」

それまで黙っていた信行が、口を開いた。

「勝家《かついえ》、そなたに一千の兵を預ける。那古野に赴き、兄上に合力《ごうりき》いたせ」

「ははっ」

柴田権六勝家《しばたごんろくかついえ》が野太い声で答えた。林美作と並ぶ信行付きの家老で、尾張でも一、二を争う戦上手と言われている。

「兄上の采配がどれほどのものか、そなたの目でしかと確かめてまいれ。戦については、働きすぎず、怠けすぎず、万一味方が危うくなれば、すぐに逃げ帰ってよい。構えて、那古野衆とは諍《いさか》いを起こすでないぞ」

「承知いたしました」

「そなたにとってはつまらぬ戦であろうが、しばしの間は我慢してくれ。そなたにはいずれ、もっと大きな働きどころを与えよう」

「はっ、ありがたき仰せにございまする」

槍一筋の武辺者《ぶへんしゃ》らしく、勝家は謀を好まない。それでも、実直な勝家は信行に惚《ほ》れ込み、無二の忠義を尽くしている。これも、信行が人の使い方を心得ているがゆえだろう。

八月十六日の明け方に那古野を出陣した信長の軍は、信光、勝家の軍と合流して三千近くに膨れ上がり、庄内川《しょうないがわ》を越えた。

辰《たつ》の刻（午前八時頃）、味方は清洲から南へ一里の萱津《かやづ》ノ原《はら》で清洲勢二千とぶつかり、数刻に及ぶ激戦の末にこれを打ち破った。清洲勢の大将の一人、坂井甚介《じんすけ》は勝家が討ち取ったという。

「勝家め、やはりほどほどに戦うという真似はできなかったか」

報せを受けた信行は苦笑した。

清洲勢を敗走させた味方は、そのまま松葉、深田まで進み、その日のうちに両城を奪回している。

「ほう、清洲城は攻めずに兵を引いたか」

「御意《ぎょい》」

帰城した勝家が、具足姿のまま報告する。

「信長殿は萱津での大勝利にも顔色一つ変えず、松葉、深田を落とした後、すぐに陣払いを下知《げち》なされました」

「何か申されておったか？」

「こたびはここまででよい、とだけ」

相変わらず言葉の少ない男だと、久子は思った。それゆえ、何を考えているかわからないと気味悪がられるのだ。十九にもなって、いまだにそのことがわかっていないらしい。

「清洲は、尾張一の堅城。三千足らずの兵では到底落とせぬ、ということであろうな」

「おそらくは」

勝家の話では、信長の用兵は思いの外堅実で、馬廻り衆もよく訓練された精兵だという。信長は、信光、勝家の兵を牽制《けんせい》に使い、馬廻り衆で勝負を決した。

「それがしが坂井甚介の首を獲ったのも、運がよかっただけにござった。萱津での勝利は、信長殿の采配と、馬廻りによるものと存じまする」

「信長は幼い頃より、近在の悪童どもを集めて戦ごっこに明け暮れておった。戦の采配だけは、それなりに心得ておるのであろう」

　吐き棄てるように言うと、勝家は無言で頭《こうべ》を垂れた。

　勝家が退出すると、久子は信行と二人だけで向き合った。

「やはり、兄上はこちらが思っていた以上に手強《てごわ》い相手にございました」

　漏らした信行の声には、はっとするほど深刻な響きがあった。

「こたびの戦で、兄上を見る目を変える者も少なくはありますまい。旗幟を明らかにしてこなかった国人衆《こくじんしゅう》の中に、兄上に靡く者も出てくるやもしれませぬ」

「何を申す。たったの二度、戦で生き延びただけではないか。しかも、一度は痛み分け、一度は信光殿やそなたの兵を借りて勝ちながら、清洲の城は落とせずじまいじゃ」

　思わず、久子はまくし立てた。戦一辺倒の勝家のみならず、手塩にかけて育てた信行までが、信長ごときを強敵と認めている。それが腹立たしい。

　ふと、閃《ひらめ》くものがあった。か細い糸だが、手繰《たぐ》り寄せれば、思わぬ大物を釣り上げられるかもしれない。

「信長の名をいま一度、地に堕《お》とせばよろしいのですね？」

「何か、お考えが？」

「信長と、平手一門の間を裂くのじゃ」

　今のところ、信長を本心から支えている有力家臣は、平手政秀のみといっていい。その平手を失えば、信長は片腕をもがれたも同然となる。

「されど、そのようなことが」

「できる。いや、やらねばならぬ」

かつて、信長が平手政秀の嫡男、五郎右衛門の馬を所望し、頭を下げることまでしたが、あえなく断られたという話があった。もう三年も前に耳にした、他愛《たわい》ない諍いだ。

だが、あの信長が家臣に頭を垂れたなど、後にも先にも聞いたことがない。

「信長のことじゃ、遺恨はまだ、消えてはおるまい」

「なるほど。五郎右衛門をこちらに引き込めば、兄上の疑いの目は当然、その父にも向く」

狙いは、五郎右衛門のような小物ではない。実際に五郎右衛門を味方に引き入れる必要さえなかった。

「では早速、間者に噂を撒かせましょう」

薄い笑みを浮かべた信行の目には、怜悧《れいり》な光が宿っていた。

「それでよい」

すべて語らずとも、信行は自分の考えを察していた。

言葉を尽くすことなく互いにわかり合う。これが母と子なのだと、久子は思った。

そして、生涯わかり合うことがないであろう信長は、やはり我が子ではない。

三

天文二十二（一五五三）年が明け、信長は二十歳《はたち》を迎えた。

一族郎党の多くはいまだ信長を当主と認めず、清洲は完全に敵対した。鳴海周辺には今川の兵が依然として居座り、岩倉と犬山も不穏な動きを見せはじめている。

父が死んだ以上、その居城だった末森に信長が入るのが筋だが、信行は城を明け渡す気配を見せない。無理強いすれば戦にもなりかねないので、やむなくそのまま放置してある。信長付き家老の林通勝は信行と通じている気配があり、今は信長に与《くみ》している叔父の信光も、いつ離反するかわからない。

まさに内憂外患、四面楚歌《しめんそか》といったところだ。

「こうも敵ばかりだと、いっそ清々《すがすが》しくさえあるな」

那古野城奥の居室で茶を啜《すす》りながら言うと、帰蝶も合わせて笑みを見せた。

「で、ありましょう」

このところ、帰蝶は喋《しゃべ》り方まで信長に似てきている。

「傾《かぶ》いてみせるには、格好の舞台かと」

「よくも笑っていられる」

「このくらいでなければ、殿の正室は務まりませぬ」

「それはそうと、舅《しゅうと》殿は息災か？」

「はい。それはもう」

輿入れ以来、帰蝶は国許《くにもと》の父、斎藤道三と文の遣《や》り取《と》りを続けていた。他国に嫁がせた娘は、言うなれば外交の窓口であり、公に認められた間者でもある。

道三との同盟は、父の死後も生きていた。幾度か援軍を差し向けようとの打診があったが、信長はそれを丁重に断っている。帰蝶が言うには、道三は援軍を断ったことで、かえって信長を気に入ったという。

「この程度で援軍を受け入れるような婿《むこ》であれば、国を乗っ取るつもりであった。父は、そう申しておりました」

「いずれ、舅殿には本当に援軍を頼むことになるやもしれぬ。そうお伝えしておけ」

「承知いたしました」

赤塚と萱津の戦で、ある程度の武威は示すことができた。間者に市中の噂を拾わせたところ、信長殿はうつけにあらずという声も聞こえてきている。うつけの振る舞いは敵の目を欺くための演技で、実はとてつもない大器の持ち主なのだと、訳知り顔で語る者までいた。

間者の報告を聞いて、信長は笑った。敵を欺くための振る舞いで、敵を増やしてどうする。巷《ちまた》の評判など気にしたこともないが、世人の掌の返しぶりには辟易させられる。

ただ、信長の評価が多少ましになったというだけで、状況は何も好転してはいない。清洲を落とせるだけの兵力は集まらず、国内に居座る今川兵を打ち払うこともできない。

何となく気が塞ぎ、信長は腰を上げた。

「出かけてくる」

「どちらへ？」

「遠乗りだ」

相変わらず、行き先は誰にも告げない。どこへ行くかはいつも、城を出てから考える。

「供は、犬千代《いぬちよ》だけでよい」

河尻与兵衛や毛利新介は馬廻りの訓練にかかりきりで、信長の供をすることは少なくなっている。最近は専ら、小姓の犬千代を伴っていた。

十六歳になる犬千代は海東郡荒子城主《あらしこじょうしゅ》・前田利昌《まえだとしまさ》の四男で、喧嘩に明け暮れる手のつけられない暴れ者という評判を聞いて、小姓に召し抱えた。昨年の萱津の戦いでは、初陣ながら敵の首級《しるし》を一つ挙げている。以前は顔に白塗りの化粧を施し、派手な装束を好む傾《かぶ》き者だったが、元服して又左衛門利家《またざえもんとしいえ》と名乗るようになってからは、傾いた装束は控えている。

信長も、家督を継いでからというもの、傾いた身なりで出かけるのはやめていた。命を狙われる危険が増した中であの格好は目立ちすぎるということもあるが、本当のところは、単純に飽きたというのが理由だ。このところ、出かける時には粗末な小袖と袴を身につけている。月代も剃《そ》っていないので、傍目《はため》には下級の武士か牢人者《ろうにんもの》に見えるはずだ。

「殿、今日はどこへまいります?」

「そうだな、気晴らしに熱田にでも行くか」

「ははっ」

傾き者同士という親しみがあるのか、犬千代は信長に対してだけは従順だった。

厩から愛馬を曳き出しながら、ふと思った。五郎右衛門の馬のことだ。

結局、信長が何度頭を下げても、五郎右衛門が首を縦に振ることはなかった。そしてあの馬は、さして馬術上手でもない五郎右衛門を背に乗せて退屈そうに駆け続け、昨年の萱津の戦いで流れ矢を受けて死んだ。

俺が乗っていれば。あの葦毛の牝馬のことを思うたび、怒りが込み上げてくる。俺の馬になっていれば、思うさまに駆けられる幸福な生を送ることができた。少なくとも、流れ矢に当たるような惨めな死に方はせずともすんだはずだ。

馬は、幼い頃から好きだった。余計な言葉は必要ない。乗り手の身分も巷での評判も、馬には関係がない。見事に乗りこなせるか否か。馬にとって重要なのは、ただそれだけだ。

だが、あの牝馬はもうこの世にいない。曳き出した愛馬の栗毛《くりげ》に鞍《くら》を載せ、背に跨った。

どこへ行こうかと思案していると、庭の隅に人影があるのに気づいた。下人の装束をまとった、皺の多い小柄な男。

蜂須賀屋敷で働いていた、六本指の男だ。あれ以来、信長は蜂須賀党との連絡に、この小男を使っている。確か、犬千代より一つ年上だが、皺だらけの顔のせいでとても一歳違いには見えない。

「猿、いや、日吉だったか」

「どちらも違いまする。先日、小六殿より藤吉郎《とうきちろう》という名を賜《たま》わったと申し上げましたぞ」

「そうであったか。まあ、猿でよい。何用か」

藤吉郎は数歩にじり寄り、声を潜めて言った。

「例の噂、裏が取れましてございます。小六殿より、これを」

髷《まげ》の中から、小さく折り畳まれた密書を取り出す。受け取り、目を通した。読み進むうち、怒りが腹の底に沈み、冷え固まっていく。

「で、あるか」

その声音の硬さに、藤吉郎も犬千代も、表情を強張らせている。

「犬千代。城内に馬廻りは何人おる？」

「はっ、二百ほどかと」

「熱田へ行くのはやめだ。合図があればすぐに動けるよう、戦仕度をさせろ。急げ」

「は、はい！」

犬千代が慌てて駆け出す。

「猿、ついて来い」

返事も待たず、馬腹を蹴った。大手門をくぐり、城下を駆ける。

先ほどまで晴れ渡っていた空は薄い雲に覆われ、風も身を切るように冷たい。今にも雪が降り出しそうな気配だった。

目指す屋敷は、城から三町（一町は約百九メートル）も離れていない。馬を下人に預けると、藤吉郎を庭に残し、案内も請わずに座敷へ上がり込んだ。

屋敷は広大で、庭にも室内の調度にも、数寄を凝らしてある。信長が生まれる前、尾張に下向した公家《くげ》がこの屋敷に逗留《とうりゅう》し、贅を尽くした歓待ぶりに驚嘆したという。

数寄も雅《みやび》もわかりはしないが、手入れの行き届いた庭を眺めながら、思案した。

場合によってはこの場で殺されるかもしれないが、それは構わない。誰であれ、人は死ぬ時には死ぬ。だが、死の危険を冒してでも、ここへ来ずにはいられなかった己の心の動きが、自分でもわからない。やはり俺は、爺に対して何か特別な情を抱いているのか。

大きく息を吐き、目を閉じた。泣きながら赦しを請う爺に向けて刀を振り下ろす。首が落ち、残った胴から鮮血が噴き出す。

目を開き、小さく頭《かぶり》を振った。どうしても、上手く想像できない。

やがて、廊下から足音が聞こえてきた。

「このような格好で、申し訳ございませぬ」

寝巻き姿のまま、平手政秀が頭を下げた。隣では、五郎右衛門が同じように平伏している。

「風邪と聞いたが、いかがじゃ？」

数日前から、政秀は出仕を休んでいた。もう、六十をいくつか過ぎている。腰痛だの流行り病だので寝込むことも多くなった。

見舞いに来たとでも思っているのか、政秀は嬉しげに頬を緩めている。

老いた。深い皺の一つ一つを見つめながら思った刹那、針で刺されたような小さな痛みが胸に走った。

「寄る年波には敵《かな》いませぬ。されど、明日には出仕できますゆえ、ご容赦のほどを」

「今日は、格別な用向きあってまいった」

懐から取り出した密書を、政秀に向かって投げた。一礼し、目を通した政秀の顔から血の気が引いていく。横から覗き込んだ五郎右衛門の体が、はっきりとわかるほど震え出した。

蜂須賀党が手に入れたのは、五郎右衛門が信行に差し出した、臣従を誓う起請文《きしようもん》だった。筆跡は五郎右衛門のものに間違いなく、血判まで捺《お》してある。反応を見ると、やはり本物だったようだ。

「五郎右衛門、そなた、何という愚かな……」

爺は潔白か。かすかな安堵《あんど》を覚えながら、五郎右衛門を見据える。

「見ての通り、その密書は謀反《むほん》の動かぬ証である。事と次第によっては、城から我が馬廻り衆がこの屋敷に雪崩《なだ》れ込むことにもなろうが、爺とは長い付き合いじゃ。できることなら、そのような真似はしとうない」

我ながら、無駄な言葉が多い。思いながら、信長は続けた。

「返答次第では、処分の軽減を考えてもよい。平手五郎右衛門、何か申し開くことはあるか？」

腹を決めたのか、五郎右衛門は背筋を伸ばし、真っ直ぐこちらを睨みながら口を開いた。

「謀反と申されるが、それがしは弾正忠家のためを思い、御家《おいえ》を継ぐべきは信行様と愚考いたした次第。大殿亡き後も行状改まらず、あろうことか大殿の仏前に抹香を投げつけるような御仁《ごじん》に、御家の将来を託すことは……」

「黙れ！」

一喝したのは政秀だった。膝立ちになって息子の胸倉を摑むや、その顔に拳を叩きつける。

「殿の傅役たるわしの傍にありながら、そなたはいったい、殿のどこを見ておったのじゃ。何ゆえわしが殿を守《も》り立てておったか、そなたにはわからぬのか！」

皺だらけの枯れた頰を涙で濡らしながら、二度、三度と息子を殴りつける。五郎右衛門が鼻と口から血を噴き出しても、その手は止まらない。

「爺、もうよい。離してやれ」

政秀は振り上げた拳を止めると、倒れた息子に目もくれず、額を床に擦《こす》りつけた。五郎右衛門の血か、それとも政秀自身のものか、骨と皮だけの痩せた手が赤く汚れている。

「我が倅《せがれ》ながら、面目次第もございませぬ。こ奴には、腹切ってお詫《わ》びまいらせるゆえ……」

「よいと言っている」

立ち上がり、床に落ちた密書を拾って破り捨てた。

「俺は、何も見なかった。例の馬のことも、水に流そう。爺、体をしかと休め、明日からまた出仕いたせ」

「しかし、殿……」

「もういい歳だ、体をいとえ。明日、城で待つ」

その声音のやわらかさに自分でも驚きつつ、五郎右衛門に釘《くぎ》を刺す。

「一度だけだ。次は、赦さぬ」

政秀の嗚咽《おえつ》の声を背に受け、座敷を後にした。縁に出て、藤吉郎が揃えた草履を履く。

なぜか、温かかった。見ると、藤吉郎が畏《かしこ》まった顔で言った。

「懐にて温めておきました。おみ足もお心も、冷えきっておいでかと」

足を振り上げた。胸元を蹴り飛ばされた藤吉郎が、庭に転がる。

「覚えておけ。今度、したり顔でつまらぬ気遣いをいたせば、即座に斬り捨てる」

「へ、へぇっ！」

震えながら、藤吉郎が平伏した。降り始めた雪が、その肩や背に落ちては消えていく。

雪の舞い散る中、再び馬に跨り、屋敷の門をくぐる。

たぶん、これが今年最後の雪だろう。このまま積もって、今日起きたすべてを白く埋めてしまえばいい。

真っ白な町並みを思い浮かべながら、信長は馬を駆けさせた。

翌日、信長は朝から表座敷に出て、政秀の出仕を待った。

だが、午《うま》の刻（正午頃）近くになっても政秀は姿を現さなかった。

風邪が長引いているのかもしれない。歳も歳だ。多少の遅参は大目に見てやるつもりだった。

犬千代と他愛ない話に興じながらなおも待つと、平手屋敷から使いが来た。

使者の口上を聞いた途端、脇息を摑んで壁に投げつけた。

「何ゆえ、爺が死ぬ！」

立ち上がり、刀架けに手を伸ばした。鞘を払い、震える使者に切っ先を突きつける。

政秀が死んだ。今朝、居室から出てこない政秀を案じた家来が部屋を覗くと、腹を裂いて果てていたという。

「俺はすべてを水に流し、何もなかったことにしてやったのだ。それでなぜ、爺が腹を切らねばならん。答えよ！」

「お、お赦しを、それがしはただの……」

「殿、おやめくだされ！」

隅に控えていた犬千代が組みついてくる。騒ぎを聞きつけ、座敷の外からも数人が飛び込んできた。

「この者に罪はござらん。そなたも早う下がれ！」

這うようにして、使者が座敷を出ていく。

「離せ！」

犬千代を振り解き、襖に斬りつける。裂け目から、庭に降り積もった雪の鮮やかな白が、目に飛び込んできた。

体中から力が抜けていく。がしゃりと音を立てて、刀が落ちた。

物心ついた頃から、常に傍にいた。毎日のように小言を連ね、時には怒声も浴びせられた。武の方はからきしだが、銭勘定と交渉事に優れ、古くから父を支えてきた。道三との和睦と帰蝶の輿入れに尽力し、馬廻り衆にも渋々ながら銭を出してくれた。まがりなりにも家中をまとめてこられたのは、政秀の尽力によるものだ。

その爺が、死んだ。誰もいない荒れ野に一人佇《たたず》むような、索漠とした思いが胸を満たしていく。


夜、帰蝶を抱いた。いつになく激しい愛撫《あいぶ》になったが、拒むでもなく、帰蝶は受け入れる。

「子は、できんのか？」

事を終え、闇の中で訊ねた。輿入れから四年、いまだ一人の子もできていないが、そのことを口にするのははじめてだった。

ない。


「御子《おこ》が、欲しゅうなりましたか？」

「わからん。が、父というのがどういう生き物なのかは、知ってみたい」

政秀の自死は、息子の不始末の責任を取ってのものだろう。それでも、納得などできない。

表向きには病死と公表し、五郎右衛門には、ほとぼりが冷めるまで蟄居《ちつきょ》を命じてある。顔を見てしまえば、自分を抑える自信がなかった。

「あんな、大して役にも立たん倅のために爺は死んだ。俺には、まるで理解できん」

「それが、父というものでありましょう」

「だが俺は、すべてを赦してやった。爺は、死ぬ必要などなかったのだ」

言いながら、本当にそうなのかと思った。何年も後になって怒りを思い出し、五郎右衛門に切腹を命じることがないとは言いきれない。

そこまで考えて、ようやくわかった。政秀は、自分の人となりをすべて理解していたのだ。五年先、十年先のことまで考え、今、息子の身代わりとなって腹を切った。

湧き上がったのは、なぜか悔しさだった。そこには、五郎右衛門への嫉妬に似た思いも入り混じっている。

俺は政秀に、父を求めていたのだろうか。ふと浮かんだその考えを、苦笑とともに打ち消した。俺は父を知らない。知らないものは、求めようもない。

「お泣きには、なられませんか？」

帰蝶が耳元で囁く。

「言ったはずだ。俺は、悲しいという気持ちがわからん」

「わかる必要などありません。頭で理解するのではなく、ここで感じるものですから」

帰蝶は、信長の胸にそっと手を置いた。そこから、掌のぬくもりがゆっくりと広がっていく。

不意に、得体の知れない何かが体の奥から込み上げてきた。戸惑っていると、なぜか帰蝶の顔が霞《かす》んだ。水の中にいるかのように目に映るすべてが歪み、頬を熱いものが伝っていく。

「誰にも申しませぬゆえ、お泣きになられませ」

信長は生まれてはじめて、人の死に泣いた。

四

平手政秀の死は、瞬く間に尾張中に広まっていった。

政秀が死んだのは事実であり、広まるのは止めようがないにしても、そこには不快な尾鰭《おひれ》がついていた。政秀は、信長の不行跡を諫《いさ》めるため、腹を切って果てたのだという。

『三郎信長殿、実目《じちめ》に御座なき様態を悔やみ、守り立て験《げん》なく候へば、存命候ても詮なき事、腹を切り相果て候』

市中には、そんなもっともらしい遺言を諳《そら》んじてみせる者までいるらしい。これで、ようやく上向きかけた信長の評価は再び地に堕ちた。

誰かが、政秀の死を利用しているのは明らかだった。

思えば、謀略の匂いははじめから色濃く漂っていた。五郎右衛門の密書が、あまりにも簡単に手に入りすぎている。もしも信行が、密書がわざと信長の手に落ちるよう仕組んでいたとすれば、狙いは信長と平手一門の離間だろう。信長は、弟の掌の上でいいように踊らされたということだ。

怒りは、腹の底に抑え込んだ。この先、膨らむことはあっても、消えることは決してない。いつの日か、信行には同じ思いを必ず味わわせる。

内に秘めた憎悪を抱えたまま、信長は常と変わらぬ日々を過ごした。馬を責め、馬廻りの戦稽古を検分し、時には素性を隠して踊り興行にも加わる。傅役の諫死《かんし》も意に介さず、相変わらず遊び呆けている。そんな囁きも耳に入ったが、すべて無視した。

その一方で、信長は人材の確保にも腐心している。

河尻与兵衛や毛利新介らの馬廻り衆をはじめとして、帰蝶の付き人として尾張へ来て、そのまま信長の家臣となった森可成《もりよしなり》、春日井《かすがい》郡《ぐん》比良村《ひらむら》の国人・佐々《さっさ》隼人正《はやとのしょう》、熱田大宮司の子で知多郡羽豆崎《ちたぐんはずざき》の領主でもある千秋季忠《せんしゅうすえただ》といった部将も育っている。

だが、吏僚については人が足りていない。銭の出納や他家との交渉事の一切を取り仕切っていた政秀の死は、やはりとてつもない損失だった。町人上がりで銭勘定に長けた松井友閑《まついゆうかん》、信長の近習だった島田秀満《しまだひでみつ》、村井貞勝《むらいさだかつ》の三人を抜擢《ばってき》したものの、それで政秀の穴が埋まるかどうかはまだわからない。

守山から叔父の孫三郎信光が訪ねてきたのは、政秀の喪が明けた二月末のことだ。

「清洲討伐の兵を挙げよ、と申されるか」

「さよう」

信秀より四つ下というから、今年で三十九になる。姿形は、父によく似ていた。

弾正忠家の文の柱が政秀なら、信光は武の柱だった。信秀の戦にはことごとく参陣し、対今川戦では抜群の手柄を立てたこともあったという。しかも、槍働き一辺倒ではなく、政《まつりごと》に関しても堅実な手腕を持っている。

「言うまでもないが、こたびの平手の死で、家中は動揺しておる。これを鎮めるには、いま一度そなたの武威を示すしかあるまい」

下段に座す姿には歳相応の風格があり、形では主君となる信長を前にしても、卑屈なところはまるでない。むしろ、腹の中では自分が上位だと思っているのが、透けて見える。見かけは似ていても、父に比べれば底が浅い。

これまでろくに言葉を交わしたこともない信光が近づいてきたのは、信秀の死の直後だった。一朝事《いっちょうこと》あれば、信長に味方する。そう告げてきたのだ。腹の底に何か隠し持っているのは明白だが、使えるうちはとことんまで使うつもりだった。

「されど叔父上、我らが兵を挙げれば、清洲の者どもは城に籠もるぞ。前回のように、軽々に打って出て敗れる轍《てつ》は踏むまい。そして我らには、清洲城を落とすだけの兵がない」

「何も、清洲を攻め落とす必要はない。要は、そなたの力を内外に見せつけてやればよいのだ。何なら、相手は清洲でなくともよい。岩倉でも、鳴海の山口でもよかろう」

「ならば、末森を攻めるか？」

身を乗り出しながら言うと、信光の顔色が変わった。

「な、何を申す。信行は……」

「亡き父上の居城に居座り、先の清洲攻めでも名代を寄越《よこ》しただけで、自身は出馬せぬ。攻められても、文句は言えまい」

「弟だけではない。末森には、そなたの母御前《ははごぜ》もおられるのだぞ。それに今、弾正忠家を割れば、清洲や岩倉、今川を利するのみではないか！」

気の毒になるほどの動揺ぶりだった。笑いを嚙み殺し、頭を振ってみせる。

「戯言だ、叔父上。うつけの俺でも、その程度のことはわかる」

「そなたは、己の置かれた立場がわかっておるのか。今は、戯言など申しておる時ではあるまい。そもそも、何ゆえ一門重臣の多くがそなたに従わず、平手が腹を切ってまで諫言いたしたか、少しは考えてみよ」

父と違い、無駄な言葉の多い男だ。脇息にもたれかかり、これ見よがしに嘆息する。大きな欠伸《あくび》を漏らすと、信光のこめかみのあたりが震えた。

「とにかく、清洲攻めの儀、勘案なされよ」

立ち上がり、信光は座敷を後にした。

刀を摑み、その背に斬りつける。鮮血が迸《ほとばし》り、振り返った信光の顔が恐怖と驚愕《きょうがく》に歪む。倒れた信光を踏みつけ、逆手に持ち替えた刀を振り下ろす。

想像してみたが、いま一つ興が乗らない。つまりは、この手で殺すまでもない男、ということだ。

信光が城を出ると、奥の居室に戻り帰蝶を呼んだ。

「舅殿から、返事が来たそうだな」

「はい。場所も日時も、すべて婿殿にお任せいたす、との由にございます」

会見の申し込みに対する、斎藤道三からの返答である。今のところまだ前交渉の段階で、このことを知るのは帰蝶の他、数名のみだった。

同盟を結んで長いとはいえ、大名同士が膝を交えて会見した前例を、信長は知らない。

だからこそ、やる意味があった。力を見せつける方法は、戦に勝つことだけではないのだ。

道三という男のことを、信長はいまだに測りかねている。帰蝶の話では、娘をことのほか慈しんでいるのは窺えるが、それだけで家の大事を決するほど、甘い男ではないはずだ。こちらを援助すると見せて、あわよくば尾張の併呑《へいどん》を狙っていることも、十分に考えられる。

帰蝶曰く、斎藤家の家臣のほとんどは信長を大たわけと侮っているが、道三はそのたびに「たわけにてはなく候」と否定しているらしい。道三としても、信長の器量を目で見て確かめておきたいだろう。

「どのような趣向かは、お教えくださいませんか？」

「ああ。まだだ」

仕度がすべて整うまで、あと一月はかかる。会見は、四月の半ばあたりがいいだろう。暑くもなく、寒くもない。できれば、晴れ渡った空の下というのが望ましい。

顔も知らない舅を、信長は思う。

下剋上を完遂し、一介の家臣から国主の座まで上りつめた。帰蝶を育て、信秀には最後まで勝ち続けた。つまらない人物のはずがない。

どんな男か、早く見てみたい。誰かと会うことを、これほど待ち遠しく感じたことはなかった。

冨田《とみだ》聖徳寺《しょうとくじ》。信長が指定した、会見の場である。

冨田は七百軒の家が軒を連ねる広大かつ富裕な寺内町で、国境の尾張側にあるとはいえ、織田、斎藤、どちらにも属さない中立の地だった。聖徳寺は大坂《おおさか》の石山本願寺《いしやまほんがんじ》から住職を迎え、諸税も免除されている。

率いる家来衆は、双方八百ずつ。これも、信長が指定した。その八百は無論、馬廻りのみで固めている。

「その格好で、父に会うと？」

四月十七日の朝、信長の出で立ちを見た帰蝶は、さすがに声を上げた。

「ああ。久しぶりに着てみたが、おかしなところはないか？」

「すべて、おかしゅうございます」

茶筅髷を萌黄《もえぎ》の紐で結び、袖無し湯帷子に虎皮《とらがわ》と豹皮《ひょうがわ》を合わせた半袴。鞘には金銀を鏤《ちりば》め、脇差とともに荒縄にぶち込む。腰には、瓢簞と皮袋をいつもより多くぶら下げている。

「久しぶりと仰《おつしゃ》いますが、以前よりも派手派手しくなっておいでではありませんか」

「そうだ。悪趣味であろう」

「言葉もございませぬ」

呆れ顔の帰蝶を残し、城を出た。

戦に行くわけではないが、馬廻り衆には武装させた。信長は先頭をことさらゆっくりと進み、その後ろに馬廻り衆が続く。八百のうち五百には、三間半の長槍を持たせていた。

沿道には、城下の民が見物に出てきている。

信長が道三と会見することは、すでに領内に知れ渡っていた。加えて、この会見は道三側から申し入れてきたと触れ回ってある。

願った通り、空は雲一つなく晴れ渡っている。その下を進む五百本の朱色の槍は、壮観そのものだった。

「殿。このままでは、約束の刻限に間に合いませぬ」

河尻与兵衛が、馬を寄せて言った。悪童たちと戯れていた頃から側《そば》に仕えているが、細かいことを気にするところはいつまで経っても変わらない。

「よい。間に合っては困る」

答えると、与兵衛は一礼して引き下がった。生真面目ではあるが、無駄な問いなどは発しない。

木曽川、飛驒川《ひだがわ》を船で渡ると、冨田の町が見えてきた。蜂須賀党の報せでは、道三一行は約束の刻限よりもだいぶ前に聖徳寺に入っている。そして四半刻（三十分）ほど前から、道三と近臣の姿が見えなくなったという。

「そろそろか」

町に入ると、信長は片足を鞍に載せ、皮袋から取り出した瓜にかぶりついた。

どこかで見ているのだろう、道三。これが、うつけと名高い帰蝶の婿だ。悠然と馬を進めながら、まだ見ぬ舅に語りかける。

聖徳寺の門前まで、道三の家臣たちが出迎えに来ていた。当然ながら、肩衣、袴姿の正装である。恭《うやうや》しく挨拶を述べるが、笑いを必死に堪えているのがありありとわかった。適当に頷きを返し、境内に進む。

宛てがわれた控えの間に入ると、屛風《びょうぶ》を引き回して仕切りを作った。

用意した長袴に着替え、髪を結い直して烏帽子をかぶる。文句のつけようがない正装だ。息苦しさを覚えるが、まだ脱ぎ捨てるわけにもいかない。

「お出まし願いまする」

会見の仲介を務める津島の商人、堀田道空《ほったどうくう》が信長を見上げ、呆気に取られた顔をする。

頷き、本堂へ向かった。

慣れない長袴で転ばぬよう気をつけながら、ゆっくりと縁を歩いた。

「こちらでお待ちくださいますよう」

縁に座り、柱にもたれかかった。

正装、すなわち正しい身なりが、何ゆえこれほどに疲れるのだろう。いずれ、家中では烏帽子も長袴も禁じるか。そんなことを思案していると、堀田道空に伴われ、ようやく道三が姿を見せた。

道空が、道三に信長を紹介する。

「織田上総介信長様にございまする」

信長はこのところ、上総介の官途を自称していた。信秀と同じ弾正忠を名乗らないのは、自分は父とは違うという思いからだ。父のような手ぬるいやり方は引き継がない。そんな意味を込めている。

居住まいは正したが、まだ声は出さない。道三も、無言でこちらを見つめている。

頭は剃り上げてあるが、眉にも髭にも、黒いものが一本もない。

それでいて、不思議と皺が少なかった。そろそろ還暦を迎える頃のはずだが、つるりとした顔は若々しく、大きな目と丸みを帯びた鼻にはどことなく愛嬌がある。なるほど、帰蝶はやはり父親似だ。

たまりかねたように、堀田道空が膝を進めてきた。

「こちらが、山城入道様にございまする」

「で、あるか」

場を座敷に移し、向かい合って湯漬けを食した。続いて、酒が運ばれてくる。

「婿殿は、下戸と聞く。茶の方がよかろう」

「ははっ」

道空が慌てて信長の膳を下げた。

「お気遣い、忝《かたじけな》く」

軽く頭を下げると、道三は鷹揚《おうよう》に頭を振り、好々爺然《こうこうやぜん》とした笑みを浮かべた。帰蝶の文に書いてあったのか、それとも別の筋から調べたか。いずれにしろ、些細なことだ。

「あの長槍、三間半柄と見たが」

「はい」

「飛び道具も、ずいぶんと揃えておられる」

「鉄砲が二百挺《ちょう》、弓が百張《はり》にござる」

「鉄砲は、国許にも残しておられるのであろうな」

「それがし、敵が多うござるゆえ」

「なるほど、難儀なことじゃ」

道三は黙って、盃に口をつけた。こちらがどれだけの鉄砲を保有しているか、考えを巡らせているのだろう。

実のところ、信長の持つ鉄砲は二百挺ですべてだった。それも、元々百挺しか持っていなかったところに、会見が決まってから、さらに百挺を買い足したのだ。十年前に渡来したばかりの鉄砲は、ようやく国内でも作られるようになったが、とてつもなく高価な品である。いずれはさらに増やすつもりだが、今はまだ、そんな余裕はない。

「それにしても帰蝶め、婿殿がこれほどの美丈夫とは、文には書いておらなんだわ」

「何の。舅殿こそ、お若くいらっしゃいます」

「おう、それだけは自信がある」

酒のせいか、道三の口調は砕けたものになっている。ただ、本当に酔ってはいないだろう。

「婿殿。人はな、好きなことをやっているうちは、歳を取らんのだ」

「国盗りが、お好きですか」

「ああ、好きだな。謀を巡らし、戦場で敵を打ち破り、家を、民を富ませる。これほど面白いことはない」

「わかるような気がいたします」

応じると、道三は仲間を見つけた時のような顔で笑った。

「何ゆえ、国を盗ろうと思われました？」

「さて、何ゆえかのう。上手くは言えぬが、己が心の命じるままに生きた、とでも申そうか」

その答えに、信長は覚えず道三の顔を見つめた。

「いかがなされた？」

「いえ」

目を逸《そ》らし、冷めた茶に手を伸ばす。いつか、似たようなことを父が言っていた。

「それがしは生き延びることのみに精一杯で、己が心の声など聞こえませぬ。家督を継いだのも、こうして舅殿にお目にかかったのも、すべては生き延びんがため」

「それでよい」

慈悲深い僧侶のように微笑《ほほえ》みながら、道三が頷いた。

「この乱世じゃ。生き延びることは、すなわち勝ち続けるということよ。泥にまみれ、拭いきれぬほどの血で掌《て》を汚し、たとえ犬畜生と罵られようと生き延びる。それこそが、まことの武士ぞ」

盃に残った酒を干すと、道三は再び笑みを浮かべた。ほんの一瞬前の、穏やかな微笑ではない。気圧《けお》されそうになる自分を、信長ははじめて感じた。

それからまた、先刻の好々爺に戻って続ける。

「婿殿には、是非とも末永く生き延び、勝ち続けてもらいたいものよ。それが、帰蝶のためにもなろう」

「承知いたしました。出来得《う》る限り、足掻《あが》いてみることにいたします」

それで、会見は終わりだった。

道三は、聖徳寺から二十町ほども、轡《くつわ》を並べて信長を見送った。

後で帰蝶から聞いた話では、会見の後、「かの御仁はやはり、大たわけにて候」と嗤う家臣に対し、道三は「その大たわけの門前に、我が子らは馬を繋ぐこととなろう」と答えたという。

馬を繋ぐ。すなわち、家来になるということだ。

「その話、使わせてもらうぞ」

「わざわざ文に書いて寄越したのです。父も、そのつもりでありましょう」

信長は蜂須賀党に命じ、その話を市中へ広めた。

北は抑えた。道三という有力な後ろ楯がいることも、国内に知らしめた。

これで、しばらくの間は生き延びることができる。

五

もう七月だというのに、梅雨の只中《ただなか》のように長雨が続いていた。居室の内にまで響く雨音は今夜も、胸の奥に巣食った憂鬱を膨らませていく。

「そこではないと申しておろう！」

頭を揉《も》む侍女に、久子は声を荒らげた。

「そう、そのこめかみの上のあたりじゃ。もそっと力を籠めよ」

雨が続くと、久子は必ずといっていいほど頭痛に襲われる。揉めば多少はやわらぐが、完全に消えることはない。歳を重ねるにつれて、わけのわからない苛立ちに襲われ、周囲に当たり散らすということも多くなった。六年前にお市を産んでからは、好不調の波がさらに大きくなった気がする。

「もうよい。下がれ」

「はい」

一人になると、脇息にもたれかかり大きく息を吐いた。頭痛はだいぶましになったが、鬱々とした気分は晴れない。

思うようにならないことばかりだった。信長と平手一門の離間はいったん成功し、政秀を死にいたらしめた。だが、一度はこちらに靡いた五郎右衛門が一門をまとめ、今も信長に従っている。

政秀の死は、信長の素行を憂いてのものだったという噂も流したが、信長はすぐに、思いがけないやり方で巻き返しに出た。舅の斎藤道三と直接会見し、後ろ楯の存在を誇示したのだ。

どんな手管を用いたのか、道三は信長の器量を高く買っているという。政秀といい、道三といい、あの男は年寄りをたらしこむのに長けている。

信行はまだ、信長と清洲や岩倉をぶつけて漁夫の利を狙うつもりのようだが、その策も考え直すべきかもしれない。信長の不気味なほどのしぶとさと比べれば、清洲の坂井大膳や岩倉の織田伊勢守の方がまだ、与しやすいように思える。

考えているうちに、さらに気分が塞いできた。

酒でも運ばせるか。そう思って手を叩こうとした時、外から侍女が声をかけてきた。信行が自分を呼んでいるという。

思わず、頰が緩んだ。信行は何かあれば、自分を呼んで意見を求めてくる。

「わかった。すぐにまいる」

呼ばれた奥の書院に出向くと、信行と林美作の他に、見知らぬ男の姿があった。歳の頃は三十前後か。その身なりに、久子は顔を顰めた。どこの下人かと思うほど、小袖も袴もみすぼらしく、あちこちに継ぎが当てられている。

信行の隣に腰を下ろすと、林美作が男を紹介した。

「武衛《ぶえい》様ご家中の、梁田弥次右衛門《やなだやじえもん》と申す者です」

男が頭を下げた。武衛とは、名ばかりの尾張守護、斯波義統を指す。清洲で織田大和守の居候に成り下がっている義統の家臣とあれば、相当に困窮しているのだろう。粗末な身なりも理解できる。

「母上のお考えも伺いたく、こうしてお呼びした次第」

「わかりました」

やはり、この子には自分が必要なのだ。そう思うと、先刻までの鬱屈が多少やわらいだ。

「して、このような夜更けに、武衛様のご家来が我らに何用か？」

「では、申し上げます」

梁田によれば斯波義統は、近年の織田大和守と坂井大膳の守護をないがしろにした振る舞いの数々に、いたく腹を立てている。ついては一族郎党とともに末森に移り、信行を弾正忠家当主に指名し、さらには大和守に代えて下四郡の守護代にも任命したいという。

要は、尾張の半分を支配する大義名分をやる。御輿《みこし》にも担がれてやろう。その代わりに、食い扶持と身の安全を保障しろ、ということだ。

信秀が蓄えた銭や手形の多くは、末森城の蔵に残されている。斯波の一族郎党を養うくらいはわけもない。それで守護代の座につけるなら安いものだ。

だが、軽々に受けられる話ではなかった。義統を迎えれば、信長とは完全に袂《たもと》を分かつことになる。あるいは、弾正忠家の分裂を狙った清洲の謀略ということも考えられた。

「なかなかに、興味深い話ではある」

顎に手を当てながら、信行が呟くように言った。

「だが、一つ疑念がござる。何ゆえ那古野の兄上ではなく、我らを頼ってまいられた？」

「勘十郎様のご器量とご家来衆の信望が、上総介殿を大きく上回っておられるのは周知の事実。それに」

それがし一人の意見ではありますが、と前置きし、梁田が続ける。

「率直に申し上げて、上総介殿はいったい何をお考えなのか、一向に摑めませぬ。少なくとも、かの御仁に武衛様を敬うお気持ちがあるとは、それがしには思えません」

「されど、兄上の背後には美濃の蝮がついておる。単純に兵力だけを比べれば、我らよりも兄上の方が勝っておるが」

「武衛様はまさに、その点に懸念を抱いておられます」

「というと？」

「武衛様は、足利《あしかが》氏の名門に生まれた御方。同じく名門である土岐家を乗っ取った道三と、その娘婿である上総介殿は信用できぬとのお考えなのです。我ら家臣といたしましても、上総介殿や蝮などと組むよりは、勘十郎殿の庇護《ひご》下に入った方が、枕を高くして眠れるというもの」

梁田が、斯波家中でどれほどの力を持つのかはわからない。ただ、それなりに頭は切れるようだ。

「ご用の向きは、しかと承った。検討を要する話ゆえ、今宵は清洲に戻り、返答をお待ちいただきたい。武衛様には、よしなにお伝え願う」

「承知仕りましてございます」

梁田が退出すると、信行が林美作に命じた。

「念のため、あの男に間者を張りつけておけ」

「承知」

「清洲に潜ませた間者からは、何か報告は？」

「いえ、これといった動きはないようです」

「それで、そなたはいかがいたすつもりじゃ？」

久子が訊ねると、信行は口元に笑みを浮かべた。

「父上の死を公にして、一年と四月。そろそろ、こちらから動くのもよい頃合かと」

「信長と、戦になっても構わぬと申すか。そなたが申した通り、信長には美濃の蝮がついておるぞ」

「ご案じ召されるな。美濃には、すでに手を打ってありまする」

「ほう、いかなる手じゃ？」

「兄上を援《たす》けるため尾張に大軍を送り込めば、蝮は己の息子に食い殺されましょう」

「何と」

信行は、斎藤道三の嫡男義龍《よしたつ》と通じているという。

道三はかつて、旧主の土岐頼芸から側女《そばめ》を下げ渡されたことがあった。それが義龍の母、深芳野《みよしの》である。どこで吹き込まれたのか、義龍は自分の実の父が土岐頼芸なのではと疑うようになっていた。そこに、信行はつけ込んだのだという。

「義龍は今や、道三がいつか自分を廃嫡し、弟に家督を継がせるものと信じきっております。蝮が隙を見せれば、必ずや牙を剝きましょう」

「さようであったか」

息子の成長を喜ぶ気持ちと同時に、一抹の寂しさを覚えもする。

数日後、信行は再び末森を訪れた梁田に対し、斯波義統の受け入れを申し出た。

「ただし、空手形で働くわけにはまいらぬ。それがしを守護代に任じるとしかと記した、武衛様の書付がほしい」

「承知いたしました。ひそかに動かねばなりませぬゆえ、しばしの時をいただきとうございます」

「わかった。だが、急いでもらいたい。時がかかれば、それだけ露見する恐れも強まる」

それからさらに数日を経て、義統の書付が届いた。

決行は、七月十二日。まずは義統の嫡男、義銀《よしかね》が狩りと称し、家臣を引き連れて清洲城を出る。それから、梁田が義統を連れて城を抜け、義銀と合流して末森に向かう。時を合わせ、末森からも迎えの軍勢を出す。

久子は、その日が来るのを待ちわびた。我が子が、信秀が生涯をかけても手の届かなかった、守護代の座につく。信長も大和守も討ち滅ぼして、尾張の頂点に立つのだ。

昨夜は、興奮のあまりほとんど眠ることができなかった。

朝餉《あさげ》を終えて表座敷に出向くと、すでに信行以下、諸将が揃っていた。事態の推移次第では、このまま清洲との全面的な戦にもなりかねない。全員が具足に身を固め、城の内外では二千の軍勢が待機していた。斯波父子の迎えには、織田喜六郎《きろくろう》秀孝《ひでたか》と柴田勝家に八百の兵をつけて出すことになっている。

十四歳になる喜六郎秀孝は信長、信行の腹違いの弟で、信秀の五男に当たる。母は秀孝が幼い頃に病死し、この末森で養育されていた。元服したばかりで初陣はまだだが、眉目秀麗で機転も利き、信行は殊のほか可愛がっている。

清洲に潜ませた間者から、巳《み》の刻（午前十時頃）に義銀一行が城を出たという報せが届いた。人数は三十名。一行は手筈通り、真っ直ぐ東へと向かっている。疑わしいところはなかった。

「よし、引き続き清洲から目を離すな。秀孝、権六」

「ははっ」

二人が同時に答えた。

「直ちに出陣し、義銀様をお迎えせよ。秀孝、そなたは我が名代である。くれぐれも、義銀様に対し粗相のなきように」

「承知いたしましてございます」

二人が、具足を鳴らしながら足早に座敷を出ていった。

はじめての大役に秀孝は顔を上気させていたが、実質上、迎えの軍の指揮は勝家が執ることになる。清洲からの追っ手を警戒しながら、義銀を護送するだけの役目だ。二人とも、大過なくこなすだろう。

それから半刻(一時間)ほど後、秀孝が早馬を寄越してきた。

「消えたとは、どういうことだ?」

義銀の一行が、約束の場所に現れない。周辺を探らせたが、影も形も見当たらないという。

「信行、これはいったいいかなる……」

「まだわかりませぬ。清洲から追っ手がかかったか、あるいは」

「あるいは?」

その時、再び伝令が駆け込んできた。

「何たることじゃ！」

報告を聞いた久子は腰を浮かし、悲鳴に近い声を上げた。

織田大和守、坂井大膳らが清洲城内にある斯波館《やかた》を襲い、義統を殺害した。大和守は義統とその妻子のみならず、侍女から下男にいたるまでを殺し尽くし、館には火がかけられたという。

間者は大和守に仕える下女で、それ以上のことはわからない。おそらくは、義統が末森に奔《はし》る計画が露見したのだろう。混乱の中で、梁田弥次右衛門がどうなったのかも不明だった。

諸将がざわめく中、信行が口を開いた。

「秀孝からの報せはまだか？」

「はっ、いまだ」

「急がせよ。何としても義銀を見つけ出せ。場合によっては大和守の兵と干戈を交えても構わん。義銀の身柄さえ押さえれば、大和守を討つ大義は我らのものぞ」

その口ぶりには、さすがに焦りが滲んでいる。

「考えようによっては、これは好機ぞ。担ぐなら、義統よりも若い義銀の方がよい。義銀を擁して大和守討伐の号令をかければ、清洲を落とせるだけの兵も集まろう。一気に尾張の頂点に駆け上ることも、不可能ではない」

己に言い聞かせるように呟くと、信行はそれきり黙りこんだ。

肌がひりつくような時間が流れていく。秀孝からは、いまだ何の報せも届かない。

午の刻を過ぎた頃、信じられないような報せが届いた。

義銀のものらしき一行が、数百の軍に守られながら那古野城に入ったというのだ。

「何ゆえ……何ゆえ、義銀が那古野に入るのじゃ！」

声を荒らげる久子に、誰も答えようとはしない。誰もが、状況を把握できずにいるのだ。

一同が静まり返る中、隣からくぐもった笑い声が聞こえてきた。

「母上、我らはまんまとたばかられたようです」

「たばかられたとは」

答えず、信行は立ち上がった。

「秀孝と権六を呼び戻せ。数日中には、那古野より軍勢督促の使者がまいる。戦の備えは解くな」

その言葉通り、翌日には那古野から使いが来た。逆賊織田大和守を討ったため、清洲を攻めろというのだ。しかも、信長や孫三郎信光の加勢はなく、末森衆単独で出陣しろという。

信長ではなく、義銀の名での督促である。やむなく、信行は柴田勝家に二千の兵をつけて出陣させることにした。

「我らのみの力で清洲を攻めよなどと、あまりに無体な話ではないか！」

「兄上の考えはわかります。これは、我らに対する罰なのでしょう」

「罰、じゃと？」

「我らの企《たくら》みはすべて、兄上に筒抜けだったということです」

観念したように、信行が語る。

おそらく、義統が最初に頼ったのは信長だったのだろう。だが信長は、梁田弥次右衛門を味方に引き込み、信行に話を持ちかけてその存念を探ったのだ。

さらには、計画が大和守の耳に入るよう仕向けて義統を殺させ、義銀の身柄まで奪い去った。信長が、大和守が義統を討つとまで考えていたかどうか定かではない。だが、すべては信長にとってよい方へと転がっている。

「そこまでわかっていて、何ゆえ信長の言いなりに兵を出さねばならんのじゃ！」

「ここで出兵を拒否すれば、我らも大和守の一味と見做《みな》されまする。母上は、それがしが逆賊となることをお望みか？」

射るような視線に、久子は声を失《な》くした。

信行がこれほど厳しい目で自分を見るのははじめてだった。

「汚名を着せられたまま滅びたくなくば、今は堪えられませ」

言い捨て、信行が席を立った。

七月十八日、清洲に攻め寄せた柴田勝家は城下の誓願寺《せいがんじ》で坂井大膳らを破り、名のある武者三十騎ばかりを討ち取って凱旋《がいせん》した。

大勝利の報に城内は沸き返ったが、久子の心は重く沈んだまま、晴れることはない。

第三章　血族相剋

一

激しい風が吹き荒れていた。

容赦なく船を揺さぶる波は、船首に立つ信長のはるか上で砕け、そのまま水の塊となって降り注ぐ。

頭からつま先まで、全身が濡れていた。甲板では水夫《かこ》たちが忙《せわ》しなく行き交い、船頭が声を張り上げている。

「殿、そこは危のう……ひとまず……！」

家臣の誰かが叫んでいるが、その声は、風と波の音にほとんど掻き消されている。

「鉄砲、玉薬《たまぐすり》だけは、何があろうと濡らすな」

振り返って命じると、信長は再び荒れ狂う海を見つめた。

天文二十三（一五五四）年、正月二十二日。信長は三千の軍勢とともに知多半島西岸の常滑湊《とこなめみなと》を目指していた。

軍勢のうち、一千は孫三郎信光の守山衆、七百は、信行の名代として参陣した柴田勝家が率いる末森衆である。

年明け早々、今川の軍が同盟相手である緒川城主《おがわじようしゆ》・水野信元の版図に侵入していた。緒川城から半里ほど北の村木《むらき》に城を築いた今川勢の狙いが、緒川の攻略にあるのは明白だった。

織田大和守、坂井大膳らはいまだ清洲に立て籠もって抵抗を続けている。兵力に余裕などないが、信元からの援軍要請を断るわけにはいかなかった。ここで出兵を見送れば、水野家が今川に寝返る恐れがある。

悩んだ末に、信長は舅を頼ることにした。斎藤道三に兵を借り、那古野の留守居に充てる。帰蝶の取り次ぎで話はすんなりとまとまり、道三は重臣の安藤守就《あんどうもりなり》に一千の兵をつけて送ってきた。

「父は、殊のほか喜んでおったとの由にございます」

「何ゆえ、蝮が喜ぶ？」

「親というものは、子に頼られれば嬉しいのでしょう」

相変わらず、帰蝶に子はできない。親の気持ちなど、本当には理解していないだろう。

「そういうものか」

曖昧に頷き、信長は出陣を命じた。親子の情は別として、尾張が今川に併呑されれば、道三にとっても脅威となる。援軍の要請を断るはずがないと信長は踏んでいた。

だが、出陣の仕度がすべて整ったところで、思わぬ面倒が起きた。家老の林通勝が那古野から程近い荒子城に籠もったきり、出陣の下知に応じないのだ。

他国の兵に留守を託すなど前代未聞。斎藤勢に慮外の振る舞いあらば、我が一族郎党を率いて討ち果たす所存である。これが、通勝の言い分だった。

出陣を拒むための、とってつけた理屈だ。通勝は、政に関する手腕はそれなりのものがあるが、武辺は欠片も持ち合わせていなかった。郎党も、せいぜい三百程度でしかない。それで、強兵で知られる美濃兵一千を討てるはずなどなかった。

殺すか。通勝は弟の美作とともに、信行に心を寄せている気配があった。斎藤勢とともに荒子に攻め寄せれば、簡単に皆殺しにできるだろう。

考えたが、やめた。今は、緒川城の救援を急がねばならない。咎《とが》めることなく、捨て置くことにした。

それでも、腹は煮える。通勝は、信長が那古野の城主になった時からの宿老だが、事あるごとに主のやり方に異を唱えてきた。少しは信行を見習えと嘆いてみせ、平手政秀が腹を切ると、それ見たことかとしたり顔で説教する。斬り捨てる衝動に駆られたことは一再ならずあったが、通勝を斬れば、今は失うものの方が大きい。

まあいい。いずれ、後悔させてやる。怒りを秘めたまま、那古野を出陣した。

那古野から緒川への陸路は、鳴海城の山口教継が阻んでいる。やむなく熱田で船を掻き集めたが、出航直前になって激しい風が吹きはじめた。

風と波の音が耳を聾するほどの、凄まじい大時化《おおしけ》だった。

鉛色に染まった空の下、海は溜まりに溜まった怒りを吐き出すかのように荒れ狂っている。波はすべてを呑み込む勢いで船着場に打ち寄せ、舫《もや》った船を激しく上下に揺さぶっては、嘲笑《あざわら》うように引いていく。

その光景は、信長を深く魅了した。肌が粟立ち、鼓動が高鳴る。林通勝への怒りも、今川との戦も、頭から消えていた。

頭にはなぜか、笛の音が鳴り響いている。そうだ、祝言の宴で聴いた、吉乃の笛。高く低くうねり、こちらを圧倒する嵐の海は、吉乃の笛に似ていた。

誘われるようにふらふらと歩き出し、近習や水夫たちの制止も無視して船に乗り込む。

「出せ」

濡れた甲板に足を取られないよう帆柱につかまり、命じた。船頭らしき男が、青褪《あおざ》めた顔で首を振る。

「このような大嵐に船を出すなど、死にに行くようなものじゃ」

「銭は普段の倍、いや、三倍出す」

「銭の問題では……」

刀を抜き放ち、船頭の首筋に突きつけた。

「出せ。それとも、ここで死ぬか？」

船頭が出航を命じた。他の船にも将兵が乗り込み、船団が動き出す。

船には慣れていたが、打ちつける波の高さは尋常ではなかった。一つ間違えば、波にさらわれて命を落とす。

生き死にのことなど、頭になかった。それよりも、この怒り狂う波間に身を委ねていたい。人智《じんち》を超えた圧倒的な力を、肌で感じてみたい。

「殿、見えましたぞ！」

ずぶ濡れになりながら、河尻与兵衛が前方を指差す。水野領常滑湊である。

湊がはっきりと見えるようになった頃には、雲間から日の光が射し込み、波はだいぶ穏やかになってきた。追い風を受け、船足は速い。

常滑に入津《にゅうしん》すると、直ちに進発を命じた。

意図したわけではないが、海上二十里の道のりをわずか半刻（一時間）ほどで渡りきることができた。敵も、こちらがこれほど早く知多に渡ってくるとは予想していなかっただろう。

その日は野営し、翌日には知多半島東岸の緒川城に入った。水野信元の軍と合流を果たし、翌二十四日払暁、村木城南方の丘に本陣を置いた。水野勢を合わせ、味方は総勢五千。これほどの軍を率いるのははじめてだが、それでもまだ足りないほどだ。

村木城は小高い台地上に築かれた、砦と呼んでもさしつかえないほどの小城だった。だがここに、二千の今川勢が籠もっている。この城の重要さを考えれば、かなりの精兵と思われた。

信長は軍議の席で、東の大手口に水野勢、西の搦め手口に信光、勝家を割り当て、自らは城の南側を受け持つと申し渡した。北側は断崖となっていて、攻め手がない。

「力攻めで、あの城を落とすと？」

遠慮がちに、水野信元が言った。

「この兵力では、城を遠巻きに囲んで兵糧攻めにするのが妥当かと存ずるが」

信光と柴田勝家が、もっともだというように頷いた。力攻めで城を落とすには、少なくとも敵の三倍の兵力が必要とされている。

「長引けば、今川が後詰《ごづめ》を送ってまいろう。できる限り時をかけず、城を落とすことこそ肝要にござる」

「しかし、城の南方は深い空堀《からぼり》で、攻め破るのは困難かと」

「水野殿には申し訳ないが、我らも国許に火種を抱えておるゆえ、ここに長居することはできぬ。この城は一撃で屠《ほふ》り、すぐさま尾張に取って返さねばならん」

「それゆえ、南からも攻めると？」

「最も攻め難い場所を破られれば、敵の士気は大きく殺《そ》がれることになろう。そのためには、多少の犠牲もやむなし」

感心したような顔で、勝家がこちらを見た。

犬のような男だと、信長は思った。戦には滅法強いが、勝家が尻尾を振る相手は信行だ。信行は戦という餌を与え続けて、勝家を手なずけている。いずれ、どちらが飼い主としての力量があるかを教えてやらねばならないが、それはまだ先のことだ。

諸将が持ち場につくと、信長は本陣の床几《しょうぎ》に腰を据え、下知を出した。

「はじめよ」

法螺《ほら》と押し太鼓の音が響き渡った。

大手口と搦め手口で、同時に戦端が開かれる。どちらも敵の抵抗は激しく、苦戦が伝えられてきた。信長は手勢を動かさず、じっと機を見る。

「殿。我らの出番は？」

顔を上気させて訊ねる毛利新介に、信長は首を振った。

「まだだ。堪えよ」

大手と搦め手に、できる限り敵兵を引きつけさせるつもりだった。願わくは、どちらか一方でも破ってくれれば後の戦が容易になる。

だが、戦況は一向に好転せず、味方の犠牲が増えていくばかりだった。やはり、城内の二千はかなりの精鋭らしい。歯嚙みしながら、信長は命じた。

「馬廻り衆、出せ」

喊声《かんせい》が上がった。河尻与兵衛らの指揮する八百が次々と空堀の底へ滑り降り、頭上に楯をかざしながらじりじりと進む。板塀に穿《うが》たれた矢狭間《やはざま》からは間断なく矢玉が降り注ぎ、楯は瞬く間に針の山と化した。鉄砲で楯ごと打ち抜かれる者も少なくない。

堀の城側にたどり着いた味方が、急斜面をよじ登りはじめる。それに合わせて、信長は手元に残した五百を堀際まで進めた。そのうちの二百が弓、残り三百は鉄砲を携えている。指揮は、信長の鉄砲の師、橋本一巴。

「矢狭間をよく狙え。構え！」

よく通る声で、一巴が命じた。前列が膝立ちになり、筒先を城壁に向ける。

「放てぇ！」

一巴が手にした采配を振り下ろすと、筒音が一斉に沸き起こった。あたりに硝煙が立ちこめ、火薬の臭いが鼻を衝く。鉄砲衆が玉を籠める間は弓衆が矢を射込み、敵に反撃の隙を与えない。

矢玉の援護を受けた馬廻りが板塀に取りつくが、城側は槍を突き出し、石や熱湯を落として味方を突き落とす。激しい矢玉の応酬と城壁際の攻防が続き、馬廻りに死傷者が続出した。

大手と搦め手でも、苦戦が続いていた。今川勢の抵抗は想像よりもはるかに頑強で、矢玉が尽きる気配もない。空堀の底では、倒れた味方の屍《かばね》が折り重なり、山をなしている。血の臭いは、本陣まで漂っていた。

「殿、このままでは」

前田犬千代が、焦《じ》れたように言う。本陣には犬千代の他、わずかな近習が残るのみである。

「互いに矢玉を射ち合ってはおりますが、いささか戦意に乏しいように見受けられました。搦め手口を破るは困難かと」

搦め手の様子を見にいかせた使い番が、戻って報告した。

今川の脅威に直接晒《さら》されている水野勢はともかく、搦め手口を任せた信光勢の士気は低い。勝家も、信行から働きすぎぬよう言い含められているのだろう。

この城を落とせなければ、いずれ尾張は今川に押し潰される。そのことが、あの者たちには理解できていないのだ。頭にあるのはせいぜい、信長の手勢を磨《す》り減らすことくらいだ。

「うつけどもが」

手にした采配をへし折り、叩きつけた。床几から腰を上げ、本陣を出る。

「どちらへ？」

答えず、堀際の鉄砲衆の中に分け入った。

近くにいた足軽から鉄砲を奪い、火種を確かめた。立ったまま構えを取り、矢狭間の向こうの人影に狙いを定める。

すぐ側を、敵の矢が掠《かす》めた。

「殿、危のうございます！」

橋本一巴の声を無視して、引き金を引いた。轟音《ごうおん》。肩に衝撃が走る。矢狭間の向こう。人が倒れるのが見えた。

「次」

鉄砲を取り替えながら、さらに三発放った。空堀の底の馬廻り衆に向け、声を張り上げる。

「そなたらの後ろには、この信長が控えておる。死ぬも生きるも、諸共《もろとも》ぞ。ただひたすらに、槍を振るえ！」

再び喊声が上がり、味方が蘇ったように斜面を駆け登りはじめた。倒れた者たちまで起き上がり、槍を取って駆け出す。

「搦め手勢に申し伝えよ。我が采配の下にあって、懈怠《けたい》の振る舞いは一切許さぬ。この信長、味方であろうと容赦はせぬと」

使い番が駆け去る間にも、馬廻り衆は斜面をよじ登り、板塀に取りついていく。何十本もの鉤縄《かぎなわ》がかけられ、板塀が音を立てて引き倒された。毛利新介を先頭に、味方が一丸となって城内に斬り込んでいく。

搦め手口でも、味方の勢いが増していた。中でも、勝家の手勢が奮戦しているという。

やがて、大手口と搦め手口がほぼ同時に破られた。城内で激しい白兵戦がはじまったが、敵はなおも頑強な抵抗を続ける。信長のもとには、名のある武者の討死の報せがひっきりなしに届いた。

日は、だいぶ西へ傾いていた。城攻めを開始して、すでに四刻（八時間）が過ぎている。敵を本丸まで追い詰めはしたものの、味方の疲労は頂点に達していた。城内には、敵味方の屍が折り重なり、足の踏み場もなくなっているという。

強く唇を嚙み、信長は命じた。

「兵を引け」

あまりにも犠牲が大きい。これ以上の力攻めは不可能だった。口の中に、血の味が広がっていく。

「敵に降伏を呼びかけろ。呑めば、誰が腹を切ることもなく駿河に帰らせてやる。拒めば、一兵残らず撫で斬りにいたす」

四半刻ほど経って、敵は降伏を受け入れると伝えてきた。

二千の城兵のうち、半数近くを討ち取った。だが、味方の損害も甚大だった。特に、信長の馬廻り衆は二百以上を失っている。信長が目をかけていた若武者も、ともに野山を駆け回った悪童仲間も、骸と化した。

「まさか、まこと一日で攻め落としてしまうとはな。なかなかに見事な采配であったぞ」

本陣に戻った信光が、満足げな顔で言った。込み上げたものを押し殺し、軽く頭を下げる。

「叔父上の合力なくば、かように早くは落とせませなんだ」

「何の。我ら弾正忠家一門は、生きるも死ぬも、一蓮托生《いちれんたくしょう》ぞ。これしきの戦、どうということもないわ」

「かたじけなく存じまする」

押し殺したのは、殺意だった。

味方の損害のほとんどは信長の手勢で、信光の配下で死傷した者はわずかである。搦め手口の先陣は勝家で、信光は戦が終わるまで後方の陣を動こうとはしなかった。

今川の脅威を当面は排除し、信長の力も削ぐことができた。信光としては、得るものの大きい戦だったのだろう。

その日は緒川城に宿泊し、戦後処理は信元に任せて尾張への帰途についた。犠牲が大きかったとはいえ、勝利は勝利である。示威を兼ねて、陸路で今川方の鳴海城を掠めるように尾張へ凱旋した。

安藤守就が睨みを利かせていたため、領内に乱れはない。信長は具足を解く間もなく、守就の陣所を訪ねて礼銭を支払い、美濃の将兵を酒肴《しゅこう》でもてなした。

後日、守就から村木攻めの結果を聞いた道三の言葉が、帰蝶を通じて伝えられた。

「凄まじき男、隣には嫌なる人にて候」

信長を評し、道三はそう語ったという。

誰がどう評価しようと、この戦は負けに等しいと信長は思っている。

あの荒れ狂う海を、信長は思う。すべてを呑み込み、跡形もなく奪い去る。

必要なのは、あの圧倒的な力だ。どれほど策を講じ、鉄砲の数を揃えたところで、戦は所詮、数で決まる。確実に勝てる、少なくとも、負けないだけの兵を集める力。それが、自分にはまるで足りない。ならば、どうやって補うか。

思案を続ける脳裏にふと、女の顔が浮かんだ。

吉乃。もう、四年も前に嫁いでいった女だ。今もまだ気にかけているなど、女々しいにも程がある。

自嘲しても、瞼《まぶた》の裏に焼きついたように、吉乃の面影は消えない。

二

村木城攻めから二月余が過ぎ、新緑が盛りを迎えた頃、孫三郎信光が守山から那古野を訪ってきた。日はとうに落ち、供廻りもごくわずかである。内々の相談があって、人目を忍んできたという。

「ほう、坂井大膳が、そのようなことを」

最近になって蓄えはじめた髭を指先で弄びながら、信長は微笑を浮かべた。

「さよう。わしが望むのであれば、守護代の座を譲ってもよいとまで申してきおった」

坂井大膳から信光への、寝返りの打診だった。下四郡のうち、二郡を信光に譲る。ついては、信長と手を切って清洲に移り、ともに大和守を支えてほしい、とのことだった。

昨年の七月、柴田勝家に敗れた清洲方は城内に追い詰められ、糧道も断たれている。城を打って出る力はすでになく、調略に頼るしかないというのが実情なのだろう。

「して、叔父上はいかがなさる？」

笑みを湛えたまま訊ねると、信光は頭を振った。

「誘いに乗るつもりならば、こうして注進になどまいらぬ。されど、これはよき機会ではあるまいか」

「機会とは？」

「誘いに乗った振りをして清洲に入り、城を奪う」

「それは」

信長は笑みを消した。

「亡き大殿が、この那古野を奪う際に用いた策じゃ。そなたも存じておろう」

那古野城はかつて、今川家の一族、氏豊が領していた。信秀はその氏豊と和歌や蹴鞠《けまり》を通じて親しくなり、互いの城を行き来するまでに親交を深める。

無論、それは信秀が打った布石である。ある時、氏豊の招きで那古野を訪れた信秀は深夜、城に火を放ち、混乱に乗じて氏豊を追放したのだ。その時、信秀が引き連れた家臣は、わずか十数名だったという。

「その策を用いると申されるか」

驚いた顔で言うと、今度は信光が笑みを浮かべて頷いた。

「しかし、叔父上を清洲におびき寄せる罠《わな》ということも考えられましょう」

「大膳の一族の孫八郎《まごはちろう》なる者がわしに通じておってな、城内の様子はすべて筒抜けじゃ。大膳がわしの力を求めておるのは間違いない」

坂井孫八郎からの情報では、清洲城内では兵糧はおろか、着る物にも事欠く有様なのだという。

「弾正忠家の当主はそなたじゃ。事が成就した暁には、そなたが義銀様を奉じて清洲に入るがよい」

「して、叔父上は？」

「代わりと言っては何じゃが、この那古野を貰《もら》い受けたい。大和守に代わり、わしとそなたで下四郡を折半いたそうではないか」

信長は小さく息を吐き、脇息にもたれかかった。

思っていた以上の増長ぶりだった。今年不惑を迎えたというのに、己の実力も正しく測れぬとは。嘲りと憐れみの相半ばする思いを抑え、神妙な思案顔を作る。

「悪い話ではあるまい。熱田の湊は我が領分となるが、関銭《せきせん》も津料《つりよう》も、半分はそなたに納めよう。大和守を討った後には岩倉を攻め滅ぼし、尾張をわしとそなた、そして信行の三人で治める。これで、弾正忠家は子々孫々にいたるまで安泰ぞ」

そう語る信光の口ぶりは、粗悪な品を勧める商人そのものだ。信長は、込み上げる笑いを押し殺す。

「承知いたした。すべて、叔父上にお任せいたす。よしなにお計らいくだされ」

頭を下げると、信光は満足げに頷いた。

「憐れな男だ」

信光を見送り寝所に入ると、信長は呟いた。

「分に過ぎた野心は人を滅ぼす。そのことに、叔父上は気づいておらん」

「弾正忠家を支えてきたのは自分だという自負がおありなのでしょう」

先に床に入っていた帰蝶が答えた。

「それにしても、珍しゅうございます」

「何がだ？」

「殿が、憐れみを覚えられるなど」

「何度か助けられたのは事実だ。心を入れ替えて俺に忠義を尽くせば、使ってやってもよかったが」

だが、信光は相変わらず信行と通じ、さらにはつまらぬ野心まで抱いた。おそらく今回の話は、信行にも知らせていないのだろう。

「もう、お決めになられたのですね？」

「決めた。もう、動き出しておる」

四月二十日、約定通り清洲に入った信光が、織田大和守を切腹させたという報せが届いた。異変を察知した坂井大膳は、すぐさま城から逃げ出して行方をくらませたという。

信光が引き連れた家臣は二百人。それだけの人数を率いていながら坂井大膳を取り逃がすあたりが、あの男の限界だった。とはいえすでに、大膳には何の力もありはしない。放っておいても大過はないだろう。

信長は直ちに、斯波義銀を奉じる形で清洲に入城し、那古野を信光に明け渡した。

清洲は、五条川《ごじょうがわ》から水を引いた外堀と内堀に守られ、その周囲には土塁を巡らせた堅城である。城下の町屋は先年からの戦騒ぎで荒れ果てているが、いずれは民も戻ってくるだろう。

この地は尾張の中心に位置し、いくつもの街道が交わる要衝である。商いに関する決まりごとはできる限り緩め、版図の内外から商人を集めるつもりだった。

本丸北櫓《きたやぐら》の最上階からは、尾張平野が一望できる。那古野も末森も、目を凝らせば美濃の稲葉山城まで見渡せた。

信秀の死から二年。父が望んでも立てなかった場所に今、自分は立っている。主筋に当たる大和守を滅ぼし、守護の義銀も掌中に握った。だが、父を超えたという感慨などない。超えたいと思ったことがあるのかどうか、自分でもわからなかった。

自嘲の笑みを漏らし、愚にもつかない感傷を追い払った。今はただ、前に進むだけだ。次になすべきことは、もう決まっていた。那古野と熱田を、奪い返す。

那古野に入った信光は、得意の絶頂にあるという。事あるごとに功を誇り、家臣たちの前では「信長」と呼び捨てにしているらしい。弾正忠家の事実上の当主は、自分だとでも思っているのだろう。

やはり、脇が甘い。身辺に間者が張りついているとは、露ほども考えていないらしい。間者がもたらす信光の言動を鼻で嗤いながら、信長は息を潜め、周囲の情勢をじっと窺った。今のところ、国内に大きな動きはない。信行も、岩倉の上四郡守護代・織田伊勢守も、沈黙を保っている。軽々しく動けば、どこで足をすくわれるかわからない。それが、今の尾張だった。

小康状態を利用して、信長はしばしば城の外を出歩いた。さすがにうつけ装束で町を練り歩くことはないが、暇を見つけては遠乗りや鷹狩りと称して領内を見回っている。引き連れるのはわずかな小姓や近習のみだが、蜂須賀党の忍びが遠巻きに警固に当たっている。よほどの手錬《てだ》れでなければ、刺客は近づけない。

諸勢力が睨み合いを続けているおかげで、このところ大きな戦は起きていない。清洲の周辺を除けば、荒れた田畑は見当たらず、民は耕作に励んでいる。商いも活発で、街道を進めば必ずといっていいほど荷駄の行列に行き合った。

手頃な農家を見つけ、信長は訪《おとな》いを入れた。

家には、腰の曲がった老婆が一人だった。昼下がりで、若い者は畑仕事に出ているのだろう。

「これで、湯を所望じゃ」

狩りで仕留めた兎《うさぎ》を、老婆はありがたそうに押し戴《いただ》いた。

名は名乗らなかった。老婆は信長を、どこかの武家の若党だと思っているらしい。このあたりは大和守の領地だった場所で、信長の顔を知る民は少ない。

世間話をしながら、囲炉裏《いろり》にかけられた鍋の中身に目をやる。稗《ひえ》と粟の雑炊だった。山菜と、わずかだが魚の切り身も入っている。暮らし向きは、それほど悪くない。

「作柄は上々のようだな」

「へえ。孫三郎の殿様が清洲の守護代様を討ち取ってくだすったおかげで、安心して畑仕事に精が出せまする」

「孫三郎の殿様か」

「お侍方は皆、心の底では孫三郎様を主と仰いでおられるそうですなも」

「お婆《ばば》も、孫三郎様が領主であればよいと思うか？」

「それはそうですなも。若衆の中には、清洲のうつけ殿こそ国主の器などと吐《ぬ》かす者もおりますが、婆には何をお考えかわからん、恐ろしいお方にしか見えませぬ」

身分を問わず、信長の評価はほとんど似たようなものだった。若く、血の気の多い連中は信長を支持し、年寄りは得体が知れないと忌み嫌う。

ただ、清洲奪取で名を上げた信光の評判は、すでに看過できないほどに高まっていた。これ以上放置しておけば、武士の中にも信光を担ごうとする動きが出てくるのは間違いない。

領内を見回る一方で、信長は馬廻り衆の再編と増強にも力を注いだ。

村木城攻めで失った兵を補充し、一から鍛え上げるには、時がかかる。この膠着《こうちゃく》は、得難い機会だった。

「やはり、今の台所では八百が限度かと」

松井友閑が、帳簿を捲《めく》りながら嘆くように言う。僧形《そうぎょう》だが、生まれは津島の商家で、銭勘定に長けている。

「一千にも、届かぬか」

「兵に支払う禄《ろく》だけでなく、具足や槍、玉薬などの費用が馬鹿になりませぬ。熱田を押さえられたのが、痛《いと》うございますな」

熱田を手に入れた信光は、そこから上がる税収の半分を信長に渡してはいるが、かなりの額を誤魔化しているのは明白だった。信長は、それを敢えて指摘していない。ここで事を荒立てるのは得策ではなかった。

「何とか、やりくりする手立てはないか？」

「城下の復興が進み商人が集まるようになれば、いくらかの税収も期待できますが、少なくともあと半年はかかりまする。馬廻り二千は、断念していただく他ございませぬ」

友閑が剃り上げた頭を下げる。

「わかった。やむを得まい」

言い訳がましい言葉を並べ立てれば叱り飛ばすところだが、そのまま退出を許した。

二千の馬廻り衆がいれば。これまで、何度となく思った。それだけの数を揃えられれば、誰の力を借りることもなく、信光も信行も一撃のもとに葬り去ることができる。だが、今の信長の力で集められるのは、その半数にも満たない。

いずれ、道は拓《ひら》ける。今は堪えることだ。己に言い聞かせ、信長は飛躍の時を待つ。


十一月も終わりに差しかかったある晩、藤吉郎が信長のもとを訪れた。

藤吉郎を奥の書院に通し、二人だけで会った。針売りの商いからは足を洗い、今は信長の小者ということになっているが、側にいることはほとんどない。

休みなく駆け通してきたのか、全身が汗に塗《まみ》れ、息も絶え絶えといった有様だ。

「孫三郎信光様、那古野城内にてご生害《しょうがい》の由にござりまする」

「で、あるか」

聞かずとも、下手人はわかっている。坂井大膳の一族、孫八郎である。半年以上も前から信光に通じ、清洲乗っ取りの後は信光に近習として仕えていた男だ。

「して、孫八郎は？」

「蜂須賀党の手引きで城を抜けさせた後、口を封じましてございまする。屍は、那古野城のお堀に投げ込んだとの由」

これで、誰が孫八郎を使嗾《しそう》したかは永遠に謎となる。上々の首尾だった。

元々、孫八郎が頼ってきたのは信光ではなく、信長だった。大膳が信光に離反を持ちかけているという報せを手土産に、信長に仕官を求めてきたのだ。

信長は仕官の条件として、孫八郎に清洲にとどまって信光に内通するよう命じた。狙い通り、信光は清洲奪取に功のあった孫八郎を召し抱え、重用する。後は、殺害の機を窺うだけだった。

坂井孫八郎は目端が利き、腕もそれなりに立つ。ただ、利に聡《さと》く、状況次第ではいつ裏切るかわからないようなところがあった。口を封じておかなければ、後々面倒なことになっただろう。

「誰《たれ》かある」

藤吉郎を下がらせ、信長は声をかけた。

「はっ」

廊下で、前田犬千代が答える。

「陣触れじゃ。那古野を接収いたす」

「承知」

足音が響き、城内が慌しく動き出す。

預けていた物を、返してもらうだけだ。出陣の仕度が整うのを待ちながら、信長は思った。あの叔父では、弾正忠家の家督は荷が勝ちすぎる。ゆえに、舞台から降りてもらった。ただ、それだけのことだ。

これから先も、自分は幾度となく一族縁者を討つことになるだろう。もしも美濃と手切れということになれば、帰蝶をこの手で斬ることにもなりかねない。

その時のことを想像して、信長は身を震わせた。

帰蝶を斬るのが恐ろしいのではない。

嬉々《きき》とした表情で帰蝶に刃を向ける自分の姿が、脳裏をよぎったからだった。

三

その報せが届いたのは、信光の謀殺から半年余が過ぎた天文二十四（一五五五）年六月のことだった。

弟が死んだ。

信行ではない。喜六郎秀孝。信秀の五男で、信長、信行の腹違いの弟である。

「つまらんな」

仔細《しさい》を聞き、信長は吐き捨てた。

信光の死後、信長は守山城を叔父の信次《のぶつぐ》に預けていた。その信次が少人数の家来を連れて川狩りに興じているところを、遠乗りに出ていた喜六郎秀孝がただ一騎で通りかかった。

秀孝はよほど馬を飛ばしていたのか、刺客と誤解した信次の家来が慌てて矢を放って射殺したのだという。死んでいるのが秀孝だと気づいた信次は恐慌を来《きた》し、守山城に逃げ戻っている。

「馬を曳け。守山へまいる」

些細な行き違いだが、信次が信長の弟を討ったという事実に間違いはない。

言葉を交わした記憶もない、しかも、信行の下で育った弟だ。死んだところで何の痛《つう》痒《よう》もない。美丈夫で頭もそれなりに切れたというが、死に様を聞けば、脇が甘いとしか言いようがなかった。

むしろ、信長にとってはいい機会だ。信行と対峙《たいじ》することを考えれば、末森の北に位置する守山は直接の支配下に置いておきたい。いずれ何かしらの理由をつけて信次から取り上げるつもりだったが、その手間が省けた。

戦にはなるまいと、信長は見ていた。信次に、それだけの胆力はない。一騎駆けで城を飛び出すと、しばらくして近習たちが追いついてきた。

「殿、あれに」

守山に近づいたところで、前田犬千代が声を上げた。

煙。守山城からだ。

「五百余りの軍勢が、城下を焼き討ちいたしております」

先行させた物見が、馳《は》せ戻って報告する。

「どこの軍勢か」

「勘十郎信行様の手勢にございまする」

舌打ちした。信行の動きは、予想よりもはるかに早い。犬千代が馬を寄せて訊ねる。

「殿、いかがなさいますか？」

「清洲に早馬を出せ。馬廻りを呼び寄せろ」

命じて、馬腹を蹴る。

すぐに、守山の城下が見えてきた。民家に押し入った足軽雑兵が金目の物を運び出し、松明を次々と投げ込んでいる。守山勢は城門を閉ざし、打って出る気配はない。城下が炎に覆われるのも時間の問題と思えた。

逃げ惑う民を掻き分けながら、馬を進めた。槍を向けてきた数人の雑兵に向け、怒声を放つ。

「上総介信長である。勘十郎信行はいずこか！」

しばらくして、信行が駆けてきた。柴田勝家、林美作の二人を従えている。

使者を介してのやり取りはあったものの、最後に顔を合わせたのは父の葬儀だった。もう三年以上前で、信行は二十一歳になっている。顔つきには精悍《せいかん》さが加わり、体つきもずいぶんと逞しくなっていた。騎乗姿には風格があり、多くの家臣が信行に心を寄せるのも無理はないと思える。

「これは兄上……」

「挨拶はよい」

下馬した信行に、鞭を突きつける。

「何ゆえ、勝手に兵を動かした。返答次第では、謀反と受け取る」

「何を申される！」

声を張り上げた柴田勝家を、信行が制した。ここで信長を斬ったところで、兄殺しの汚名を被《こうむ》るだけだ。信行は落ち着き払った声で答えた。

「これは異なことを申される。喜六郎秀孝を討った信次は、謀反人ではないと？」

「それを確かめに来た」

「我らの弟を害し、城に立て籠もったのです。これが謀反でなくして、いったい何だと申されるのか」

「従者も連れず、一人で馬を乗り回しておった秀孝にも落ち度はある」

信行の顔に、朱が挿した。末森には他にも多くの弟妹がいるが、信行は殊のほか秀孝を可愛がっていたという。

だが、それだけではないだろう。この弟もまた、守山城の重要さを熟知し、これを機に手中に収めようとしている。

無言のまま、しばし睨み合った。信長の近習たちも追いつき、剣呑《けんのん》な空気が流れる。

「申し上げます！」

信行の家来が、片膝をついて報告した。

「城方より、城主信次はすでに逐電《ちくてん》いたし、残されし家臣に歯向かう意思はないとの申し入れがございました。即刻開城いたすゆえ、矛を収めてもらいたいとの由」

信行が小さく舌打ちした。

「後始末は俺がつけてやる。お前はただちに兵をまとめ、末森に帰れ」

「されど」

「聞こえなかったか。帰れと言っている」

信行が、じっとこちらを見上げる。奥歯を噛む音が聞こえてくるようだった。

「では、そうさせていただきまする。されど、城方に開城を決意させたるは、我が将兵の働きによるもの。どうか、お忘れなきよう」

不意に、激しい憎悪の念が込み上げてきた。右手が刀の柄に伸びかけたが、辛うじて堪える。ここで事を構えるわけにいかないのは、信長も同じだ。

「信行。一つ、申しておこう」

立ち上がった信行に、声をかけた。

「この尾張においては、すべてを決めるのは俺だ。お前ではない」

弟の目に、はっきりと殺意が籠もった。

「心しておきましょう、兄上」

低く答え、信行は踵を返した。

信行が兵を率いて引き揚げると、ようやく駆けつけた馬廻り衆とともに城へ入り、仕置を申し伝えた。

守山城は織田安房守秀俊に与え、信次の家臣団はそのまま秀俊の配下とした。秀俊は、信秀の次男で信長の庶兄に当たる。

自身の所領から駆けつけた秀俊を、守山城の表書院で引見した。

庶兄の信広とは同腹だが、あまり似てはいない。信長より三つ年長で、織田家の男子らしく端整な顔立ちだが、同時に冷たさも漂わせている。

「これはまた、急なご下命ですな」

「いずれ、守山は信次から取り上げ、兄上に任せるつもりだった。それが少々、早まっただけだ」

兄とはいえ、臣下である。秀俊にも、家臣扱いを不満に思っている様子はない。

「信次の家臣どもを束ね、末森にも睨みを利かせる。難しき役目だが、やってもらう。しくじれば、別の者に代える」

「さて、それがしに務まるかどうか」

これまで目立った働きもなく、飄々とした言動で隠してはいるが、頭はかなり切れる。

「それがしが、信行に与するとは思われませんのか？」

試すような口ぶりで、秀俊が言う。この兄は、家中の誰かと親しくすることもなく、信長と信行の後継争いを、外から醒《さ》めた目で見ているようなところがあった。

「信行に、弾正忠家当主は荷が勝ちすぎる。それがわからぬ兄上ではあるまい。かといって、己で立つつもりもない。違うか？」

「当主の座など、頼まれても就きとうはござらぬな」

「ならば、俺に力を貸す他ない。信行が当主となれば、弾正忠家は滅ぶ」

「まあ、微力を尽くしてみましょう」

秀俊を残し、その日のうちに清洲に帰った。

「信行様にお会いになられたそうで」

出迎えた帰蝶が、微笑を浮かべて訊ねる。

「いかがでした、久方ぶりのご対面は？」

「危うく、斬り捨てるところであった」

口元の笑みを消し、帰蝶が居住まいを正す。

「一度だけ、殿にお訊ねいたします」

「何だ」

「何ゆえ、母を同じゅうする弟御を、それほどまでに憎まれるのです？」

「それは」

答えようとして、言葉に詰まった。

物心ついた頃から、憎んでも憎みきれない相手だった。理由など、考えたこともない。武芸も学問もそつなくこなし、さりげなく大人に媚《こび》を売る小賢《こざか》しさ。自分に向ける、蔑みの目。数え上げればきりがないが、どれも取ってつけたもののように思える。

ふと、脳裏に幼い日の光景が浮かんだ。

まだ、信長が那古野城へ移る前のことだ。

いつものように、信長へ罵声を浴びせる母。その胸に抱かれ、汚い物でも見るような目を向ける弟。顔を上げて睨みつけると、弟は声を上げて泣き出し、母の胸に顔を埋めた。

直後、頬を張り飛ばされた。弟を泣かせるとは、何という兄じゃ。恥を知れ。怒鳴り声とともに、痛みが何度も何度も襲ってくる。蹲《うずくま》って嵐が過ぎ去るのを待ちながら、弟を見上げる。

あの時、信長が弟に感じていたのは、憎しみではなく羨望《せんぼう》だった。

「殿、いかがなされました？」

帰蝶の声で、現実に引き戻された。

「何でもない。あ奴は当主の座を狙っている。だから憎い。それだけだ」

埒《らち》もない。胸中で呟き、信長は己の記憶を否定した。

尾張国内ではこれといった動きもないまま、弘治《こうじ》元（一五五五）年が終わった。

新たに守山城主となった安房守秀俊は、思った以上の働きを見せている。信次の旧臣たちをしっかりとまとめ、信行にもつけ入る隙を見せていない。物静かな男だが、同腹で庶長子の信広よりも、よほど腰が据わっている。

清洲を手中に収め、那古野と熱田を取り戻したことで、台所事情はかなり改善していた。松井友閑や村井貞勝ら奉行衆の努力によって、清洲城下町の規模は、織田大和守の支配下にあった頃をはるかに凌駕《りようが》している。市中には人と物が溢れ、税収は熱田や津島に迫るほどになっていた。

余った銭を、信長はすべて馬廻り衆の増強に注ぎ込んだ。兵力は一千余。これに、家臣の郎党や商家の私兵を加えれば、三千余りを動かせることになる。尾張国内では、随一と言っていい。

ただ、それでもたったの三千だ。先だって隠居し、家督を嫡男の義龍に譲った斎藤道三は、およそ一万五千の兵力を抱えていた。駿河、遠江、三河を領する今川義元は、二万を優に超える軍を動かせるだろう。

生駒屋敷に寄食している滝川一益が清洲を訪ってきたのは、弘治二年の桜が盛りを迎えた頃だった。

「あの大うつけ殿が、ずいぶんとご立派になられたものじゃ」

何の屈託もなく言う一益に、信長は苦笑した。広間の隅に控える前田犬千代などは、露骨に顔を顰めている。

「そなたは相変わらず口が悪い。して、何用か」

「それが、ちと、お耳に入れたき話を耳にいたしましてな」

「ほう。誰ぞが俺の命を狙うとでも申すか？」

それならば、わざわざ聞くまでもない。自分の死を願う者など、掃いて捨てるほどいる。

「いや、そうではござらん」

咳払いを一つ入れ、一益が声を低めて言った。

「生駒の、吉乃殿のことにござる」

信長は眉を顰めた。構わず、一益が続ける。

「嫁ぎ先で、ずいぶんと辛《つら》き目に遭《お》うておられるようです」

「申せ」

一益が言うには、吉乃の夫、土田弥平次は男色を好み、吉乃には一切目もくれないという。それだけならばまだしも、一年ほど前から酒を呑んで暴れるようになり、吉乃に手を上げることがしばしばあるという。

　土田弥平次は、信長の母の甥である。信長にとっても従兄弟《いとこ》ということになるが、顔を合わせたことはなかった。今は、信行の家臣として末森城下で暮らしているらしい。

　母に似た美男という噂は聞いたことがあるが、武士としては何の手柄を立てたこともない。弥平次が暴れるようになったのも、男色相手の家来が戦で討死したのがきっかけだという。

「何ゆえ、離縁せぬ？」

「ご承知の通り、吉乃殿と弥平次の婚姻は、土田御前ご自身の肝煎《きもい》りによるもの。生駒の殿としても、離縁は言い出しづらいのでしょう」

　ふつふつと、腹の底で沸き返るものがあった。この怒りが、母や弥平次に向けられたものか、それとも自分の前から消えた女を気にかける、己の弱さに対するものなのか、自身でも判然としない。

「なぜ、それを俺に知らせた？」

「吉乃殿が、どうにも不憫《ふびん》に思えましてな。信長殿ならば、吉乃殿をお救いできぬかと思案いたした次第」

　柄にもなく畏まった顔つきで言う一益の言葉に、嘘はないようだった。

「それに、吉乃殿の不幸せは、信長殿にとっても嬉しいことではござるまい」

一益が何を言っているのか、信長にはわからない。いや、男女の情愛というものが、自分には理解できないのだ。

自分の名で離縁を命じたところで、母は許しはしないだろう。それに、他家に嫁いだ女に執心しているとなれば、格好の物笑いの種だ。信行に心を寄せる家臣たちは、信長に当主の資格なしと騒ぎ立てるだろう。

すまんが、力にはなれぬ。言いかけた言葉が、口から出てこなかった。

脇息にもたれかかった。大きく息を吐き、改めて口を開く。

「一益。一つ、頼みがある」


月の明るい夜だった。

深更近くとあって、往来に人の姿はない。時折、犬の遠吠えが聞こえるくらいで、町は静まり返っている。見上げれば、通りに続く山の頂に、末森城の影が浮かんでいた。

面白みのない町だと、信長は思った。熱田や津島だけでなく、信長が主となってからの清洲城下では、この時刻でも遊女や酔漢が往来をうろついているものだ。城下町は、どうやら城の主に似るものらしい。

馬は、町外れの森の中に繋いだ。供は一益と藤吉郎の二人のみ。身なりは商人風で、背には荷も負っている。信長は土で顔を汚し、被り物《かぶりもの》をして面体《めんてい》を隠しているが、見咎められることもなかった。

武家屋敷の建ち並ぶ一角に進み、辻《つじ》をいくつか曲がる。

「こちらが裏門です」

一益が、小声で囁いた。

目で合図を送ると、藤吉郎は降ろした荷を踏み台にして、軽々と板塀を越えていく。すぐに、内側から門が開いた。

「手慣れたものだな」

「へえ。食うに困った時などは、こそ泥の真似事も少々」

恥じ入るように、藤吉郎が頭を掻いた。

藤吉郎を見張りに残し、荷を置いて中へ進んだ。被り物を結び直し、鼻と口を覆う。一益もそれに倣《なら》い、面体を隠した。

板戸をこじ開けて、台所に踏み込んだ。中は静まり返っている。得物は脇差が一振りだけだ。柄に手をかけ、暗い廊下を進む。

突然、肉を打つ音が響いた。続けて、大声で何事か喚《わめ》く男の声。一益と顔を見合わせ、足を速めた。慣れているのか、屋敷の者が出てくる気配はない。

角を曲がった突き当たりの部屋。障子の向こうに薄《う》っすらと明かりが見える。

「何者か！」

中から、男が叫んだ。脇差の鞘を払い、障子を開け放つ。

部屋の中央に立った男が、こちらを睨みつけていた。痩身《そうしん》の、いかにも癇の強そうな顔つき。相当に酔っているのか、足元が覚束《おぼつか》ない。この男が、土田弥平次だろう。

視線を転じる。瓶子《へいし》が散乱する部屋の隅に、女が倒れていた。吉乃。ぼんやりとこちらに向けた顔は、鼻から流れ出た血で汚れている。

「お、おのれ、賊か！」

弥平次が喚くと同時に、飛び出した。刀架けに手を伸ばした弥平次の横面を、脇差の柄で殴りつける。悲鳴を上げて倒れた弥平次に馬乗りになり、首筋に刃を突きつけた。

「声を出すな。騒げば、命はない」

「な、何を申すか……わしを、織田勘十郎信行様の従兄弟と知っての……」

言い終わる前に、柄を顔面に叩きつける。弥平次は鼻から血を流しながら、か細い悲鳴を上げた。酒臭い息がかかり、信長は顔を顰める。この男が自分の従兄弟でもあるということが、たまらなく不快だった。

「何が目当てじゃ。銭ならいくらでも、好きなだけくれてやる。命だけは……」

血と涙で汚れた顔が、恐怖に歪んでいた。この程度の男が、吉乃を虐《しいた》げ、傷つけてきたのか。掘り当てたばかりの湧き水のように、殺意がとめどなく溢れ出す。頬に刃を当て、滑らせた。青褪めた顔に、赤い筋が浮かぶ。背筋が、ぞくりと震えた。

一益が、後ろから袖を引いた。

「わかっている」

弥平次を殺せば、騒ぎが大きくなりすぎる。顔を寄せ、弥平次に囁く。

「今宵をもって、お前はその女と離縁する。よいな？」

理解できないのか、弥平次は何度も目を瞬《しばたた》かせた。

「離縁できぬと申すなら、女は押し入った賊にかどわかされ、抗ったお前は斬り捨てられた、ということになる。妻を手放すだけで死なずにすむのだ。悪い話ではあるまい」

妻が賊を雇ったとでも考えたのか、弥平次は吉乃を睨み据える。刺すような視線を浴びても、吉乃は幽鬼のような顔で夫を見返すだけだった。

何か言いかける弥平次の喉元に、切っ先を突きつける。

「選べ。ここで死ぬか、妻を手放すか。二つに一つだ」

「わ、わかった。好きにいたせ」

「今宵起こったことは、誰にも話すな。おかしな噂が流れれば、真っ先にお前を殺す」

立ち上がり、吉乃の手をとった。

「行くぞ」

弥平次は大の字になったまま、動こうともしない。薄明かりの中でも、腿《もも》のあたりが濡れているのがわかった。

屋敷を出て、城下を後にした。追っ手の気配はない。馬を繋いだ森で、ようやく吉乃の手を放した。

覆面を取ったが、吉乃は何の反応も見せない。懐から取り出した手拭いを竹筒の水で濡らし、吉乃に差し出す。

「拭け」

吉乃は黙って受け取り、顔を拭った。血は、もう止まっているようだ。

「これから、どうなさる?」

一益に問われて、答えに窮した。吉乃を救い出す。その思いに駆られただけで、さらった後のことなど、何も考えてはいなかった。

「吉乃殿を、清洲の城へ迎えるおつもりか?」

側室に迎えるつもりか。そう、一益は訊いている。

ふと、帰蝶の顔が浮かんだ。

側室や妾を持つことに、遠慮など必要ない。ましてや、信長にはまだ子がいないのだ。帰蝶も腹を立てたりはしないだろう。それでもなぜか、清洲に連れていく気にはなれなかった。

「しばらくは、生駒の家に身を潜めるのがよかろう。つまらぬ噂を立てられては面倒だ」

改めて、吉乃を見つめた。

最後に会ったのは、もう六年近くも前だ。元々細面だったが、以前よりもさらに痩せたように見える。その左目のまわりには、青黒く醜い痣《あざ》ができていた。

不意に、胸が大きく疼《うず》いた。痛みにも似たその疼きに、信長は戸惑う。

「二人は、先に行け」

気づくと、一益と藤吉郎に向かって言っていた。

「しかし……」

「吉乃は、夜が明けるまでに俺が送り届ける。心配はいらん」

撥《は》ねつけるように言うと、二人は頭を下げてその場を後にした。一益たちを帰しても、蜂須賀党の忍びが数人、信長を護るために遠巻きにしているはずだ。だが、抑えることはできなかった。

立ったまま、無言で向き合う。しんとした闇の中、小袖を一枚まとっただけの吉乃を、梢《こずえ》の合間から射し込む月明かりが照らしている。

吉乃の顔に、表情と呼べるものはなかった。その目はこちらを向いていても、何も見てはいないように思える。

はじめて母の罵声を浴び、蹴り倒された日のことを思う。あの日、自分も同じような虚《うつ》ろな顔をしていたのかもしれない。

胸の中を、火箸《ひばし》で掻き回されるような痛みが走った。衝き動かされるように手を伸ばす。荒々しく、吉乃の帯をほどく。腰を抱き、落ちた夜着の上に吉乃の体を横たえる。露わになった肌のあちこちに、青痣が浮かんでいた。かっと、全身が熱くなる。唇を合わせ、吉乃の中に分け入った。壊れた傀儡《くぐつ》のように、吉乃はなされるがままに受け入れる。

かすかに、吉乃が表情を歪めた。悪夢にうなされるように顔を振りながら、はじめて口を開く。

「……殺して」

腕を伸ばして信長の頭を抱き寄せ、耳元で囁く。魂が抜け落ちたような、虚ろな声音だった。

「あの男を、殺して」

わかった、殺してやる。繰り返される呪詛《じゅそ》に、信長は声を出さずに答える。

相手が誰であろうと、生かしてはおかない。

お前を壊していいのは、この世で俺だけだ。

四

四月半ば、美濃鷺山城《さぎやまじょう》の斎藤道三から使者が送られてきた。

口上を聞くと、信長は奥の居室へと向かった。

「父上が……」

仔細を伝えると、帰蝶は青褪めた顔でそう呟いたきり、言葉を失くした。

美濃斎藤家は、大きな混乱の渦中にあった。昨年の十一月、義龍が稲葉山城内で異母弟の孫四郎《まごしろう》、喜平次《きへいじ》を謀殺し、激怒した道三は義龍を義絶、国を二分する内乱に突入したのだ。

義龍の実の父は道三ではなく、かつて道三に追放された美濃守護、土岐頼芸である。その噂は、信長もかねてから耳にしていた。

そうした雑説を否定するかのように、道三は義龍に本拠の稲葉山城を譲ったが、実権は依然として道三の手中にあった。二人の間に横たわる溝は、すでに埋めることができないほど深まっていたのだろう。

信長にとっては義理の兄だが、義龍と会ったことは一度もない。道三から家督を譲られた後も、儀礼的な使者のやり取りがあっただけだ。

歳は信長より七つ年長。幼少時から武芸、学問ともに秀で、家臣からの信望も篤《あつ》い。六尺を超える偉丈夫《いじょうぶ》で、小柄な道三とは似ても似つかないという話も伝わってきている。

「噂の真偽はわかりませぬが」

帰蝶が、か細い声で言う。

「父は誰が何と言おうと、義龍殿のことを我が子として扱っておりました」

「だが、義龍はそうは思っていなかった、ということだろう」

そして、対立の芽は父子間の感情だけではない。

美濃を獲って以降、信長への援軍を除き、道三は他国へ兵を出していない。他国を侵さないということは、家臣の所領も増えないということだ。穏健とも言える道三の政策に不満を高めていた家臣たちは、義龍を担ぎ出し、道三を討つことに決めた。そんなところだろう。

家臣の大半は義龍に与し、道三は寡兵ながら善戦したものの、四月に及ぶ攻防の末、残る拠点は鷺山城のみとなっている。信長は幾度も救援に向かうという使いを送ったが、道三にすべて断られていた。

今回送られてきたのも、救援を求める使者ではない。

四月十八日をもって、義龍方との最後の決戦に打って出る。加勢は無用。使者は、そう言ってきた。

「蝮は死ぬつもりだ。こんなものを寄越してきた」

使いが持参した書状を、帰蝶に向けて放った。

美濃国主の座は、信長に譲る。義龍を討ち、帰蝶とともに国を治めてもらいたい。書状には、そう認《したた》めてあった。道三の直筆で、花押《かおう》も捺してある。わざわざ帰蝶の名まで記してあるのは、子宝に恵まれない娘の立場を慮《おもんぱか》ってのことだろう。読み進める帰蝶の目には、大粒の涙が浮かんでいた。

これが、非道の限りを尽くし、蝮と恐れられた男なのか。舅から託された遺言に、信長は怒りさえ覚えた。娘にかける情けも、こうなる前に義龍を始末しなかった甘さも、信長には愚かとしか思えない。

あの道三でさえも、父子の情の前では目が曇るということか。ならば、いずれ自分に子ができても、情などかけまい。男子は手駒として、女子は政略結婚の道具として扱うだけでいい。

「父を……」

書状から顔を上げ、帰蝶が言った。

「父を、お助けください。義龍殿を討ち、兄上たちの仇を……」

そこから先は、嗚咽に遮られて声にならない。殺された孫四郎、喜平次の二人は、帰蝶と同腹の兄だった。

「義龍は、強いか？」

頷き、帰蝶は「されど」と信長を見つめる。

「殿の方が、恐ろしゅうございます」

蝮と同じ目だと、信長は思った。

居室を後にすると、陣触れを命じた。直ちに出陣すれば、十八日の昼には鷺山にたどり着ける。

その日のうちに、清洲に軍勢が集結した。馬廻り衆を中心に、孫三郎信光の旧臣や庶兄の三郎五郎信広、安房守秀俊、末森の兵まで加わっている。例によって、信行は自ら参陣せず、家臣を名代に立ててきた。

その数、およそ四千。今の信長が動かせる最大規模の兵力だが、それでも勝てる見込みは薄い。難攻不落の稲葉山城を押さえ、兵力も一万を優に超える義龍方に対し、道三方はわずか三千足らず。鷺山城も、堅城と呼ぶには程遠い。道三と合流しても、味方の不利は動かないだろう。

信長は朝を待たず、出陣を命じた。

松明の明かりを頼りに、闇夜を進んだ。

「戦ははじめてか？」

轡を取る藤吉郎に、声をかけた。胴丸をつけて陣笠をかぶっているが、まるで似合っていない。

「へえ」

緊張のせいか、いつになく言葉が少ない。藤吉郎にも、この戦の無謀さがわかっているのだろう。

蝮のことは嗤えないと、信長は思った。妻の懇願に負けて、勝ち目の見えない戦に向かおうとしている。道三の甘さに失望を覚えながらも、見棄てる気にはなれない。

道三の死を、その後に待つ孤独を、俺は恐れているのか。頂点に立つ者の孤独。信長の知る限り、分かち合えるのは道三だけだ。

そこまで考えて、信長は小さく笑った。生まれ落ちたその時から、俺は独りだった。あまりに身近すぎて、孤独だと感じたことさえない。

道三が討たれれば、北にも敵を抱えることになる。織田家が、信長が生き残るためには、道三を死なせるわけにはいかない。ただそれだけだ。

気づくと、空が白みはじめていた。あと四半里も進めば、木曽川に達するところまで来ている。

「殿、兵たちが疲れております。このあたりで夜営し、国境を越えるのは明朝にいたすべきかと」

近習の一人が、馬を寄せて進言してきた。信長は刀を抜き、その喉元に切っ先を突きつける。

「蝮を見棄てろと申しておるのか?」

慌てて下馬した近習は、平伏しながら悲鳴のような詫び言を並べる。無視して、信長は別の近習に鷺山への使いを命じた。城の守りを固め、自分の到着を待て。鷺山を囲む義龍の背後から信長の四千が襲いかかれば、勝機はある。運が味方すれば、義龍の首を挙げることも不可能ではない。

場合によっては、道三を清洲に迎えることも考えていた。命さえあれば、反攻の機会はいくらでもある。

渡河のため、行軍が滞った。苛立つ信長のもとに、使いが戻って報告する。

「加勢は無用。婿殿はすぐに清洲へ戻られよ、との仰せにございました」

続けて、鷺山に放った蜂須賀党の忍びから報せが届く。

「蝮め、血迷ったか！」

思わず、信長は床几を蹴って立ち上がった。

道三は城を出て、長良川《ながらがわ》の河畔に陣を布いたという。その数、二千余。義龍も、およそ八千を率いて稲葉山を出陣している。

木曽川を越えて大浦《おおうら》に達したところで、戦端が開かれたという注進が入った。

物見からは、次々と戦況の報告がもたらされる。道三は長良川を渡った敵を鷺山城近くまで誘い込み、伏兵を用いて散々に打ち破ったという。今のところは道三が優勢だが、いずれは兵力の差が出てくる。

信長は稲葉山に物見を放った。本拠に敵が迫れば、義龍も兵を退《ひ》かざるを得ない。だが、城下には五千近い義龍方の軍が陣を布いて待ち受けていた。味方は数で劣る上に、強行軍で疲弊している。正面からぶつかれば、勝ち目はない。

敵は城下から押し出してくる気配こそないが、こちらが動けば、直ちに攻め寄せてくるだろう。進むことも、退くこともままならなかった。不毛な滞陣を続けながら、鷺山からもたらされる注進に耳を傾けることしかできない。

やがて、北西の方角から勝ち鬨《かどき》の声が聞こえてきた。続けて、注進が入る。道三討死の報せだった。

「たわけがっ！」

手にした鞭をへし折り、叩きつけた。立ち上がり、床几を蹴り飛ばす。

何があろうと生き延びるのが、まことの武士ではなかったのか。斎藤道三ほどの男が、こんなつまらぬ戦で死に様を汚すのか。

「馬曳け。鷺山に向かい、義龍が首を獲る！」

陣幕をくぐろうとしたところで、林通勝が袖を引いた。

「おやめくだされ。我らが鷺山へ向かえば、稲葉山の五千に背後を衝かれまする」

そんなこともわからないのか。通勝のしたり顔が、そう言っている。気づくと、通勝を蹴り倒していた。

「何をなさる。主君とはいえ、武人を足蹴《あしげ》にいたすとは……！」

「黙れっ！」

「義龍と戦いたければ、お一人で戦われよ。愚かな主君の決断で命を落とすは、我ら家臣と兵たちにござるぞ！」

通勝の上に、馬乗りになった。胸倉を掴み、横面に何度となく拳を叩きつける。鼻と口から血を流し、通勝は情けない悲鳴を上げた。

「殿、おやめくだされ！」

前田犬千代ら近習が縋《すが》りつき、信長と通勝を引き離す。

気まずい空気の漂う本陣に、伝令が飛び込んできた。

岩倉の織田伊勢守が兵を挙げ、清洲に迫っているという。その数、三千。明らかに、義龍と示し合わせての挙兵だった。諸将は口々に撤退を訴え、通勝は顔中を血に染めながら、侮蔑の視線を向けてくる。

いつか殺す。心に決め、信長は命じた。

「尾張まで退く。急げ」

大浦まで後退し、荷駄と牛馬を先に船に乗せた。

殿軍《しんがり》には末森衆をあてたが、その戦意は低い。すぐに崩れ、敗走に移るだろう。その間に、馬廻り衆に方陣を組ませ、槍襖を作らせる。信長は最前列に出て、自ら鉄砲隊の指揮に当たった。

遮る物のない中洲《なかす》だが、生い茂る草は腰の高さまである。その中に身を伏せ、じっと待った。

　やがて、末森衆が散り散りになって敗走した。前方に土煙が上がり、勢いに乗った義龍方の先鋒《せんぽう》が押し寄せてくる。

「まだだ。引きつけろ」

　敵の先頭を駆ける騎馬武者の顔が、はっきりと見えた。

　立ち上がり、手にした采配を振り下ろす。

「放てぇ！」

　轟音。立ち込める煙。鼻を衝く火薬の匂い。敵の騎馬がばたばたと倒れ、怯《おび》えた馬が隊列を掻き乱す。

　合図の太鼓が打ち鳴らされた。左右から、河尻与兵衛、森可成が率いる槍隊が喚声を上げながら突っ込んでいく。

　味方は、敵の槍が届くはるか先から穂先を揃えて打ち下ろす。頭を割られた足軽の悲鳴が、信長の耳にまで届いた。

　一人が、こちらへ向かってくるのが見えた。馬も兜《かぶと》も失い、得物すら持っていない。逃げ遅れた、信行の家臣だろう。

　目を凝らし、男の顔を確かめる。

「ほう」

呟き、笑い出しそうになるのを堪えた。

助けてくれ、俺は味方だ。男は叫びながら、生い茂る草を泳ぐように掻き分けてくる。

吉乃の声が、耳に蘇った。

隣の足軽から鉄砲を奪い、構える。狙いをつけると、男は顔を引き攣《つ》らせ、足を止めた。距離は十間《じっけん》。

「久しいな、土田弥平次」

声をかけた。弥平次が目を見開く。屋敷を襲い、吉乃を奪ったのが誰か、ようやく気づいたのだろう。

引き金を引く。吉乃の元夫は、血と脳漿《のうしょう》を撒き散らし、草の海に沈んだ。

「我が臣に、臆病者はいらん」

呆然と見上げる味方に向け、言った。

乱戦になっていた。河尻、森の両隊は、やや押されている。ここで信長を討てば、一気に尾張まで手に入るとでも思っているのだろう。

藤吉郎に馬を曳かせ、槍を摑んだ。

「続け！」

馬腹を蹴った。慌てて追ってきた近習たちと一丸になり、乱戦の中に突っ込む。

「織田上総介信長である」

名乗りを上げた。向かってきた騎馬武者へ、槍を突き出す。穂先が喉を突き破る感触が、柄を通して伝わってきた。

敵兵を手当たり次第に突き倒し、馬蹄にかける。噎《む》せ返るような血の臭いに、頭の芯《しん》が痺《しび》れた。討てるものなら討ってみろ。俺は、蝮のように簡単には死なん。

「殿……殿！」

前田犬千代が、馬を寄せて叫んだ。

「今のうちに、お退きください。鷺山の敵本隊が、こちらへ向かっております！」

気づくと、敵は崩れ立ち、敗走しかけていた。信長も馬も、全身が返り血に染まっている。藤吉郎は膝に手をつき、肩で息をしている。

「このような真似はおやめください。肝が冷えましたぞ」

息が上がって声も出せない。曖昧に頷き、馬首を返す。

全軍が木曽川を渡り終えると、敵はそれ以上追ってはこなかった。敵味方ともに、かなりの損害を出している。馬廻りの土方彦三郎《ひじかたひこさぶろう》、山口取手介《とりでのすけ》が討死し、森可成も負傷していた。道三を討たれ、寸土も得ることなく引き揚げなければならない。完全な負け戦だった。

だが、兵を休める余裕はない。岩倉勢は清洲に程近い下之郷《しものごう》まで兵を進め、放火、略奪を働いている。

信長は手薄になった岩倉に向かい、城下の焼き討ちを命じた。報せを聞けば、清洲に向かった敵も引き返すだろう。適当なところで兵をまとめ、鉢合わせしないように清洲に戻ればいい。

「手加減いたすな。すべて奪い、焼き尽くせ」

平素は、略奪は厳しく禁じている。軍律から解き放たれた兵は、負け戦の鬱憤を晴らすように、嬉々とした表情で飛び出していく。民が逃げ惑い、空になった家々から足軽たちが金目の物を運び出す。

ほどなくして、方々で火の手が上がりはじめた。

燃え盛る炎を眺めても、信長の心は晴れなかった。なぜか気が塞ぎ、清洲へ帰るのが億劫《おっくう》に思える。

「蝮が、死んだ」

声に出して呟く。

側には、藤吉郎が控えるだけだ。激しい戦だったが、どこも手負っていない。運は、それなりに持っているのだろう。

「悲しゅうございますか？」

遠慮がちに訊ねる藤吉郎に、首を振った。

「一度会っただけの相手だ、情など湧かん」

「さようにございますか」

「何ゆえ、そのようなことを訊く？」

口籠もる藤吉郎に、「申せ」と促す。

「はっ……恐れながら、今の殿は、父に死なれた童のように見えましたゆえ」

「で、あるか」

「これは、またもや出すぎたことを！」

いきなり飛び退《すさ》り、額を地面にこすりつける。

そのあまりの素早さに、信長は苦笑した。他の者であれば、有無を言わさず叩き斬っていただろう。

「そなたは、なかなかの人たらしだ」

「へっ、ありがたき幸せ！」

「そろそろ引き揚げる。馬曳け」

「ははっ！」と大声で答え、藤吉郎が駆け出す。

道三の死を、帰蝶にどう伝えるか。考えたが、戦や政略のようには妙案が浮かばない。

馬に跨った頃には、考えるのも面倒になっていた。

炎に包まれた岩倉城下を背に、撤収を開始した。物見の報せでは、敵の主力は慌ててこちらへ引き返している。

生駒屋敷はここから近いと、ぼんやりと思った。

五

道三の死を伝えると、帰蝶は思っていた以上に取り乱した。

輿入れの際に与えられた短刀を手に、「父と兄の仇を討つ」と城を飛び出そうとまでしたのだ。侍女に数人がかりで押さえさせ、奥の居室に連れ戻した。

「うつけた真似をいたすな。そなた一人で何ができる」

「ならば、百人でも二百人でも、兵をお貸しください。わたくしが将となり、義龍を討ちまする！」

「愚かなことを。我が兵は、俺のためにのみ死ぬ。そなた一人のために、大切な兵を死なせられるか」

「父との盟約あっての、今の織田家ではございませんか。舅の仇討ちなど、どうでもよいと申されるのですか？」

正室に迎えて七年になるが、これほど感情を露わにするところははじめて見た。戸惑いながらも、努めて穏やかな声音を作る。

「そうは言っておらん。いずれ義龍は討つ。だが、まだその機ではない」

帰蝶の目が、急に冷ややかなものに変わった。

「機ではないゆえ、他所《よそ》の女子のもとに通っておられるのですね」

「そなた……」

「存じておりまする。皆が噂しておりますゆえ」

土田弥平次の屋敷から奪い去ってからというもの、鷹狩りや遠乗りと称して、生駒屋敷へ通っていた。

「俺は武門の棟梁《とうりょう》だ。妾の一人や二人、抱えていてもおかしくはあるまい」

「ならば、こそこそと通ったりなされず、堂々とお城に迎えればよろしゅうございましょう。隠されることで、わたくしがどれほど傷つくか、どれほど子を産めぬ我が身を恨んだか、殿におわかりになりますか？」

ぼろぼろと大粒の涙をこぼす帰蝶から、信長は目を逸らした。

「父も兄も死に、わたくしは子が産めませぬ。美濃斎藤の血は、絶えました」

血など、何の役にも立たぬ。言いかけたが、口にはしなかった。所詮、子を産めぬ辛さなど、自分にはわからない。父子の情も、家への思いも、欠片も理解できないのだ。

啜り泣きの声を聞きながら、居室を後にした。

それ以来、帰蝶はすっかり人変わりした。

口数が減り、笑顔を見せることもなくなっている。傍にいるだけで鬱々とした気分になり、信長は表書院に籠もって政務を執ることが多くなった。

帰蝶が泣こうが喚こうが、やるべきことは山のようにあった。様々な訴状に目を通して決裁し、必要ならば自ら筆を執って文書を発給する。先の出兵の戦後処理も、まだ終わってはいない。

道三という後ろ楯を失った上に、無謀な出兵で多くの兵を死なせた。家臣の中には信長を見限り、末森や岩倉に乗り換える者も出てくるだろう。当面は、美濃へ兵を出す余裕などない。

数日前には、庶長子三郎五郎信広の謀反が露見したばかりだった。

信広には、清洲近郊にわずかばかりの所領を与えてある。将としても吏僚としても使いどころのない男だが、いちおうは兄ということで、飼い殺しにしているという格好だ。

その信広が、斎藤義龍に呼応し、謀反を企んだ。義龍が尾張に攻め入る構えを見せ、信長が出陣したところで、空になった清洲城を信広が乗っ取るというものだった。

計画は、信広の家中に潜らせた間者によって、すべて筒抜けだった。留守居役に城門を閉ざし、誰も中に入れるなと言い置いて出陣すると、やって来た信広は計画が露見したと悟り、所領へ逃げ帰った。登城を命じても、重い病でしばらくは動けないという。間者の報告では、本当に寝所に引き籠もっているらしい。

殺すまでもない男だった。念のため監視の兵を屋敷の周囲に配したが、放っておいても何もできはしないだろう。

だが、目配りしなければならないのは、美濃と尾張国内ばかりではない。

駿河の今川義元が一昨年、甲斐《かい》の武田《たけだ》、相模《さがみ》の北条《ほうじょう》と同盟を結ぶことに成功していた。これで、今川は背後を気にせず、西へ勢力を傾注できる。

昨年の八月には、伊勢湾を渡った今川方の兵に、西尾張の蟹江城《かにえじょう》を攻略された。蟹江の落城により、信長は津島から伊勢湾への出入り口を押さえられた格好になっている。

その二月後、今川の軍師太原雪斎が没したのは、信長にとって僥倖《ぎょうこう》だった。軍師を失った義元は、今のところ三河の地盤固めに力を注いでいる。

だが、いずれ尾張に手を延ばしてくるのは確実だ。義元が尾張攻めに投入できる兵力は、少なく見積もっても二万を超える。それまでに、せめて尾張一国を掌握しておかなければ、生き残る道はない。

筆を措《お》き、大の字に寝転んだ。大きく息を吐き、天井を見つめる。

俺はいったい、何をやっているのか。弾正忠家を継いで四年。得た物といえば、この城といくらかの所領、そしてたった四千ばかりの手勢。しかも、そのすべてが自分に心服しているわけではない。

重臣たちのほとんどは、いまだに信長のことをうつけと信じて疑わない。叔父信光の力でたまたま清洲を手に入れ、その信光は不運にも家臣に殺された。たまたま斎藤道三の婿となったが、舅の後ろ楯は最早《もはや》ない。

　やはり、聡明な信行を当主に戴くべきだ。信長では、織田は滅びる。口に出さずとも、重臣たちの声がはっきりと聞こえてくる。うつけと指差され、誰からも蔑みの目で見られていたあの頃と、何一つ変わってなどいない。

　檻《おり》の中にでもいるような気がした。清洲の城も配下の軍勢も、欲しくて手に入れたわけではない。そうするより他に、生きる術《すべ》がなかっただけだ。

　立ち上がり、近習を呼んだ。

「遠乗りだ」

　短く告げて、城を出る。供は、轡を取る藤吉郎の他、犬千代ら近習が数名のみ。梅雨の晴れ間だった。空はまだ明るい。昨日までの雨で道はぬかるんでいるが、構わず馬を飛ばす。

　生駒屋敷に、人の出入りは少なかった。得意先の美濃の政変で、商いが不振なのだろう。

　馬を藤吉郎に預け、母屋に上がった。

「吉乃は？」

　挨拶もそこそこに、出迎えた生駒家宗に訊ねる。

「相変わらずにございます」

弥平次のもとから娘が戻って二月ばかり経つが、家宗の表情は暗い。出された茶に手もつけず、吉乃の居室に向かった。

「俺だ」

返事も待たず、障子を開けた。

吉乃は、白小袖一枚の寝巻き姿で文机《ふづくえ》に頰杖をつき、ぼんやりと庭を眺めている。延べられた床は、乱れたままだ。

「起きていていいのか？」

傍らに腰を下ろし、訊ねた。吉乃は答えず、こちらに顔を向けようともしない。

いつものことだった。弥平次のもとから連れ戻して以来、まともに口を利いたことがない。言葉が届いているのかどうかも疑わしかった。こうして一日中部屋に籠もり、寝たり起きたりを繰り返している。

何人もの医師に診《み》せたが、体のどこかが悪いわけではないらしい。気の病だと、医師たちは口を揃えて言った。穏やかに日々を過ごし、辛いことを忘れるまで待つ。他に、手立てはないのだという。

「また、痩せたな」

返事がないのを承知で、語りかける。

「途中の市で見つけた。甘いぞ」

文机に、干し柿の入った包みを置いた。

「食え。力がつかんぞ」

包みを解くと、吉乃は虚ろな視線を向けてきた。痩せた手で干し柿を摘《つま》み、子供じみた仕草で齧《かじ》る。

「美味《うま》いか」

小さな頷きが返ってきた。

肩に手を回し、抱き寄せる。抵抗はなかった。これも、いつものことだ。

褥に、吉乃の体を横たえた。

体中に残っていた痣は、もう消えている。

「あの男」

はだけた胸に、右手をすべり込ませた。

「死んだぞ。俺が、この手で撃ち殺した」

耳元で囁くと、吉乃ははじめて笑みを浮かべた。

「弥平次の死に様、お前にも見せてやりたかった」

不意に、吉乃の体が強張った。

「いかがした?」

「……違う」

「何だ。何が違う」

訊ねても、吉乃は首を振るばかりで、答えようとしない。

「お前が殺してほしかったのは、土田弥平次ではない。そういうことか？」

何か思い出したように、吉乃は怯えた表情で身を竦《すく》ませた。横になったまま膝を抱き、体を震わせる。

「名を申せ。誰であろうと、俺が殺してやる」

それが京の将軍であろうと、天皇であろうと、吉乃を壊した人間を、俺は生かしてはおかないだろう。

「言え。誰だ」

信長に背を向けたまま、吉乃は答えない。


守山の安房守秀俊が、わずかな供廻りだけを連れて清洲を訪れたのは、梅雨も終わりかけた五月二十六日のことだった。

外は雨で、日はすでに落ちつつある。内々の用件だろうと見当をつけ、書院に通させた。

「火急の用向きにて、ご無礼仕る」

秀俊が頭を下げて言った。

「今朝、林通勝より使いの者がまいりました」

「ほう、通勝から」

「先の美濃出兵の際の無礼をお詫びいたしたく、那古野にて一席設けたいとの由。通勝はそれがしに、その仲介をしてほしいとのことにござった」

林通勝には、信光亡き後の那古野城を任せていたが、美濃出兵の際に打ち据えて以来、音沙汰がない。

「おわかりかと存ずるが、通勝に詫びを入れる気などござらん。我らをおびき寄せ、討ち果たす謀にござろう」

「で、あろうな」

元より、通勝は信行に心を寄せている気配があったが、ようやく信長を見限る決意をしたということだろう。

何もかもが、面倒になった。手勢を鍛え、謀を巡らせて勢力を広げたところで、重臣たちはいつまでたっても自分を認めようとしない。前に進んでいるようで、同じところをぐるぐると回っているだけだ。

「して、いかがなさる？」

秀俊が訊ねた。信長は立ち上がり、腰に刀を差す。

「那古野へまいる」

「虎穴《こけつ》に飛び込むおつもりか」

答えず、近習を呼んで命じる。

「目立たぬよう、兵を集めよ。夜陰に乗じ、那古野の周辺に配しておけ」

「では、それがしもお供いたそう」

「いいのか。斬られるやもしれんぞ」

「通勝ごときに斬られる殿ではありますまい」

闊達《かったつ》に笑い、秀俊も腰を上げる。この兄は昔から、信長の振る舞いをどこか面白がるように眺めていた。

「好きになされよ」

秀俊と数名の近習のみを従え、先触れも出さず那古野まで駆けた。

来意を告げて大手門をくぐる。案内された表座敷で、通勝と弟の美作が出迎えた。

「お二人揃われてのお成り、恐悦至極に存じまする」

「ほう、美作も来ておったか。何ぞ、密談でもしておったか」

通勝の顔には、明らかな動揺が浮かんでいた。

「密談など、滅相もござらぬ。たまには兄弟で盃を交わそうと、ふらりと立ち寄ったまででござる」

何食わぬ顔で、美作が答えた。胆力では、この弟のほうが兄より勝っている。

「では、武者隠しに潜む者たちは、何かの座興か？」

「さて、何を申されておるのやら」

視線を泳がせる通勝の隣で、美作は微笑さえ浮かべていた。

「つまらんな」

「……は？」

唾《つば》でも吐きたい気分だった。立ち上がり、二人の前で中腰になる。

「腹の探り合いなどつまらぬと申した。今頃は、我が馬廻りがこの城を遠巻きに囲んでおろう。半刻後、俺が城から出てこなければ、城門を破って雪崩れ込む手筈になっておる」

通勝の唇が、かすかに震えた。美作は無言のまま、信長を見据えている。

「俺と兄上もろとも城を枕に滅びるか、このまま何事もなかったことにして生き長らえるか、好きな道を選べ」

束の間、二人と睨み合った。

衝動に駆られた。脇差を抜き、二人を刺し殺す。すぐに、武者隠しから人が飛び込んでくるだろう。信長も秀俊も、膾《なます》のように斬り刻まれる。雑兵たちを道連れに、この世から消える。それも、悪くはない。

自分が笑みを浮かべていることに、信長は気づいた。通勝の体が、はっきりと震えている。物《もの》の怪《け》でも見るような顔だと、信長は思った。

「二人に申しておく。俺は、己に刃を向けた相手を、決して赦しはせぬ」

唇を戦慄《わなな》かせながら、通勝が口を開いた。

「こ、今宵はもう、遅うござる。清洲にお帰りいただくのがよろしいかと」

「兄上」

「わ、我らが累代の主君に対し奉り弓を引くなど、もっての他にござる。これからも我ら兄弟、殿のために身命を賭《と》す所存」

それだけ言うと、通勝は深々と頭を下げた。


清洲に早馬が駆け込んできたのは、そのわずか二日後だった。

「秀俊が」

死んだ。今朝早くのことだという。

「間違い、ないのか」

「御意」

使者は、秀俊の側近だった。頭に血の滲んだ晒しを巻き、荒い息を吐きながら報告する。

秀俊は角田新五《つのだしんご》という家臣の謀反に遭い、自害したらしい。角田は、前城主信次の家老だった男だ。守山城は角田とその一党が占拠していて、それ以上詳しいことはわからなかった。

「陣触れを出せ。この機に乗じて、末森や岩倉が動くやもしれん」

続けて、林通勝挙兵の報せが届いた。荒子、大脇《おおわき》、米野《こめの》の諸城も、通勝に靡いているという。

「とうとう来たか」

背後に、信行がいるのは明らかだった。同時にこれだけの事を起こすには、相当な準備が必要になる。おそらく、道三敗死の直後から動き出していたのだろう。

いずれにしろ、これで弾正忠家の版図の大半は、信行のものとなった。

「主立った者は全員、清洲に集めろ。城門を固め、四方に物見を放て。急げ」

命じて、信長は書院に籠もった。大の字に寝転び、天井を見上げる。

弾正忠家の総勢、およそ四千。そのうち、少なく見積もっても二千から二千五百は信行につく。信長の下に馳せ参じるのは、一千いるかどうか。残りは、日和見《ひよりみ》といったところか。

思わず、笑いが込み上げてきた。この四年間で築き上げたものが、あまりにも呆気なく崩れ去っていく。

頼れる相手など、どこにもいなかった。平手政秀、道三、そして秀俊。自分を認めた人間は、ことごとく死んだ。援軍を頼める同盟相手も、軍略を進言する軍師も、自分にはいない。

「独り、か」

呟き、何を今さらと、自嘲の笑みを漏らす。

生まれ落ちたその時から、俺は独りだ。この命の他に、失うものなど何もない。

起き上がり、尾張の絵図を広げた。

信行のことだ、一気に清洲へ攻め寄せるということはしないだろう。時をかけてこちらの力を徐々に弱め、確実に勝てると踏んだ時、はじめて決戦に打って出る。

形勢は、圧倒的に不利だった。那古野、荒子の両城が信行についたため、熱田との往来は遮断された。津島も、今川方に海への出口を押さえられている。二つの湊が使えなければ、兵糧も玉薬も手に入らない。

ならば、集まった全軍で末森を襲うか。信行の首級《しるし》を挙げれば、敵は瓦解する。

首を振って自答した。不可能だ。敵の前衛に当たる那古野と守山を抜かない限り、末森にはたどり着けない。抜けたとしても、父が縄張りをした末森城は、わずか一千で落とせる城ではない。

親父《おやじ》め、厄介なものを残していってくれた。抹香を投げつけた腹いせか。心中で毒づき、絵図を睨む。その一点に、信長は目を留めた。

昔から、無駄に領内を駆け回っていたわけではない。目を閉じれば、絵図に記されていない小さな丘や間道、森や小川まで思い起こすことができる。

ここならば、勝てるか。自問し、思案を巡らす。

答えが出た時、廊下から声がかかった。

「殿。主立った方々が揃われました。ご出座を」

「わかった。すぐまいる」

広間には、具足に身を固めた諸将が集っていた。河尻与兵衛、森可成ら馬廻り衆の組頭たちの他、数は少ないが、信長に与した国人、土豪の姿もある。

平服姿のままの信長に、一同は驚きとも落胆とも取れる表情を浮かべた。

上座に腰を下ろし、口を開いた。

「すでに聞いておろう。信行が俺を討つため、兵を挙げた。家老林通勝は信行を担ぎ、守山の兄上は殺された。我らの命運は最早、風前の灯火《ともしび》である。俺を見限り信行につくのなら、咎めはせぬ。今すぐこの場から立ち去れ」

諸将を見渡すが、反応はない。

「よいな。これ以後の裏切りは許さぬ」

重ねて問うが、立ち上がる者はいなかった。佐久間《さくま》盛重《もりしげ》、佐々隼人正、千秋季忠らの国人、土豪衆も、腰を据えたまま動かない。清洲に参じた時点で、すでに腹は決めているということだろう。

「方々の覚悟、この信長、しかと承知いたした」

かすかな熱気が、上座まで伝わってきた。

「これより逆賊、勘十郎信行を討ち平らげる策を申し伝える」

第四章　兄と弟

一

記憶の中のあの男は、常に母を求めていた。

城内ですれ違う時。物陰に隠れ、母の姿を見つめる時。罵声を浴び、足蹴にされた時でさえ、兄はどこか嬉しそうだった。

それが母を苛立たせ、さらに虐げられる結果になることが、兄には理解できなかったのだろう。

そして、兄がどれほど求めても、その想《おも》いは母に届かない。母の胸にはいつも、自分が抱かれていたからだ。

あの頃の兄の目を、織田勘十郎信行は今も、はっきりと覚えている。

母に踏みつけられながら、兄は信行を睨みつける。嫉妬、羨望、憎悪。そのすべてがないまぜになった、殺意すら感じさせる視線。母の腕に守られていても、幼かった信行は恐怖を覚えた。

やがて、兄は信行の視界から消えた。

那古野の城主に任じられたと聞いた時、信行ははじめて、勝ったと思った。父と母は兄を棄て、自分を選んだのだ。それからほどなくして聞こえてきた大うつけの噂も、意外なものではなかった。童が父母の気を惹こうと、悪戯《いたずら》を繰り返しているに過ぎない。兄の存在を頭から追い払い、信行は武芸の鍛錬と学問に励んだ。家督を継ぐのは、自分を置いて他にはいない。愚鈍な信広も、何を考えているのかわからない秀俊も、当主の器ではなかった。弾正忠家を継いで家を保ち、さらに大きくする。それが、自分の役目なのだ。

周囲の大人たちは、誰もが信行に期待を寄せていた。父は、林美作、柴田勝家ら優秀な家臣を信行に付け、戦に出る時は居城の留守居役を申しつけた。

しかし、父はなぜか、信長を選んだ。斎藤道三の娘を信長の正室に迎えたことで、信長が後継者であることを内外に示したのだ。あの時の屈辱は今も、信行の心中深く刻みつけられている。

信長を討て。母が事あるごとに言い募るようになったのは、その頃からだった。あのおぞましき者を討ち果たし、弾正忠家をあるべき姿に戻せ。何かに取り憑《と》《つ》かれたように、母は繰り返した。

母がなぜ、あれほどまでに信長を忌み嫌うのか、信行にはわからないし、知りたいとも思わなかった。

信行は、殺したいほど兄を憎んでいるわけではない。かといって、親愛の情など欠片もない。本来なら信行が座るべき当主の座に居座るのなら、躊躇《ためら》うことなく排除する。父の死後は、信長との暗闘に明け暮れた。父の死を隠して家中の支持を固め、平手政秀を自害に追い込んだものの、信光は殺され、清洲も奪われた。

だが、斎藤道三の敗死で、形勢は大きくこちらに傾いた。那古野と守山での一斉蜂起《いっせいほうき》は成功し、信長は窮地に立っている。後は、時をかけて弱らせ、止《とど》めを刺すだけだ。

秀俊の自害、林通勝の挙兵から二月が過ぎても、大きな戦は起きていない。庄内川を境に、睨み合う形になっている。一度、家督を信行に譲ることを条件に、通勝との和睦の仲介を申し出たが、信長からは黙殺された。

ならば、総力を挙げて清洲を攻めるべしという意見を、信行は抑え続けている。数は少なくとも、信長の馬廻り衆は手強い。不用意に攻めかかって万一のことがあれば、これまでの布石が台無しになる。

だが、引き絞りすぎた弓の弦《つる》は、やがて音を立てて切れる。そろそろ、手頃な獲物を与えてやる頃合だった。

八月、刈り入れが終わると、信行は兵を出して篠木《しのぎ》三郷を押領《おうりよう》した。篠木三郷は、清洲から東北へ六里ほどの豊かな地で、信長の直轄領《ちよつかつりよう》である。

併せて、信行は弾正忠の官途を名乗った。信長への、あからさまな挑発だ。

八月の半ば過ぎ、信長方が動いた。佐久間盛重が、庄内川南岸の名塚村《なつかむら》に砦を築いているという。那古野と守山へ圧力をかけるつもりだろうが、守兵はわずか二百ばかりで、信行がその気になればいつでも潰せる。信長自身は、馬廻り衆とともに清洲に籠もったまま、動いてはいない。いや、動けないのだ。

「評定を開く。広間に諸将を集めよ」

側近の津々木蔵人《つづきくらんど》を呼び、命じた。

「承知いたしました。御母堂《ごぼどう》様は？」

信行は小さく舌打ちした。この城では、自分の側近までもが、母の顔色を窺っている。

「知らせる必要はない」

「ははっ」

表の広間に続く渡り廊下で、信行は足を止めた。庭で一人の若武者が木剣を振っている。

「兄上様」

妹の市だった。まだ十歳だが、元服したての若武者と見紛うくらい、背が高い。

「一人で、剣の稽古か」

「はい。侍女たちは付き合《つ》うてはくれませぬゆえ」

利発だが、信長に似た、気の強い女子だった。城内が息苦しいのか、一人で城を抜け出し、近在の童たちの戦ごっこに交じることさえあるという。そしてその容貌まで、気味が悪いほど信長によく似ていた。

信長に似ているということは、母に似ているということでもある。母はなぜか、自分に似た己の子を嫌う。市も、幼い頃は可愛がられたものの、長じるにつれて疎んじられるようになった。今では、ほとんど顔を合わせることもないらしい。

信行の容姿は母とも、兄や妹とも似ていない。痩身で女のような面立ちの信長に比べ、信行は骨柄が太く、顔の造作もいくぶん厳めしい。それだけでも、兄よりも自分のほうが武家の棟梁に相応しいという証だった。母が信行を溺愛《できあい》するのは、自分に似ていないからなのだと、信行は思っている。

「剣もよいが、学問も怠るでないぞ」

「はい」

いずれ、市も他家へ嫁に出すことになる。婚姻は政略の一つで、乱世の女は、学がなければ務まらない。

素振りを再開した市の掛け声を聞きながら、広間へ向かった。

戦が差し迫っているわけではない。信行も集まった諸将たちも平服で、具足姿の者はいなかった。

「明日、出陣いたす」

上座に就くなり言うと、諸将からどよめきにも似た声が上がった。

「清洲を攻めるのでございますか」

勢い込んで訊ねる柴田勝家に、信行は首を振った。

「戦にも順序というものがあろう。まずは名塚砦を落とし、佐久間盛重の首級《しるし》を挙げる。

無論、私が自ら出陣し、采配を振る所存である」

「何ゆえ、明日出陣と？」

林美作が訊ねた。

「この数日、雨が続いたが、明日にはやもう。だが、庄内川の水嵩《みずかさ》は増し、流れも速くなっておる。清洲からの後詰はない」

「なるほど、得心いたしました」

「軍配者にもすでに占わせ、名塚砦の方角は吉と出た」

戦に生きる武人は、卜占《ぼくせん》をことのほか重んじる。

「鎧袖《がいしゅう》一触《いっしょく》で砦を落とし、信長の無力を国中に示せ」

いくらかの物足りなさもあるだろうが、諸将は気勢を上げた。勝家などは、早くも興奮に顔を上気させている。

後詰は主君の義務である。家臣の窮地を救えないとなれば、主君の資質無しと見做され、離反されても致し方ない。武士は主の血筋ではなく、その器量に忠誠を誓うのだ。

乱世においては、主君を見限ってその弟に従うのも、当主の器にない兄を追うのも、罪ではない。

「先陣は、勝家の一千。美作は那古野、荒子で七百ばかりを集め、南から名塚へ向かえ。私は馬廻りを中心とした一千を率い、勝家の後に続く」

「信長殿の動きは正直なところ、それがしにも予測がつきませぬ。万一のことも考え、岩倉、あるいは美濃に、援兵を求めてはいかがでしょう」

献策した勝家を、信行は睨み据えた。

「勝家。そなたは我が弾正忠家を、岩倉や美濃の下風《かふう》に立たせたいのか?」

「さにあらず。それがしはただ、信長殿を甘く見て油断いたすは禁物と……」

「後詰は来ぬ。万一来たとしても、せいぜい一千。それまでに砦を落としておけば、何の問題もない。もっとも、砦を落とす自信がないというのであれば、援兵も考えるが」

「何を申される。たった二百の籠もる砦など、それがしの手勢のみでも落としてご覧に入れましょうぞ」

「ならば、援兵は不要だ。よいな?」

「承知、仕りました」

戦場では勇猛だが、勝家には大局を見据えた判断ができない。戦が政の一つの形に過ぎないことを、理解していないのだ。

岩倉や美濃の斎藤義龍とは、道三の存命時から誼を通じている。だが、この程度の戦で借りを作るつもりはない。

各々の持ち場が決まり散会しかけた時、濡れ縁から慌しい足音が響いた。

母だった。諸将が揃って頭を下げる。引き止めようとする侍女を振り払い、険しい顔つきで広間に上がり込む。

信行は、小さく嘆息を漏らした。雨が続くと、母は苛立ちに襲われ、あたり構わず当たり散らすことがある。大方、自分が評定に呼ばれなかったのが癇に障ったのだろう。

広間の中央に立ったまま、母が訊ねた。

「信行殿。そなた自ら出陣いたすとは、まことですか」

「はい。二千ばかりを率い、名塚の砦を落とす所存にござる」

「なりませぬ！」

甲高い声で、母が叫ぶ。

「そなたは弾正忠家の当主。そのような小戦など家臣に任せ、そなたはこの城に腰を据えておればよかろう」

何を言っているのだ。口から出かけた言葉を呑み込み、努めて穏やかな声で言った。

「まずは落ち着かれませ。立ったままでは、話もできますまい」

「夢を、見たのじゃ」

腰を下ろしながら、母が力なく呟く。

「そなたは戦に敗れ、馬も刀も失って、暗い森の中を逃げ惑っておった。その後ろから、馬に乗った信長が刀を手に……」

「おやめくだされ！」

思わず、怒気の滲んだ声が出た。母に怒声をぶつけたのははじめてだ。体を震わせた母の顔が、ひどく青褪めている。

「明日は、我らにとって大事な緒戦にござるぞ。そのような夢のために出陣を取りやめるわけにはまいりませぬ」

「あれは、断じて夢などではない。そなたは戦に出てはならぬ！」

「時と場所をお考えくだされ。いくら母上とはいえ、軍評定《いくさひょうじょう》の場でそのような夢の話など言語道断。あまりにも不吉にござるぞ」

「されど……」

「何やら御気色《ごけしき》が優れぬご様子。奥でお休みになられませ」

侍女に両脇を抱えられ、母が退出していく。

気まずい沈黙を、林美作が破った。

「御母堂の申される通り、明日の名塚攻めは小戦にござる。殿のご出馬を仰ぐほどのこともございますまい」

卜占と同じく、夢もまた、神意の表れと見做される。加えて、こうした話は瞬く間に漏れ広まる。ここで出馬を強行すれば、将兵の士気に関わるだろう。

一同を見渡した。美作と勝家の他は顔を伏せ、信行と目を合わそうとしない。

「わかった。美作がそう申すならば、私はこの城で勝利の報せを待つこととといたそう」

怒りを押し殺し、微笑を湛えながら言った。

「皆の戦ぶりには、大いに期待している。名塚攻略の暁には、働きに応じてしかと報いよう」

ははっ、と諸将が声を揃え、平伏する。

結局、名塚攻めは勝家の一千と、美作の七百で行うことになった。元より、数の上では負けるはずがない。千七百でも十分に勝てる。

広間を出て、奥の居室へ戻った。津々木蔵人に命じて、酒を運ばせる。

一人になると、不意に苛立ちに襲われ、脇息を蹴り飛ばした。

母はいつまで、表向きのことに口を挟み続けるつもりなのか。父の死後も髪を下ろさず、評定の席にも顔を出す。弾正忠家当主は自分であって、母ではない。そのことを、母も家臣たちもわかっていないのだ。

「お持ちいたしました」

蔵人に酌をさせ、鬱々とした気分で盃を重ねた。

まあいい。明日の戦は所詮、小競り合いに過ぎない。自分が出るまでもないだろう。名塚砦を落とせば、こちらに靡く者はさらに増えるはずだ。粘り強く調略を続ければ、信長方は内側から崩れる。信行自ら出陣するのは、それからでも遅くはない。大軍を率いて清洲を攻め落とし、信長の首を獲る。返す刀で岩倉を討ち、織田家は名実ともに、信行の名の下に一つになるのだ。

尾張統一を果たせば、家中の誰もが信行を仰ぎ見るようになる。母の意向など気にする必要もない。出家でも勧めるか。父の菩提《ぼだい》を弔いながら、穏やかな余生を過ごしてもらおう。

「四年半か」

信長が家督を継いだのが、四年前の三月のことだ。あれから、四年と五月の月日が流れた。

長い暗闘で、謀略の手管を学んだ。負けの屈辱を知り、耐えることも覚えた。この日々が、信行の血となり肉となっている。遠回りではあったが、無駄ではなかったはずだ。

「あと少しだ」

膳をどけ、蔵人を手招きする。

「あと少しで、私は尾張の頂点に立つ」

「はい」

酒のせいか、高揚が抑えられない。蔵人の肩に手を回し、抱き寄せた。

正室の他にも数人の妾がいるが、蔵人に伽《とぎ》を命じることが最も多い。蔵人はまだ十九歳で家格も低いが、いずれは信行の片腕にと見込んでいる。若い家臣を育て、主従の絆を強めるのも、当主の務めだった。

唇を重ね、蔵人の白いうなじに指先を這わせた。夜になって雨はやんだが、風はいまだ強く、雨戸ががたがたと音を立てている。

ふと、あの女のことを思い出した。

女体に溺れたのは、あれが最初で最後だ。城に呼びつけ、何日もかけて痴態の限りを尽くした。飽きると、家臣たちに代わる代わる犯させてその様を眺め、最後は弊履《へいり》のごとく棄てた。

もう六年も前のことだが、今でも時折思い出す。今思えば、愚かなことをした。

兄が望んでも手に入れられなかった女。それを、この手の中で弄んでみたかったのだ。後に残ったのは、虚《むな》しさだけだった。

それ以来、あの女とは一度も会っていない。今頃、どこで何をしているのか。生きているのか、死んでいるのか。それさえ、信行は知らない。

不意に、信長の目が脳裏をよぎった。幼い信行に向けられた、あの目。ほんの一瞬、体が強張った。

愚かな。今の自分は、母の腕に守られた幼子ではない。信長など、己の力でねじ伏せてみせる。

蔵人の耳朶《じだ》に歯を立て、囁いた。

「明日の戦の軍監はそなただ。柴田、林を上回る功を立てよ」

「はっ……ありがたき、幸せ」

震える声で、蔵人が答える。

「私とそなたで、信長を討とう」

「御意」

首になった信長の前で、蔵人と交わるのも悪くない。

想像すると、喜悦が背筋を駆け抜けた。

二

八月二十三日、信行が動いた。

「ようやく動いたか。猿」

木下《きのした》藤吉郎を呼び、使いを命じる。復命し、藤吉郎は城を飛び出していった。

予想通りだった。庄内川の対岸に砦を築けば、信行は必ず動く。だが信行に、乾坤一擲《けんこんいってき》の勝負を挑む豪胆さはない。後詰に来た信長との決戦は避けようとするだろう。となれば、庄内川が増水した時を狙い、攻略を命じるはずだ。

末森や那古野に放った間者から、次々と注進が入る。すぐに、敵の陣容が判明した。

敵は一千が東から、七百が南から、名塚に向かっている。

数日来の雨で、庄内川は普段の倍ほども水量を増していた。堤を破った水が流れ込み、砦のある小高い丘は浮島同然だという。一千は名塚東方の稲生《いのう》に、七百は砦の南方に陣を置いている。

「信行は、出てきておらんのだな」

「はっ。敵陣に姿はなく、末森に腰を据えているものと」

間者の報告に、信長は頷く。東の一千は柴田勝家、南の七百は林美作が大将ということだった。

自ら出陣しないことで、信行がこの戦を決戦と捉えていないことがはっきりした。

ここが、信行の限界だった。欲しい物を手に入れるために、自ら先頭に立とうとしない。他人に与えられた物を、自分の力だと見誤っている。

家督が欲しければ、自らの手で奪い取るしかない。それをやろうとしない信行に、当主は務まらない。そのことを、教えてやる。

「出陣」

朝を待ち、命じた。戦仕度はすでに整っている。わずかな留守居を残し、七百を率いて清洲を発った。

昨夜までの荒天が嘘のように、空は晴れ渡っている。

すぐに、庄内川に達した。幼い頃から何度も遊んだ川である。どこに浅瀬があるか、どこなら流れが緩やかか、頭の中に叩き込まれている。

「お待ちいたしておりました」

出迎えたのは、蜂須賀小六だった。隣に藤吉郎を従えている。

「雑作をかける」

「何の。この程度の増水、我ら川並衆にはどうということもござらん」

川岸には、すでに数十艘《そう》の川船が待機している。七百の渡河に、それほどの時はかからなかった。敵もすでに、こちらの動きを察知しているだろう。渡河を終えると、すぐに命じた。

「佐久間盛重に使いを出せ。砦を棄てて、南の林美作に備えよ」

名塚の砦は元々、敵をおびき寄せるための餌に過ぎない。砦に拠《よ》って戦うつもりなど、はじめからなかった。

「まずは、東の柴田勢を蹴散らす」

敵が二手に分かれているのは好都合だった。戦力に勝る柴田勢を先に破れば、残る林勢に対しても優位に立てる。だが、時はなかった。佐久間勢が崩れれば、側面にも敵を受けることになる。

「猿、轡を取れ」

「ははっ！」

低地は水浸しで、田畑は沼と化している。街道を避け、丘を伝うように東へ向かった。敵の物見が近づいては駆け去っていくが、構わず軍を進める。

やがて、眼下の平野に陣する軍勢が見えた。このあたりまでは、水が来ていない。敵は稲生村の外れに陣を組み、槍の穂先を揃えてこちらを待ち受けている。すでに逃げ散ったのか、村に人の気配はない。

行軍を止め、目を凝らした。敵は陣を三段に構え、その後方に本陣を置いている。

信長は、肌がひりつくのを感じた。実際にぶつからなくとも、はっきりとわかる。これまで戦ったどの敵よりも手強い。

「さすがだな」

軍そのものの発する気が、ここまで伝わってくる。これまで何度か、勝家の軍とは戦場をともにしている。だが、これほどの気迫は感じなかった。

「あの陣を破るのは、なかなかに骨が折れましょうな」

森可成が、場違いに長閑《のどか》な調子で言った。この男は、事態が切迫した時ほど悠長な声を出す。

「いかがなさいます。高所の利を生かし、敵が動くのを待ちますか？」

「時はかけられん。丘を駆け下る勢いをもって突き破る。敵は烏合の衆だ。勝家の首を獲れば、崩れ去る」

「承知」

ここから先は、策などない。真正面からぶつかり、打ち破るだけだ。

「鋒矢《ほうし》の陣」

全軍が鏃《やじり》のような形をとる、攻めの陣形だった。

先鋒は佐々隼人正。庄内川北岸の比良村を領する国人で、父の代から幾多の戦功を立てた勇士だ。二陣には河尻与兵衛を配し、三陣を森可成が指揮する。信長の本陣は、前田犬千代ら五十人ほどの近習とともに、丘の中腹に置いた。

使い番が駆け回り、将兵が慌しく動き出す。

「人間五十年、か」

ふと、馬上で呟いた。怪訝そうな顔で、藤吉郎が見上げてくる。

「『敦盛《あつもり》』の一節だ。人間五十年　下天の内をくらぶれば　夢幻のごとくなり　一度生を得て　滅せぬ者のあるべきか」

「何やら、悲しげな謡《うたい》にございますなあ」

「そうでもない」

生まれたからには、人は死ぬ。当たり前のことを謡っているだけだ。

だが、死ぬも生きるも、持てる力を尽くして戦ってからだ。己の命運を、天に預ける気などない。

「これまでの末森衆と思うな。心してかかれ」

采配を振り下ろす。

押し太鼓が打ち鳴らされ、先鋒が動き出した。


鬼神のような戦ぶりだった。

柴田勝家。信長のいる丘の中腹からも、その姿ははっきりと見て取れる。

開戦から半刻（一時間）。当初こちらが優勢だった戦況は、勝家が前線に立ったことにより、完全に逆転していた。味方は左右両翼から押し包まれ、勝家自らの突撃で崩されかけている。

馬廻り衆の山田治部左衛門《やまだじぶざえもん》が勝家に討ち取られたという報せを皮切りに、次々と味方の討死の注進がもたらされた。

「孫介《まごすけ》も死んだか」

先鋒の将、佐々隼人正の弟である。隼人正も馬を失い、その姿は乱戦の中に紛れて見えない。縦横に駆け回る勝家主従に追い散らされ、味方はずるずると後退してくる。

信長は視線を転じた。四半里ほど南でも、佐久間勢と林美作勢の間に戦端が開かれている。佐久間盛重は三倍を超える敵を相手に善戦しているが、崩れるのも時間の問題だった。

「前に出る」

「殿、それは」

近習の制止を振り切り、馬を麓《ふもと》のあたりまで進めた。

「皆の者、上総介信長はこれにある！」

信長の姿を見て、将兵が奮い立つ。崩れかけた味方が次第に持ち直し、互角のぶつかり合いまで盛り返した。

だがそれも、ほんの束の間だった。押し返そうとしたところに勝家主従が突っ込み、戦の流れを変えさせない。

「殿、あれを！」

前田犬千代が指差したのは、左手の村だった。

民家の屋根に、人影が見える。一人や二人ではない。数十人はいそうだった。いずれも野武士のような粗末な身なりで、弓矢を手にしている。

伏兵。背筋に冷たいものが走った。味方の横腹に食らいついていた敵が、背後から矢を浴びて浮き足立つ。

だが、野武士たちの矢は、柴田勢に向けて放たれた。後方の敵本陣に向けて、続けて、村の家々を縫うように、百人以上が飛び出してきた。喊声を上げて突っ込んでいく。

「蜂須賀党じゃ、小六殿が来てくれたわ！」

「猿、そなたの手配りか？」

藤吉郎は、「滅相もございませぬ」と慌てて首を振る。

「どちらでもよい。者ども、ここが先途《せんど》ぞ。押せや！」

味方が勢いづいた。敵は方々で崩れ、得物を捨てて逃げ出す者も出はじめている。

不意に、前方で人が宙を舞った。高々と放り上げられた足軽が、腹から血を撒き散らしながら地面に落ちる。

束の間、戦場が凍りついた。一騎の騎馬武者を中心に、ぽっかりと隙間が生まれている。

「柴田権六勝家、信長殿の御首《おんくび》、頂戴《ちょうだい》しにまいった」

互いの距離は、二十間足らず。勝家の目は、はっきりと信長を見ていた。

「獲れるものなら、獲ってみよ！」

声を限りに叫び、槍持ちから手槍をひったくる。

「猿、出せ!」

「殿、なりませぬ!」

轡にしがみつく藤吉郎と揉み合ううち、前方で喚声が沸き起こった。森可成が、三十人ほどで勝家に向けて突っ込んでいく。勝家を守ろうと十数騎が前に出て、敵味方が入り乱れた。

「勝家、聞け!」

乱戦の中、勝家がこちらに目を向ける。

「弾正忠家当主たる我に弓引くは、亡き父に弓引くも同じぞ。身内同士の殺し合いを、父上が望むと思うか!」

しばし、視線がぶつかった。

微禄で家格も低い勝家を抜擢し、信行の付家老《つけがろう》にまで引き上げたのは信秀だった。信行を支持しているというよりも、信秀の期待に応えたいという思いのほうが強いはずだ。

数拍の間を置くと、勝家は一瞬、天を仰いだ。それから小さく一礼し、馬首を返す。その後に、十騎ほどが続いていく。

勝家が退くのを見て、敵は完全に戦意を失った。蜂須賀党は本陣の兵を押しまくっている。総崩れになるのに、それほどの時はかからなかった。

「追い討ち無用」

命じて、兵をまとめた。部将から雑兵にいたるまで疲弊しているが、目だけはぎらついている。

「いや、間に合ってようござった」

槍を手に、蜂須賀小六が笑った。

「信長殿が本陣を前に出された時は、どうなることかと思いましたぞ」

「戦はまだ、終わってはおらん。気を抜くな」

「承知、仕った」

休む間も与えず、南の林勢に向かった。駆ける勢いのまま、林勢の側面に襲いかかる。信長本隊の到着に、敗走寸前だった佐久間勢は息を吹き返し、敵は算を乱しつつある。再び激しい白兵戦になった。信長は陣頭に立って、自ら槍を振るう。足軽を薙ぎ払い、林美作の姿を探した。いつの間にか、犬千代ら近習ともはぐれ、傍にいるのは轡を取る藤吉郎だけになっている。

いた。見覚えのある兜だ、間違いない。十間ほど先で、味方の兵と渡り合っている。信長の馬廻り、黒田半平《くろだはんぺい》だった。互いに馬も槍も失くし、刀で斬り結んでいる。

槍を構え、馬を飛ばす。二人とも、信長には気づかず斬り合いを続ける。甲高い声が上がり、半平が蹲った。左手を斬り落とされている。止めを刺そうと、美作が刀を振り上げた。

「林美作、出会え！」

振り向いた美作の顔が、驚愕に歪む。

槍を突き出す。美作は刀で撥ねのけようとするが、間に合わない。穂先が、美作の喉を突き破った。

馬の足を止め、美作を見下ろす。血に濡れた唇を動かして何か言っているが、声にはならない。

「申したはずだ。俺に刃を向けた者は、決して赦さぬと」

槍に捻《ひね》りを加えると、美作の体から力が抜け、前のめりにくずおれた。

「織田上総介信長、逆臣林美作を討ち取った」

声を張り上げると、敵は一斉に崩れ去った。

見たか、信行。これが、俺とお前の差だ。勝ち鬨の声を聞きながら、末森の方角を睨む。

二刻（四時間）以上にわたる、長い戦だった。追い討ちをかける余力は残っていない。

その日のうちに、清洲に帰陣した。

城に上がると、留守居の家臣や侍女たちとともに、帰蝶が出迎えて祝いの言葉を述べる。

道三の死後しばらくの間は塞ぎ込んでいたが、今はしっかりと正室としての務めを果たしている。それでも、口数も笑みを見せる回数も、以前よりはずっと減った。久しく、閨をともにすることも絶えている。

その夜は、心身ともに疲れ果てていたが、気が張ってほとんど眠ることができなかった。目を閉じると、怒号や悲鳴、鉄砲の筒音が蘇ってくる。

勝ったのは、運がよかっただけだ。あの時、蜂須賀党が現れず、勝家が馬を返さなければ、今頃は自分が首になって末森に運ばれていた。

鍛えに鍛えた馬廻り衆なら、倍する敵であっても打ち破れる。その考えは、とんでもない思い上がりだった。戦はやはり、敵を上回る数を揃えるところからはじまる。戦場で雌雄を決するのは、あくまで最後の手段に過ぎない。そのことを、信長は肝に銘じた。

翌日、獲った首を実検した。千七百を相手にして、討ち取った首は四百五十に上る。野戦の死者が軍勢の一割を超えることなどほとんどない。どれほど激しい戦だったのか、獲首の数だけでもわかる。討ち取った首の中には、秀俊を討った角田新五のものもあった。

こちらも百五十近くを失ったが、倍する敵を正面から打ち破ったという報せは、すでに尾張中に知れ渡っているだろう。薄氷を踏むようなきわどい戦だったが、勝利は勝利だ。

物見の報告では、敗残兵が大挙して逃げ込み、末森は大混乱に陥っているという。すぐにも信長の大軍が攻めてくるという流言が広まり、城下の民は逃げ仕度に追われているらしい。

稲生での戦いから三日後、信長は森可成に兵を預け、那古野城下を焼き払うよう命じた。五歳の時から清洲に移るまで暮らした城だが、今の主は林通勝だ。焼くのに躊躇《ちゅうちょ》はない。

信長は馬廻り衆七百を率い、末森に向かった。

遮る敵はなかった。逆に、国人や土豪の降参が相次ぎ、軍勢は三千近くまで膨れ上がっている。遠巻きに囲んでも、城から打って出る敵はいない。

今回は示威が目的で、城を落とすつもりはなかった。

末森城は、小高い山の上に築かれた堅固な城だ。城内には今も、一千近い兵が籠もっている。勝家が城内にいるとすれば、窮鼠《きゅうそ》が猫を嚙む恐れもある。いずれにしろ、無理に攻めれば、必要のない犠牲を出すだけだ。

「かかれ」

松明を手にした兵たちが、城下の家々に火を放つ。晴れ渡る秋の空に、黒々とした煙が立ち昇っていく。

炎の向こうに、信長は母を見ていた。

今回の謀反に、母がどう関わったのかはわからない。だが、母が信長の死を心から願っていることは、疑いようがなかった。

城を取り巻く軍勢を、どんな思いで見つめているのか。天を焦がす炎に、何を感じているのか。取り乱し、信長への恨み言を喚き散らす母の姿が目に浮かぶ。

恍惚とした心地で、信長は城を見上げた。

三

勘十郎信行は、一面の焼け野原と化した城下を呆然と見つめていた。

火は、丸一日を過ぎてようやく収まったが、今もいたるところで燻《くすぶ》り続けている。

那古野の城下も同じように焼き払われ、裸城と化しているという。林通勝はいち早く降参し、信長に赦しを請うた。弟の討死で、よほど怖気《おじけ》づいたのだろう。守山も、角田新五の討死によって信長に降《くだ》った。篠木三郷は戦の直後に奪還され、信行の拠点はすでにこの末森だけとなっていた。

負けた。その思いが、ようやく込み上げてくる。拳を握り、物見櫓の手摺《てすり》にぶつけた。

林美作は、信長自らの槍にかかって討死。柴田勝家と津々木蔵人は生きて帰ったものの、将兵の多くは城に戻らず、城内の兵力は一千を割り込んでいる。

城を囲んだ三千の軍は、城下に火を放つと、何事もなかったかのように引き揚げていった。決死の覚悟で城内に籠もった将兵は、肩透かしを食った思いで虚脱している。母だけは追撃を主張したものの、一千足らずの兵力で打って出たところで勝てるはずはない。信行をはじめ、諸将の誰も、母の言葉に耳を貸そうとはしなかった。

櫓の下から声が聞こえてきた。見ると、櫓に登ろうとする市を、信行の小姓が引き止めている。

「よい。上がらせてやれ」

女子とは思えない身のこなしで、市が梯子《はしご》を登ってきた。無言で信行に目礼すると、手摺から身を乗り出して城下を睨む。その切れ長の目には、はっきりと怒りの色が滲んでいた。

「愚かな」

ぽつりと、市が呟いた。

「無辜《むこ》の民を焼き出した兄上か。それとも、みすみす町を焼かれた私のことか？」

「お二人とも、です」

市は、こちらを一瞥もせず言い放つ。

「確かにな」

信行は苦笑した。あまりに率直な物言いに、腹も立たない。

「母を同じゅうするご兄弟ではございませぬか。何ゆえ、手を携えることができぬのです？」

「兄上が当主では、弾正忠家は立ち行かぬ。そう思うたからこそ、家臣たちは私を担ぎ、私も担がれた」

「ですが、勘十郎兄上は」

「そうだ、負けた。完膚なきまでにな」

敵の速やかな渡河も、味方が軍を二分していたことも、些細なことでしかない。緒戦のつもりで挑んだ戦が、信長にとっては決戦だった。それがすべてだ。そしてその結果、信行は城を一歩も出ることなく敗北した。

「それで、いかがなさるおつもりです？」

「和議を結ぶ。すでに、段取りは整っている」

信長とは、何度か使者のやり取りがあった。

清洲に出向いて詫びを入れれば、今回の謀反についてはすべて水に流す。信行以下、加担した重臣たちの罪も問わないという信長の言質《げんち》を取り、誓書も交わしてある。

「ならば、勘十郎兄上は、信長様の家臣ということに？」

「そういうことだ」

市は、兄のことを信長様と呼ぶ。十三も歳が離れ、ほとんど言葉を交わしたこともないのだ。他人行儀になるのも当然だろう。

「では、兄上は信長様が、弾正忠家の当主に相応しいとお認めになるのですか？」

問われて、信行はしばし返答に窮した。

和議を結ぶのは、とりあえず今の窮地を切り抜けるためだ。目前に迫った滅亡を避けるには、他に方法がない。先のことを考える余裕などなかった。

いったんは恭順し、再起を期すか。それとも、信長には勝てないと割り切って、忠実な家臣として生きるのか。信行の中で、答えはまだ出ていない。

「出かける刻限だ。そなたは好きなだけ、城下を眺めておれ」

「どちらへまいられます？」

「清洲だ。重臣どもを連れて、兄上に詫びを入れにまいる」

市の表情が、かすかに憂いを帯びた。城に招き寄せての謀殺。わずか十歳でも、武家の娘だ。そのくらいのことは考える。

「案ずるな。手は打ってある」

踵を返そうとしたところで、袖を引かれた。

「わたくしも、お連れください」

「何を言う。遊びに行くわけでは……」

「そのようなこと、わかっております。されど、織田家の女子として、上総介信長という御方を、この目で見て確かめたいのです」

わずか十歳の妹に気圧されそうになるのを、信行は感じた。

まあいい。楯は、多いにこしたことはない。

「何があるかはわからん。身の安全は、約束できんぞ」

「承知の上ですが、いくら信長様とて、年端もいかぬ女子を斬るような真似はいたしますまい」

「わかった。好きにいたせ」

市と連れ立って櫓を下り、奥で衣服を改めた。

すべて水に流すという信長の言葉を、信用したわけではない。内輪での争いを長引かせたくないにしても、あまりにも寛容すぎた。だが、拒めば信長に末森を攻める口実を与えるだけだ。

思案の末、母を伴うことにした。母は信長の、ただ一つの弱みだ。あの男には、母を斬ることも、母の前で自分を殺すこともできはしない。

出発の仕度が整った。主立った者は全員が墨染めの衣という神妙な出で立ちで、柴田勝家などは頭を剃り上げている。護衛も、最小限にとどめた。

「まことに、信長は我らに危害を加えぬのじゃな？」

「ご安心ください。何事もなく、夜にはこの末森に戻れましょう」

不安げな母を駕籠に乗せ、出立を命じる。市には小袖に袴をつけさせ、信行の鞍の前に乗せた。

およそ二里の道程《みちのり》を、刺客が潜んでいないか目を凝らしながら、慎重に進んだ。

はじめて訪れる清洲の繁栄ぶりに、信行は目を瞠《みは》った。市も、声を上げてはしゃいでいる。

通りには人が溢れ、物売りの声が飛び交っていた。軒を連ねた店先には、諸国の物産がところ狭しと並べられている。ほんの数日前に国を二分する戦が行われたばかりとは、とても思えない。

村井貞勝と島田秀満の二人が、清洲城大手門で一行を出迎えた。平手政秀の跡を継ぐ形で信長の台所を支える吏僚だ。今回の和睦交渉も、この二人が担当した。

二人の案内で大広間に上がるまでは、さすがに緊張した。いつ、どこから鎧武者が飛び出して襲ってくるかもわからない。ただ、城内に張り詰めたものはそれほど感じなかった。

左右には、信長の家臣たちが居並んでいた。頭に晒しを巻いた者や、布で腕を吊《つ》った者も多い。稲生での戦は、信長にとっても相当にきわどいものだったのだ。

「殿の、御成《おな》りに候」

小姓が信長の出座を告げ、信行たちは平伏した。

「母上」

小声で促し、母にも頭を下げさせる。

信行は声を張り上げ、謝罪の言葉を述べた。

他人にひれ伏して赦しを請うなど、いつ以来だろう。いや、生まれてはじめてのことかもしれない。

噛み締めろ。信行は己に命じる。これが、敗北の味だ。

「面《おもて》を上げい」

甲高い声で、信長が命じた。母が奥歯を噛む音が聞こえる。

「勝家。その頭、なかなかに似合《にお》うておるぞ」

意外にも、信長の機嫌は悪くはない。口元には笑みまで浮かんでいた。

「はっ。この権六勝家、戦場での殿の一喝に目が覚め申した。これまでの所行、平《ひら》にご容赦願いたく」

「よかろう。あそこでそなたが退かねば、この首は胴から離れておったやもしれぬ。そなたの武略、今後は我がために生かせ」

母は、横目で勝家を睨んでいた。こうした僅《わず》かな隙を衝いて離間を仕掛けてくる。やはり、油断はならない。

「市、久しいな。わしのことは、覚えておるか？」

「兄上を最後にお見かけいたしたのは、父上の仏前に抹香をぶちまけるところでした。それ以前にお言葉を交わしたことはなく、今日がはじめてにございます」

物怖じすることなく、市が堂々と答える。

「であるか」

信長は満足そうに笑い、市の顔をまじまじと眺めた。

「そなたはいずれ、類まれなる麗人に育つ。加えて、その利発さと気性だ。楽しみにしておる」

手駒として期待している、という意味だろう。それを解しているのかどうか、市は頭を下げた。

「それにしても、わざわざ母上までお越しいただくとは。この信長、恐縮の至りにござる」

母のこめかみが、ぴり、と震えた。それでも、感情を抑えた声で訴える。

「我が腹を痛めて産んだ子らがいつまでもいがみ合《お》うておるは、母として辛きこと。どうか、穏便に取り計ろうてやってはくれぬか」

「無論のこと。いまだ尾張統一はならず、斎藤、今川の脅威も迫っておりまする。身内同士で争うておる時ではありますまい。信行」

「ははっ」

「末森の城は、引き続きそなたに任す。母上の御心《おこころ》を痛めぬためにも、これに懲《こ》りて、今後は弾正忠家と家臣領民のため、心を入れ替えて働くがよい」

「ありがたきお言葉。勘十郎信行、身命を賭して殿に尽くす所存にございまする」

「であるか。しかと励め」

「御意」

信長の視界の中に自分がいないことに、信行は気づいていた。広間に現れた時からずっと、信長の目に映っているのはただ一人、母だけだ。兄の心中にあるのは憎しみか、それとも勝利の陶酔か。その表情からは読み取れなかった。いずれにせよ、信行は兄の眼中にも入っていない。

はっきりとわかった。信長に、自分を殺す意思はない。殺すまでもない、取るに足らない男。それが、兄にとっての信行という存在なのだ。

はじめて、兄に対する殺意が湧き上がるのを感じた。信行は自問する。あの男の家臣として生きることを、自分は肯《がえ》んじられるのか。

考えるまでもない。答えは、すぐに出た。

思った通り、何事もなく清洲を出ることができた。

「兄上を、どう見た？」

帰路、市に訊ねた。

「恐ろしい御方でした。そして、お可哀想《かわいそう》」

「可哀想?」

市は少し考え、答えた。

「たくさんの家来がいても、あの御方は独りです。それは不幸なことだと、市は思います」

「そうか」

それはきっと、私も同じだ。思ったが、口にはしなかった。

人としての幸、不幸など、自分にとっては何の価値もない。あるのは、武士としての矜持《きょうじ》だけだ。


末森の居室に戻った時、すでに日は落ちていた。

久子の胸には、屈辱と憎しみが満ちている。

幼い頃から自分の足元に這いつくばっていた男に、頭を下げて命乞いをしたのだ。信長の勝ち誇った目が、脳裏に焼きついて離れない。脱ぎ捨てた墨衣を、久子は床に叩きつけた。

信行が敗れるなど、露ほども考えたことはない。いや、負けたのは林美作と柴田勝家であって、信行が信長に劣っていたわけではない。

だが、機を見るに敏な尾張の侍たちは、信行を見限り、次々と信長に鞍替えしていく。林美作は討たれ、柴田勝家ももう、当てにはできない。

信行はこのまま、兄の家臣として働くつもりなのだろうか。

このところ、信行が何を考えているのかまるでわからない。大事な評定にも自分を呼ばず、何か意見すれば、露骨に顔を顰める。あれほど従順だった我が子の心変わりが、久子には理解できない。

信行が心から信長に臣従すれば、久子も信長の顔色を窺いながら生きていく他ない。信長はいずれ、久子に出家を命じるだろう。髪を下ろし、抹香臭い衣で念仏を唱える日々。想像しただけで、虫酸《むしず》が走った。

何か、手立てはないか。思案するが、気ばかり焦ってろくな考えが浮かばない。

「御前」

酒でも運ばせようとしたところで、廊下から声がかかった。

「菊か。入るがよい」

そっと、襖が開いた。菊は衣擦れの音もなく部屋に入り、再び襖を閉める。

母娘二代で久子に仕える若い侍女だ。人目を惹くほど美しくもなければ、醜女《しこめ》でもない。二十歳をいくつか過ぎたはずだが、十代の娘に見えることもあれば、ひどく老けて見えることもある。

「何か掴んだのか?」

「はい。一つ、ご報告いたしたき儀が」

菊の母は、信秀から身辺の警固にとつけられた忍びだった。菊も、幼い頃から忍びの技を仕込まれている。

「昨今の信長殿の動きについて」

「申せ」

誰にも予定を知らせず、わずかな供廻りで出歩く信長の動きは、きわめて掴みづらい。鼻も利くようで、これまで放った刺客はすべて空振りに終わっている。

「遠乗りや鷹狩りに事寄せ、十日に一度は生駒屋敷に足を運んでいる様子」

「生駒か。別に、おかしくはあるまい」

信長と生駒家の繋がりは深い。生駒家宗は腕の立つ食客を多く抱えていて、そこから信長の馬廻り衆に加わった者も少なくない。

「ただ、女の気配がございまする」

「女じゃと?」

生駒の女。思い浮かぶのは、一人しかいない。

そういえばこの春、土田弥平次の屋敷に賊が押し入り、妻の吉乃をさらっていったという話を確かに聞いた。その時は気にもかけず、賊の慰み者となった末に、どこかで野垂れ死んだのだろうと思っていた。

「まさか、吉乃が生きておると？」

「まだ確証はございませんが、大いにあり得ることかと」

あの女が生きている。今も生家でのうのうと暮らし、しかも信長の妾に収まっている。

考えただけで、腸《はらわた》が煮えくり返った。

思えば、弥平次の死にも、不可解な噂が立っていた。美濃勢に追われて逃げる弥平次を、信長自らが鉄砲で撃ち殺したのだという。公には、弥平次は別の場所で討死したことになっていて、真偽のほどは定かではない。

吉乃をさらったのが信長の命だったとすれば、すべては繋がる。信長は吉乃を取り戻し、弥平次まで殺した。不名誉な事実を弥平次の家臣たちが隠蔽《いんぺい》したとしても、おかしくはない。

愚にもつかない役立たずだったが、久子の甥であることに変わりはなかった。この仇は、必ず討たねばならない。

「菊。そなたの手の者を、生駒屋敷に潜り込ませることはできるか？」

「いささか時はかかりますが」

「では、すぐに手配いたせ。吉乃の生死を確かめ、信長の出入りをしかと見張るのじゃ」

「承知いたしました」

吉乃をはじめて見たのは、信長の祝言の席だ。顔を見ただけでなぜか心がささくれ立ったのを、よく覚えている。

あの女の笛で、信長が踊る。その様を見ただけで、二人の間に何が芽生えたか、久子にははっきりとわかった。だから、吉乃と弥平次の婚姻を強引に進め、信長から引き離してやったのだ。

だがあの時、吉乃に心を奪われたのは信長だけではなかった。

「いかがなされました？」

訊ねられて、久子は自分が笑っていることに気づいた。

「もうよい、下がれ」

「はい」

また音もなく襖が開き、菊が消えた。

まさか信長が、あの女に未練を残していたとは。

信長は、自分の想い人と弟との間に何があったか、知っているのだろうか。いや、知っていれば、信行を生かしておくはずがない。

いずれにしろ、勝負はまだ、ついてはいない。たとえ一度は膝を屈しようと、最後に勝つのは自分と信行だ。

久しく忘れていた満ち足りた気分で、久子は酒を命じた。

四

吉乃が身ごもった。

聞かされたのは年が明けてすぐで、生まれるのは七月になるという。この正月で、信長は二十四になった。この歳で最初の子というのは、武家の当主としては遅い。

吉乃の気の病は、いまだ癒えていない。以前よりは言葉を発することが多くなり、時には明るい表情を見せるようにもなっていたが、それでもかつての吉乃とはまるで別人である。医師が言うには、子を生すことで気持ちに張りが出て、病も快復に向かうやもしれないということだった。

子は、いずれは作らなければならなかった。父になるということに、これといった感慨は湧かない。それよりも、片付けなければならない問題がいくつかあった。

笠寺城主《かさでらじょうしゅ》、戸部新左衛門《とべしんざえもん》が今川への接近を強めていた。元々独立した領主だったが、信長の尾張統一が進んでいることに危機感を覚えたのだろう。

笠寺は熱田に近く、先に寝返った山口《やまぐち》教継の鳴海城とも指呼《しこ》の間《かん》にある。戸部の今川への臣従は、尾張に打ち込まれた楔《くさび》が、さらに奥深くまで食い込むことを意味していた。

信行らを赦免したのは、こうした動きを念頭に置いてのことだった。戦が長引けば、今川や斎藤、岩倉の介入を招きかねない。今は、わずかな隙も見せられなかった。

「戸部が今川につくのは、止められんか」

「御意」

梁田弥次右衛門が首肯した。

清洲の織田伊勢守に斯波義統を討たせ、その子義銀を信長の下に迎えることができたのは、梁田の働きが大きかった。その後も、信光謀殺をはじめとする諸々の調略は、梁田が実行役を受け持っている。功を賞してそれなりの所領を与えてはいるが、身なりは相変わらず粗末なままだ。

「ですが、一つ耳寄りな話が」

「何だ」

「山口教継と、今川が鳴海に遣わした目付、岡部元信《おかべもとのぶ》との間が、かねてからうまくいっていないとの由。同じ城にいながら、陰では互いを悪し様《あざま》に罵り合《お》うておるそうにございます」

「なるほどな」

ありそうな話だ。今川の本国駿河から派遣された岡部とその家臣たちは新参の山口を侮り、山口らは今川の威光を笠に着た岡部に遺恨を持つ。付け入る隙がありそうだった。

「して、いかがいたす？」

「山口が殿と通じ、岡部を討たんとしている。そう、岡部に思わせるのがよろしいかと」

「岡部は信じるか？」

「好悪の感情はしばしば、賢人の判断をも鈍らせまする。ましてや、岡部は槍一筋の武辺者なれば」

「賢人には程遠い、か」

「御意」

「よかろう、細かい手立ては任せる。人と銭も、好きなように使え」

「ははっ」

「猿。おるか」

「へっ、ここに」

外から声がした。書院の襖を開くと、木下藤吉郎が庭に片膝をついている。

蜂須賀党の忍びとの繋ぎは、今も藤吉郎が受け持っていた。その身分の低さから、藤吉郎が奥に出入りしても怪しまれることはない。藤吉郎は昼夜を問わず、何かあれば奥の信長を訪ねてくる。

「しばらく、梁田の下につけ。この男から、調略のいろはを学ぶがよい」

「へぇ、ありがたき幸せにございまする」

調略に使える家臣の数は、多くはない。身分の高い武士ほど、戦場での槍働き以外は手柄と認めず、こうした汚れ仕事を忌避する。その意味で、武士の出身ではない藤吉郎は使い勝手がいい。

やるべきことは、他にも山のようにある。稲生合戦の戦後処理と同時に、損耗した人と銭とを埋めなければならない。そうした手配りに奔走するうち、瞬く間に月日が流れ、吉乃は臨月を迎えた。

見る間に大きくなっていく吉乃の腹は、信長の目には奇異なものとして映る。だが吉乃は、いとおしくてならないという様子で自分の腹を優しく撫でている。

尾張では、子は妻の実家で産むのが習わしだった。だが、出産後も吉乃を清洲に迎えるつもりはない。

生駒屋敷に女を囲っていることは、すでに周知の事実だが、それが吉乃であるとは、ほとんどの者が知らない。賊にさらわれたはずの女。そして、夫の弥平次は時を経ず、信長の手で撃ち殺された。加えて、吉乃は気の病まで抱えている。あまり環境を変えず、穏やかな暮らしを続けさせるのが肝要だと、医師も言っていた。

七月に入ったある朝、生駒屋敷から使いが来た。信長はいつものように行き先を告げず、わずかな供廻りだけを連れて馬を飛ばした。藤吉郎は鳴海の調略にかかりきりで、轡は別の者が取っている。

「これは、信長殿」

生駒屋敷の門前で、滝川一益が出迎えた。今も生駒家の食客として、用心棒のようなことをしている。

「生まれたか」

「いえ、いまだ。かなりの難産とのことにござる」

案内も請わず、屋敷に上がり込んだ。

「これは、わざわざのお越しを」

客間で、生駒家宗が不安げな顔で出迎えた。

男の身で、奥の産所に入ることはできない。敢えて踏み込む気にもなれず、家宗や吉乃の兄の家長《いえなが》らとともに表で待った。さして広い屋敷でもない。奥で忙しなく人が行き交う気配は、表にも伝わってくる。

昔、傅役の平手政秀に聞いたことがある。母はなぜ、生まれたばかりの信長を殺せと叫んだのか。

信長が生まれた時は、とてつもない難産だったという。母は何度も気を失い、命さえ危ぶまれた。生死の境にあった母は錯乱し、心にもないことを口走ったのだと、政秀は言った。

違うと、信長は思った。記憶の中の母の声には、はっきりと憎しみが籠められていた。信長を我が子ではなく、自分を殺そうとした敵としてしか、見ていなかったのだ。

産声が聞こえてきた頃には、日が落ちかけていた。

「生まれました！」

表座敷に飛び込んできた侍女が、声を張り上げる。

「聞こえておる。で？」

「は、はい。玉のような男子《おのこ》にございます」

家宗らが歓声を上げる中、信長は侍女を睨む。

「違う。吉乃は無事かと訊ねた」

「はい。一時はお命も危ぶまれるほどでしたが、ご無事にございます。吉乃様は、しかとお務めを果たされました」

「で、あるか」

赤子の体を産湯で洗い、産着にくるまれるまで待ち、産室に向かう。

横になっていた吉乃が、信長の顔を見て微笑した。思ったほど、血色は悪くない。あれほど膨らんでいた腹も、だいぶ小さくなっている。

その隣で、赤子は寝息を立てていた。

「大手柄にございます。吉乃様にお褒めの言葉を……」

産婆の言葉を無視し、枕辺に座った。

「これか」

赤子の顔を覗き込む。

不思議な気分だった。吉乃の腹の中で育ち、ようやく外に這い出した小さな生き物。これが己の子だという実感などない。

「吉乃。これが」

赤子を指差す信長に、産婆は呆れた顔をしている。

「いとおしいか？」

吉乃は満面の笑みで頷き、赤子に視線を向ける。今の吉乃に、表も裏もない。感じたことを、そのまま表情に出す。命の危険に晒されてもなお、我が子に向ける目は穏やかだった。

同じ女でありながら、なぜこうも違うのか。考えたところで、わかりはしない。脳裏に残る母の影を追い払い、赤子を眺めた。

「殿。若君に、御名《おな》を」

吉乃に代わって、産婆が言う。

しばし考え、決めた。

「奇妙《きみょう》だ」

「は？」

「名だ。奇妙丸とつける」

産婆は絶句するが、吉乃は「きみょう、きみょう」と確かめるように呟いている。奇妙丸は長じた後、今日のことを覚えているだろうか。吉乃と我が子を見比べながら、信長はそんなことを考えていた。

久しぶりに、酒を口にした。

生駒の一族郎党に奇妙丸を披露すると、そのまま祝いの宴となったのだ。正室に子がない以上、奇妙丸が織田家を継ぐ見込みは大きい。家宗らの喜びはひとしおだった。信長の供廻りも、生駒家の食客たちと車座を作り、宴に興じていた。信長は例によって、数度口をつけただけで酔いが回り、眠気に襲われた。

「今宵はここで寝る」

この一年近く、生駒屋敷を訪れても、その日のうちに清洲に帰ることが多かった。吉乃と奇妙丸の隣に夜具を延べ、横になった。吉乃はよほど疲れたのか、信長が入ってきたことにも気づかず寝息を立てている。

頭の中に靄《もや》がかかったような眠気の中で、ぼんやりと息子を眺める。今もまだ、父親になったという感慨はまるでない。喜びよりもむしろ、不安のほうが大きい。甲斐の武田晴信《はるのぶ》は、父を追放して国主の座に就いた。斎藤道三は、我が子と思い定めた義龍に殺され、国を奪われた。この赤子がいずれ、父に牙を剝く日が来ないとも限らない。その時、俺は我が子を手にかけられるのか。

問題ない。何の躊躇いもなく、殺せるはずだ。すぐに自答した己に満足を覚え、信長は眠りについた。

泣き声で目が覚めた。闇の中で、吉乃が奇妙を抱き上げている。宴は果てたらしく人の声はないが、夜明けまではまだ、かなり間があるようだった。

吉乃が胸をはだけ、乳を与えている。その顔は、これまで見たことがないほど幸福そうだった。かすかな嫉妬を感じ、信長は自嘲した。

もう少しだけ眠ろう。目を閉じかけた時、気配が肌を打った。身を起こし、枕元の刀に手を伸ばす。

いくつかの声と、得物を打ち合う音が聞こえた。続けて、悲鳴が上がる。

最初に頭に浮かんだのは、岩倉の軍勢による襲撃だった。ここから岩倉城は、それほど遠くない。だが、鉄砲の筒音も、具足の鳴る音も聞こえなかった。正規の武士ではない、ということだ。

久方ぶりの信長の宿泊。加えて、美濃での商いのため、生駒家の食客はほとんど出払っている。時宜《じぎ》に適いすぎていた。おそらくは、この屋敷のどこかに間者が紛れ込んでいる。

足音が近づいてきた。

「殿。吉乃様と和子《わこ》様を連れて、すぐにお逃げくださいますよう」

襖を開くと、信長に吉乃の出産を報せた若い侍女だった。

「どうやって逃げる?」

「家の者だけが知る出入り口がございます。わたくしがご案内いたしますゆえ、さあ、こちらへ」

立ち上がろうとした女に、信長は鞘を払った刀を突きつけた。

「誰を斬った?」

「何を申されます?」

「血が、臭う」

「それは、屋敷中で斬り合いがはじまっておりますゆえ」

「俺の近習に宿直《とのい》を命じてあったが、姿がない。そなたが斬ったのではないのか?」

女が飛び退り、間合いを外した。しなやかな身のこなしで床を蹴り、再び前に出る。

その手には、短刀が握られていた。

踏み込み、信長は刀を振った。胴を薙ぎ、振り向きざまに背中を斬り下げる。

「殿!」

「ご無事にござるか!」

生駒家長と、槍を手にした前田犬千代が廊下を駆けてきた。家長は倒れた女を見るや苦渋の表情を浮かべ、膝をつく。

「申し訳ございませぬ。しかと素性を確かめたつもりでしたが、よもや間者であったとは」

「後だ。して、敵の数は？」

犬千代が答えた。

「忍びの類らしく、数は摑めませぬが、三十ほどかと」

忍びが三十とは、かなり思いきった仕掛けだった。是が非でも、ここで信長を討つつもりだろう。屋敷は一町四方。堀と塀はめぐらせてあるが、砦と呼べるほどの防備もない。

吉乃と奇妙を連れて逃げるか。考え、すぐに否定した。

女は、信長を屋敷から連れ出そうとした。逃げ出したところを、外に潜んだ伏兵が襲いかかる手筈なのだろう。

屋敷にいるのは、生駒の郎党と食客を合わせた十数名と、犬千代を含めた信長の近習が四名。密《ひそ》かに信長の警固に当たっていた蜂須賀党の忍びも数名いる。残りは女と老人だ。

不意に、寝所の板戸が蹴破られた。月明かりとともに、外から人影が飛び込んでくる。

黒ずくめの衣。顔は覆面で隠し、手には短い刀。

吉乃へ向けて刀を振り上げた影に、信長は脇差を投げつけた。影は動じることなく、刀で叩き落とす。

信長は、前へ向かって跳んだ。さらに、手にした刀を投げる。かわした影に隙ができた。落ちた脇差を拾い上げ、体ごとぶつかる。

「殿！」

家長が悲鳴に近い声を上げる。

信長の脇差は、影の喉元を抉《えぐ》っていた。影の覆面が血で汚れていく。影の体から力が抜け、縁に倒れ込んだ。

「吉乃」

片方の胸を曝け出したまま、奇妙を抱いた吉乃は呆然と信長を見上げている。どこにも怪我《けが》はないようだった。

「家長は吉乃を護れ。犬千代、まいるぞ」

「されど」

「敵は、俺が逃げ出すのを待っている。ならば、ここで戦って打ち払うしかあるまい」

「御意」

覚悟を決めた声で、犬千代が応じた。

濡れ縁に出ると、月と星の明かりで、外の様子がはっきりと見えた。庭の方々では、激しい斬り合いが行われている。信長の近習や蜂須賀党の忍びも、そこに加わっていた。どこから湧き出したのか、二人が縁に飛び上がってきた。一人の斬撃を犬千代が槍でかろうじて受け止め、鍔迫《つばぜ》り合いになった。もう一人は、真っ直ぐ信長へと駆けてくる。向かってきた男が何か投げた。かわそうと半身を捻ったが、左肩に鋭い痛みが走った。太い釘のような物が、肩口に突き立っている。忍びの使う、棒手裏剣だ。呻き声を漏らし、信長は両膝を折った。誘い。男が刀を振り上げる。すかさず、伸び上がるように前に出た。すれ違う。肉を打つ手応え。振り返る。両目を斬り裂かれた男がのたうち回りながら、縁から庭に転げ落ちた。

返す刀で、犬千代と斬り結んでいた男の背に斬りつけた。仰《の》け反《ぞ》った男の胴を、犬千代の槍が貫く。

庭での斬り合いは、味方が圧倒的に押されていた。敵は二人から三人が一組になって、連携を取りながら斬りつけている。生駒の郎党や食客が次々と倒れ、味方は徐々に討ち減らされていった。

「殿、このままでは」

犬千代が言った刹那、筒音が木霊《こだま》した。庭にいた敵の一人が、何かにぶつかったように倒れる。筒音は二度、三度と立て続けに起こり、そのたびに敵が倒れていく。

「一益か」

信長は呟き、にやりと笑った。

庭の一角にある、蔵の屋根。四つの人影が見えた。三人が玉を込め、受け取った鉄砲を一益が放っていく。

「皆の衆、数百のお味方がすぐそこまで来ておるぞ。あと少しの辛抱じゃ！」

一益の声に、味方が沸き立った。一益のいる蔵に敵が押し寄せるが、次々と鉄砲の餌《え》食《じき》となっていく。奮い立った味方も、敵を押し返しはじめた。

「一人たりとも生かして帰すな。この信長に刃を向けし事、しかと後悔させてやれ！」

信長を狙って、数人が向かってきた。

一人が、一益の鉄砲で頭を撃ち抜かれた。前に出た犬千代が、二人を突き伏せる。信長は、犬千代が討ち漏らした一人の背中に一太刀《ひとたち》浴びせ、頭蓋《ずがい》を叩き割った。

縁に俯《うつぶ》せに倒れた男が、懐に手を差し入れた。

男の目は、信長を見ていない。男の視線を追う。寝所に座り込んだまま奇妙を抱く、吉乃がいた。

背筋に冷たいものが走った。床を蹴り、刀を振り下ろす。手裏剣を握った男の腕を斬り飛ばし、胴を貫いた。

尽きることのない怒りが、全身を衝き動かした。庭に飛び降り、剣を振るう。犬千代が何か叫んでいるが、耳には入らない。いくつか浅手を受けたが、痛みさえ感じなかった。

やがて、甲高い笛の音が響いた。残り十人足らずとなった敵は次々と塀を乗り越え、波が引くように逃げ去っていく。

「殿！」

犬千代と家長が駆け寄ってきた。荒い息を吐き、犬千代の肩を借りる。全身が血と汗に濡れ、手にした刀は折れ曲がっている。

家長はいくつか浅手を受けているが、吉乃と奇妙には怪我一つないという。

「殿、お怪我を」

「大事ない」

棒手裏剣を抜き、布で左腕を吊る。他にも、背中と足に浅い刀傷を受けていた。今になって、ようやく痛みが込み上げてくる。

「危のうござったな」

屋根から下りてきた一益が、額の汗を拭いながら言った。

「数百のお味方とやらは、いつやって来るのだ？」

訊ねると、一益は悪びれることなく笑う。

「まあ、ついていい嘘というものも、世の中にはござろう」

屋敷中に、夥しい数の死体が転がっていた。信長の近習は一人が死に、二人が手傷を負っている。五人いた蜂須賀党の忍びは、全員が死んだ。屋敷で働いていた女や中間、下人の多くも巻き添えを食って死んでいる。

倒した敵は二十。ほとんどが舌を噛んで絶命していた。

その中で、例の侍女だけは息があった。舌を噛む力も残っていないのだろう。

「家長。この女の身許引受人は？」

「生駒家の遠縁に当たる、熱田の商家にございます」

信長も名を知っている商人だった。信用の置ける人物で、家宗も家長も、ほとんど疑うことなく女を雇ったという。それが、今から一年近くも前の話だ。

女は、寝所のすぐ外の廊下で仰向けに倒れていた。その傍らにしゃがみ込み、訊ねる。

「誰の命だ？」

女は無言のまま、不敵な笑みを浮かべるだけだった。答えはしないだろうと思いながらも、問いを続ける。

「岩倉か。あるいは斎藤、それとも今川か？」

いや、まだある。

「末森の、勘十郎信行か？」

口にした瞬間、背後から短い悲鳴が上がった。

振り返る。吉乃だった。耳を押さえ、虚ろな視線を宙に彷徨《さまよ》わせている。

「吉乃。いかがした？」

「……のぶ、ゆき」

瘧《おこり》のように全身を震わせ、その名を何度も呟く。

「信行がどうした。吉乃、答えろ」

童のように頭を振り、吉乃は蹲った。もう、誰の声も届かないだろう。

吉乃と信行の接点。知る限り、信長と帰蝶の祝言の席で顔を合わせただけだ。吉乃は、弾正忠家嫡流の子と言葉を交わせるような身分でもない。だが、吉乃が嫁いだ先は、信行の従兄弟だった。

吉乃が嫁いでから生駒の実家に戻るまで、およそ六年。その間に何があったのかはわからない。それでも、信長は一つだけ理解した。

吉乃にだけ聞こえるよう、囁いた。

「そなたが殺してほしいのは、俺の弟か」

虚ろだった目が、信長を見据える。そして、吉乃ははっきりと頷いた。

夜が明けると、報せを受けた馬廻り衆が清洲から駆けつけてきた。

「今後は、くれぐれも軽率な行動は慎まれるよう、伏してお願い申し上げまする」

河尻与兵衛が、険しい顔つきで言った。

目をかけていた近習も、警固の忍びも死んだ。すべて、自分の行いが招いた結果である。生き残ることができたのは、わずかな運がこちらに傾いたからに過ぎない。

「すまなかった。今後は気をつけよう」

素直に詫びた信長に、与兵衛の方が驚いたようだった。

「この屋敷の防備を固める。堀を深くし、堅牢《けんろう》な土塁を巡らせる。物見櫓も設け、城のごとくいたせ。家長、そなたが差配せよ。銭はすべて、織田家から出す」

「承知仕りました」

指図を終え、馬廻り衆に護られながら屋敷を出た。馬に揺られるたび、傷口に痛みが走る。

結局、刺客は全員が自決し、侍女も何も語らないまま息を引き取った。後ろで糸を引く者へと繋がる手がかりは、何一つ残されていない。だが、岩倉、美濃、今川、そして末森と、思い当たる相手はいくらでもいる。

昨年の稲生の合戦で、信行の武名は地に堕ちた。表立って兵を挙げたところで、従う者は以前よりもずっと少ないはずだ。裏の戦を仕掛けてくることは、十分に考えられる。

やはり迂闊《うかつ》だったと、信長は思った。はじめて子が生まれたことで、自分でも気づかないうちに心が乱れていたのかもしれない。

清洲に戻ると、帰蝶が出迎えた。

「ご無事で何よりでございました。和子様のご誕生、おめでとうございまする」

「その格好は？」

帰蝶は、旅装に身を固めていた。

「お暇をいただき、美濃へ帰ろうと存じまする」

「何を申す。美濃の、どこへ帰ると言うのだ？」

信長の正室となって八年。道三は討たれ、義龍は美濃の支配を磐石《ばんじゃく》なものとしている。帰蝶に帰る場所があるとは思えない。

「稲葉山の、義龍殿のもとへまいろうかと」

「愚かな。義龍は、そなたの父の仇ではないか」

「仮にも、隣国の国主の正室です。義龍殿も、粗略には扱いますまい。もしも人質として使われるようなことあらば、躊躇わず、わたくしをお棄てくださいませ」

「そなた、何を考えておる？」

「何も。ただ、わたくしは子も産めず、美濃との盟約も消滅いたした以上、わたくしがここにいる理由はございませぬ」

何と声をかけていいのか、わからなかった。帰蝶の顔も声音も、決意に満ちている。いや、声をかけるべきでもないのだろう。一度言い出したら、何を言っても聞くような女子ではない。

「一つ、お願いの儀が」

「申せ」

「尾張を平らげた後には何卒《なにとぞ》、父の遺言をお果たしくださいますよう。稲葉山のお城にて、お待ち申し上げております」

一度だけ笑みを浮かべ、帰蝶は清洲を去っていった。

五

弘治四年は、二月二十八日をもって永禄《えいろく》元（一五五八）年と改められた。

稲生の合戦から、一年半が過ぎた。その間、末森は戦塵《せんじん》から離れた平穏な日々が続いている。

信行は、失った力の回復に努めていた。自ら配下の軍勢を鍛え、城下の復興を指図し、租税の使い道を細かい部分まで自分の目で確かめた。その甲斐あって、焼け野原だった城下には以前を上回るほど人が集まり、信行の馬廻り衆もかなりの精鋭に育っている。

その一方で、信長に対しては恭順の姿勢を貫き続けた。正月には清洲に伺候し、軍勢催促があれば自ら兵を率いて馳せ参じる。一家臣として扱われる屈辱にも、歯を食い縛って耐えた。

表向き、弾正忠家内部の争いは終息した。だが、今度は信長と今川方の小競り合いが頻発している。

昨年には鳴海の山口教継が駿府に召還され、信長に通じたという理由から切腹を申しつけられるという事件があった。また、笠寺城主の戸部新左衛門までもが誅殺《ちゅうさつ》されている。明らかに、信長の謀略によるものだった。

教継亡き後の鳴海城は、今川家臣岡部元信が城代として預かり、戸部の旧領も今川に併呑されたが、しばらくは混乱が続くことになる。小さいが、信長が今川から挙げたはじめての白星だった。

勢いに乗る信長は今年三月、北尾張の品野城《しなのじょう》に兵を向けた。尾張、三河、美濃の国境に位置する、今川方の拠点である。この城を落とせば、信長は北からの今川の圧力から解放される。

直属の軍だけで事足りると見たのか、信長からの軍勢催促はなかった。

「ほう、負けたか」

「はい。去る三月七日、付城《つけじろ》を築きはじめたところで城兵の夜襲を受けたと」

津々木蔵人が報告した。

「信長様は五十余人を失い敗走、清洲まで兵を退いたとの由」

「そうか。兄上らしからぬ用兵だな」

「いかがなさいます？」

信行の知る限り、兄のはじめての敗戦だった。ただ、損害は微々たるものだ。まだ、自分が起つべき時は来ていない。

「まだだ。これまで、耐えに耐えてきた。ここで焦っては、すべてが無駄になる」

「御意」

蔵人が退出すると、信行は奥へ向かった。

「これは、殿」

奥の座敷で、正室の亜季《あき》が出迎えた。その隣には、市の姿もある。亜季は胸に、産着にくるまれた赤子を抱いていた。

この春に生まれたばかりの、信行のはじめての子である。男子で、名は坊丸《ぼうまる》とつけた。

「どれ、抱かせてくれ」

受け取ると、甘い香りが鼻をくすぐった。

「うん、少しばかり重くなった気がするな」

「今朝方、お抱きになったばかりではありませんか」

「そうであったか」

亜季と市が、声を揃えて笑った。

亜季を正室に迎えたのは、もう五年も前だった。あまり夫婦らしい会話を交わしたこともないが、不思議なもので、子が生まれたとなると亜季に対する情も湧いてくる。

坊丸には、乳母はつけず、亜季の手で育てさせていた。兄が歪んでしまったのは、母の情を受けられなかったせいだと、信行は思っている。

「兄上。坊丸が大きくなったら、剣と馬はわたくしが教えまする」

「そうか。それは頼もしいな」

「お市殿は、先ほどからその話ばかりで。遠乗りにはどこがよいとか、槍と弓は誰を師につけるべきか、とか」

「義姉上《あねうえ》、坊丸は人の上に立つべき男子。こうしたことは、早めに決めておいた方がよろしいのです」

この正月で、市は十二歳になった。女子の十二歳は、もう童とは呼べない。坊丸が生まれてからというもの、ずいぶんと表情も穏やかになった気がする。

いや、丸くなったのは自分も同じか。忍耐と屈従の日々にあって、こうした時を持てることが、自分を救っている。

兄にも昨年、男子が生まれていた。だが、息子に奇妙丸などというふざけた名をつけるような男だ、まともな父親になれるとは到底思えない。父母の情愛とは無縁に生きてきた兄に、かすかだが憐憫《れんびん》の思いさえ感じる。

「そういえば、母上はどうしておる？」

「今日は、お姿をお見かけしておりませんが。きっと、お部屋におられるかと」

母はこのところ、部屋に籠もりきりだった。稲生の合戦以来、ますます苛立ちを募らせ、信長への憎しみに凝り固まっている。さらには、坊丸を産んだことで、家中での亜季の地位が上がったことも気に入らないのだろう。

「母上にも困ったものだ」

昨年には、信行に無断で多くの忍びを雇い、信長を襲わせることまでした。結局、信長を討つことはかなわず、雇った忍びはほとんどが死んでいる。証拠を残さなかったことが不幸中の幸いだったものの、一つ間違えば、信行を粛清する格好の口実になっていた。後で知って厳しく叱責したが、母が言動を改める気配はない。やむなく、勝手な真似をしないよう、近習に命じてそれとなく監視させている。

歪んでいるのは、母も兄も、そしてたぶん、自分も同じだ。だからこそ、坊丸には真っ直ぐに育ってほしかった。

品野城での敗戦から二月と経たないうちに、信長は岩倉の織田伊勢守討伐を下知した。田植えが終われば、犬山の織田信清と連合して岩倉を討つという。

織田信清は、一千を超える兵力を抱える、一門でも屈指の実力者だった。亡き信秀の甥に当たり、信長、信行の妹を妻とする義兄弟でもある。

家臣たちが居並ぶ中、清洲からの使者を引見した。

「して、我らには何をせよと？」

「信行様には、竜泉寺《りゅうせんじ》に砦を築き、南から岩倉を牽制していただきたいとの由にございまする」

庄内川東岸の竜泉寺は、岩倉から南東におよそ一里半の位置にある。砦を築くには妥当な位置だった。

信長はまだ、自分に対する疑心を解いてはいない。信行を捨石にして、力を削ぐことを考えているのだろう。

「委細、承知いたした。勝家」

「はっ」

「手勢を率いて竜泉寺に先行し、砦の大まかな縄張りをすませておけ」

「承知いたしました」

勝家は稲生の合戦後、信長から改めて信行の付家老に任命されていた。

「それがしも、仕度が整い次第、すぐに竜泉寺に入る旨、兄上にお伝えいたせ」

「ははっ」

使者が退出すると、蔵人と二人で書院に移った。勝家はすでに信長へ心からの忠誠を誓っているようで、謀議に加えることはできない。

「岩倉に密使を送れ。砦こそ築くが、干戈を交えるつもりはない。静観されよと」

「して、その後はいかがなされます？」

ここが、機なのかもしれない。

総力を挙げれば、勝家の手勢を除いても一千は揃えられる。岩倉の軍は、およそ三千。連合すれば、信長に十分対抗できる。岩倉を攻める信長の背後を、信行が衝く。上手くすれば、一戦で信長の首を挙げられる。

問題は勝家だった。謀反を知れば、命を懸けてでも阻止しようとするだろう。捕縛、場合によっては密殺する他なかった。失うには惜しい将だが、やむを得ない。

「時は近い。逸《はや》らず、弛《たゆ》まず、しかと見定めよう」

数日後には、先行した勝家の三百に続き、信行自身が一千を率いて竜泉寺に入った。岩倉からは、幾度か小規模な軍が出てきたが、鉄砲を撃ちかけられると、すぐに退いていった。無論、岩倉とは合意の上で、放った鉄砲は空砲である。

田植えを終えた七月十二日早朝、信長は何の前触れもなく、二千の軍を率いて清洲を出陣した。強行軍で北上すると、その日のうちに浮野原《うきのはら》に布陣し、犬山勢一千と合流を果たす。

「浮野だと？」

岩倉から、北西へおよそ一里のなだらかな丘陵だった。竜泉寺からは、岩倉を挟んで二里半。信行に側背を衝かれることを避けるための迂回としか思えない。

午の刻（正午頃）、岩倉を出陣した三千との間に戦端が開かれた。信長からは、万一に備えて竜泉寺を動くなと厳命されている。加えて、岩倉への途上にある比良城には、佐々隼人正が数百の守兵とともに籠もっているという。信行の動きは完全に封じられた形だった。

わずか半日の戦で、岩倉勢は潰走《かいそう》、城に逃げ帰った。討ち取った首は、一千二百五十に及ぶという。軍勢の半分近くを失うという、大惨敗だった。

信長は岩倉の周囲に付城を築き、監視の兵を置いて清洲へと撤収していった。

「愚かな男だ。城に籠もっておればよかったものを」

顔も知らない伊勢守を、信行は罵った。

「我らも末森へ帰るぞ。清洲へは、戦勝祝いの使いを送っておけ」

「ははっ」

最低限の守兵を残し、竜泉寺砦を発った。

これで、伊勢守は完全に力を失った。岩倉の落城も、時間の問題だろう。斎藤、今川の両家とは誼を通じているが、必要以上に頼ることはできない。信長を倒せたとしても、後々、大幅な譲歩を迫られることになる。

一刻（二時間）ほどで、末森の城が見えてきた。ほんの二月離れていただけだが、見慣れた景色に安堵を覚える。

坊丸は、また重くなっただろうか。言葉を発するのは、いつになるだろう。そんなことを考えながら、信行は馬を進めた。


秋が深まり山野の木々が紅く色づきはじめた頃、信長の動きが杳《よう》として知れなくなった。

生駒屋敷に出入りしている気配はなく、清洲城下に撒いた間者も、この一月ほど、信長の姿を見ていないという。適当な用事を作って使者を送ったが、信長本人に会うことはできなかった。

やがて間者から、医師が夜陰に紛れ、清洲城へ頻繁に出入りしているという報せが届いた。巷では、信長が病に倒れたという噂も囁かれはじめている。

病など縁がない、頑健な男だった。あの兄が床に臥《ふ》しているところなど、想像ができない。

あるいは、謀略か。病と称して引き籠もり、見舞いに訪れた相手を殺害する。使い古された策だが、美濃の斎藤義龍は、この手で弟二人を謀殺した。

「どう見る、蔵人」

「まだ何とも。病を隠そうとして、少しずつ漏れてしまっているとも見えますが」

「それさえも、策のうちやもしれん」

　信長は、周囲が思っているほど気の短い男ではない。信光の謀殺も、山口や戸部への調略にも、かなりの時をかけている。

　さらに半月ほど経つと、信長の病はほとんど事実として語られるようになった。重い労咳《ろうがい》で、容態は悪化の一途を辿《たど》り、もう起き上がることさえできないという。信長の直臣たちは日夜、清洲に集まって評定を重ね、領内の寺社では加持祈禱《かじきとう》が行われている。信行の手元に集まる情報はすべて、病状の深刻さを示していた。

　十月も終わりにさしかかった頃、清洲から使いが来た。信長の吏僚、島田秀満である。内々の話ということで、書院へ通し、蔵人と二人で迎えた。

「医師どもの診立てによりますれば、殿のお体はすでに、快復は望めぬとの由。殿は、最期に一目、信行様にお会いしたいとの仰せにございます」

　秀満とは何度も会ったことがあるが、ふくよかだった頰は痩せ、表情も憔悴《しょうすい》しきっている。

「さようか。噂は耳にしておったが、それほどとはな。兄上は、今後のことを何か申されておったか？」

「はっ。信行様には、幼い奇妙丸君の後見として、弾正忠家のために力を尽くしてほしいと」

「わかった。近日中に清洲へまいろう。兄上には、しかと気を強く持ち、病など打ち払っていただきたいと申し上げてくれ」

「承知仕りました」

秀満が退出すると、蔵人が声を潜めて言った。

「まこと、清洲へ出向かれるおつもりですか？」

「そのつもりだ」

「ですが、罠である恐れも拭えません。それに、もしも重病が事実で、このまま信長が身罷れば、人心は自然と殿に集まりましょう」

「そうなるだろうな」

戦国の武士は、主の血統ではなく器量に忠誠を誓う。ましてや、器量の有無さえわからない幼児に、一門の棟梁は務まらない。

「であるならば、ここで危険を冒すよりも、今しばらく様子を窺って……」

「兄上の死を待て、と？」

「それが、良策かと存じまする」

「だが、病が偽りで、私が清洲へ出向かなかった場合、兄は叛意《はんい》ありとして末森に攻め寄せてくるやもしれんぞ」

「その時のために、今川、斎藤と誼を通じていたのではありませぬか。いずれにしても、しばらくは末森を動かれぬのが最善の策にございましょう」

確かに、その通りだろう。病が事実なら、このまま何もせずとも、弾正忠家の版図はすべて、信行の手に入る。だが罠だとすれば、清洲へ出向くのは自ら死地に赴くようなものだ。本当に病だとしても、信長が後顧の憂いを断つため、信行の処断を命じる恐れがある。

しばらく、沈黙が続いた。蔵人は訴えるような視線を信行から外そうとしない。蔵人の目には、何があっても清洲には行かせないという決意が籠もっている。

「蔵人。そなたは一つ、忘れておる」

「何をでございまするか」

「私はまだあの男に、一度たりとも勝ってはいないのだ」

「それは」

「稲生では、戦場に出ることもなく負けた。それ以前の駆け引きでも、幾度も苦汁を嘗《な》めさせられた。平手政秀を死に追いやったのは、母上の発案だった。このまま兄が死ねば、私は負けたままだ」

「そのような些事にこだわってはなりませぬ。まずは当主の座に就くことこそ……」

「こだわる。自ら死地に赴いてなお、生きて帰る。あの男は、そうやって進んできた。自ら動かず手に入れたものなど、容易《たやす》く掌から零《こぼ》れ落ちていく」

言いながら、信行は気づいていた。

いつの頃からか自分は、兄を眩しい目で見ていた。誰にも、いかなる因習にも縛られることなく振る舞い、時には己の命を投げ出すような真似までする。自分とはまるで正反対の生き方に、信行は心のどこかで羨望さえ抱いていた。

「わかりました」

大きく息を吐き、蔵人が諦《あきら》めたように言った。

「では、それがしもお供いたします。よもや、留守をせよなどとは申されますまいな？」

「無論、そなたも連れて行くつもりだ」

「では、警固に当たる者を選りすぐっておきまする」

安堵したように、蔵人ははじめて笑みを見せた。

六

駕籠を降りると、頬を切りつけるような冷たい風が吹き抜けた。

「ここから歩けと？」

久子が睨みつけると、出迎えた島田秀満が「申し訳ございませぬ」と頭を下げた。

清洲城の外堀を越え、二の丸に入ったばかりだった。信行から付けられた二十名の警固役は、ここで待機させせられるらしい。

「よいではありませんか、母上。内々の見舞いなのです。我らだけでまいりましょう」

自ら願って同行してきた市が、窘《たしな》めるような口ぶりで言う。

十一月一日、すでに日は暮れかけている。城内は張り詰めた空気に満ちていた。方々で早くも篝火《かがりび》が焚《た》かれ、具足に身を固めた兵たちが要所要所を固めている。

「何とも、物々しいことよ」

「はっ。殿の病に乗じ、謀反を企てる輩《やから》が現れぬとも限りませぬゆえ。何卒ご容赦を」

皮肉かと思ったが、秀満は生真面目な男だった。さようか、とだけ答え、軽く受け流す。

信長の余命がいくばくもないと聞き、久子は狂喜した。母を母とも思わず、ないがしろにし続けた罰が、ようやく下ったのだ。信長さえ死ねば、その息子など、家中の誰も支持しない。弾正忠家当主の座は、遠からず信行の手中に転がり込む。長きにわたる忍従の日々も、あと少しで終わりを迎える。これが喜ばずにいられようか。

ただ、信行は信長の病に疑念を抱いているようだった。病と称して、見舞いに訪れた信行を密殺する。言われてみれば、あの男が考えつきそうな卑劣な罠だ。

久子は自ら、清洲の様子を探る役を買って出た。いかに憎み合っていても、信長に久子を殺すことはできない。乱世であっても、父母や主君を殺《あや》めることは道義に反し、人心が離れる。美濃の斎藤義龍が自身を土岐頼芸の落胤《らくいん》とことさらに強調するのは、父殺しという批難を避ける意味合いもあった。

信行はそれでも渋っていたが、市も同行を申し出ると、やむなく認めた。

震えるような寒さの中、久子と市は黙々と歩を進めた。

本丸の周囲には、内堀が巡らされている。橋を渡り、門をくぐってようやく本丸に入った。

秀満の案内で、本丸の南隅にある客殿へ通された。

「しばし、こちらでお待ちくださいますよう」

秀満が退出すると、市と二人きりになった。部屋の外には信長の小姓が控えているので、迂闊なことは口にできない。だが、元々この娘と話すようなことは何もなかった。

信行の取り成しがなければ、連れてなど来なかった。市の顔を見ると、嫌でも信長を思い出す。細面も切れ長の目も、長じるにつれてますます似てきている。

年が明ければ、市は十三歳になる。久子は近いうちに、市を嫁に出すよう信行に勧めるつもりだった。その頃には、信行は名実ともに尾張国主の座に就いているはずだ。嫁ぎ先は、斎藤か今川の跡取りがいいだろう。好悪の情は別として、市の器量は並外れている。手駒として、これ以上の者はない。

しばらく待つと、廊下から足音が聞こえた。

「お待たせいたしました。どうぞ」

襖が開き、秀満が促す。

「今日は特に御気色がすぐれませぬゆえ、なるだけ手短にお願いいたしまする」

言われずとも、長話などするつもりはない。

案内されたのは、主殿の座敷だった。

「御母堂様、お市様、おいでにございます」

秀満が声をかけるが、返事はない。

襖を開けると、薬湯の匂いが鼻を衝いた。枕辺に控えていた医師が平伏し、部屋を出ていく。

延べられた床に、信長は横たわっていた。久子と市は枕頭《ちんとう》に腰を下ろし、信長の顔を覗き込む。

閉じられていた目が、弱々しく開いた。髭は伸び放題で、病人らしく髪を手拭いで縛っている。土気色の頬は痩せこけ、肌は老人のように萎《しな》びていた。

「母上……」

信長が掠れた声を絞り出す。耳をそばだてなければ聞こえないほど、か細い声だった。

不意に、信長が眉を曇らせた。横を向き、激しく咳《せ》き込みはじめる。

市が慌てて背中をさする。しばらく経って、咳はようやく治まった。口に当てていた信長の掌が、赤黒く汚れている。

「……大事ない」

荒い息を吐きながら言うが、青褪めた信長の顔に最早、生気はなかった。詐病ではない。湧き上がる喜悦を、久子は必死に抑える。

「信行、は……」

「あの子も一城の主。片付けねばならぬ雑務が多くあるゆえ、近日中にはこちらへ参るとのことじゃ」

「それがしはもう、長《なご》うはござらん……これが、今生《こんじょう》の別れとなりましょう」

「何を弱気なことを申される。気をしかと持つのじゃ」

「母上は、我が身を案じてくださいまするか」

「当たり前じゃ。そなたは、わらわが腹を痛めて産みし子ぞ。離れて暮らすこととなったはやむなき仕儀なれども、母がそなたを思わぬ日は、一日たりともありはせぬ」

背筋に走る悪寒に耐えながら、用意した言葉を並べる。

「母上……」

信長の目が、薄っすらと潤んだ。見間違いかと思ったが、それはやがて水滴となり、

「兄上！」

目尻から零れ落ちた。

この悪鬼のような男が、涙など持ち合わせていたのか。狼狽しかけた久子に、信長は震える声で言った。

「家督は、信行に譲りまする」

思わず、久子は耳を疑った。

「今、何と？」

「すでに、譲り状を認めさせました。母上への、最期の孝行にござる」

「信長殿、そなた……」

「それがしはこれまで、母上には憎まれておるものとばかり思うておりました。行き違いゆえの数々の不孝、何卒、お赦しくだされ……」

涙ながらに訴える信長を、久子は呆然と見つめた。

そうだ。信長もまた、紛れもない我が子なのだ。それが今、死の床に就いている。なぜもっと早く、腹を割って語り合わなかったのだろう。胸の奥底で凝り固まっていたものが、ほんのわずかだが解きほぐされていくような気がした。

「信行を、ここへ。この目の黒いうちに、家督の儀を……」

「わかりました。明日にもこちらへ参じるよう、信行に申し伝えましょう」

安堵の表情を浮かべると、信長は再び咳き込んだ。

「御母堂様、お市様。殿はお疲れのご様子。今宵はここまでということで」

頷き、腰を上げた。

今夜は客殿に用意された部屋に泊まり、明日、信行を伴ってもう一度信長を見舞うことにした。

「母上、まだ起きておられますか？」

夜具の中で、市が言った。

「何です？」

「兄上は、まことに病なのでしょうか」

「何を言うのじゃ。そなたも、信長殿が血を吐かれるのを見たではないか」

「ですが、我らが退出する時……」

束の間の沈黙の後、市がぽつりと言った。

「母上の背に向けた兄上の眼は、死に行く御方のものとは到底思えませんでした」


清洲城本丸の北には、四階建ての大櫓がそびえている。

その最上階から、信長は眼下に広がる光景を眺めていた。昼下がりの陽光を照り返しながら、冬枯れの野を縫うように流れる五条川。城を囲む武家屋敷と、街道沿いに建ち並ぶ町屋。目を凝らせば、末森の小高い丘や、はるか美濃の稲葉山城のある金華山《きんかざん》までが見渡せる。

開け放した窓からは、真冬の凍えるような風が吹き込む。それでも、信長はこの場所が好きだった。誰からも見下されることなく、すべてを足元に従えたような心地。ただの錯覚であっても、それは悪いものではない。

湯漬けを三杯搔き込み、空腹は治まっている。睡眠も十分に取って、風呂に入り、髭も整えた。

二月もの間、城に引き籠もり、食事も睡眠も制限して病人らしい容姿を作り上げた。口の中を嚙んで、血まで吐いて見せた。

だが今日からはもう、病を装う必要はない。

「殿。まいりましたぞ」

階段を上ってきた木下藤吉郎が、片膝をついて言った。

末森へと続く街道に目を凝らすと、数十人の行列が見えた。直垂姿の騎乗の侍が二十。徒歩《かち》が四十といったところか。全員が平服姿で、見舞いの品でも積んでいるのか、荷車も三台ほど曳いている。

行列が徐々に近づいてきた。中央の白馬が、信行だろう。紺の直垂に烏帽子。相変わらずの、折目正しい格好だ。

見たところ、柴田勝家の姿はない。末森の留守居を命じられたのだろう。

「そろそろ、身をお隠しください。よもやとは思いますが、万一見咎められては」

頷き、窓から離れた。

「市と母上は？」

「客殿にて、信行様のご到着をお待ちです」

「そうか」

昨日、信長が涙を流した時の、母の戸惑ったような顔が頭から離れない。すべてが偽りだったと知った時、母はどんな顔をするだろう。束の間、信長は想像した。

弟を討つことに、恐れも躊躇いもない。時をかけ、信行は稲生合戦で失った力を取り戻しつつある。岩倉を叩いて城に封じ込めた今こそが、好機だった。

今ここで始末しなければ、信行は遠からず兵を挙げるだろう。尾張を二分する戦になれば、今度こそ斎藤、今川が介入してくる。戦を避けた上でなお、確実に信行を仕留める。それには、この策しかなかった。

「警固の二十名に、不穏な動きは？」

「ございません。二の丸にて、大人しくしております」

「監視は怠るな。合流されると、何かと面倒だ」

「へえ。皆様すでに、持ち場についておられまする。手抜かりはございませぬ」

信長の代わりに主殿の座敷で夜具をかぶっているのは、信長の乳兄弟《ちきょうだい》で、馬廻りを務める池田恒興《いけだつねおき》だ。母と信行が気づいた時には、河尻与兵衛らが座敷に飛び込み、信行を討つ。

不測の事態に備え、城内の要所要所には総勢二百の馬廻り衆を配置してある。中間、小者に扮した蜂須賀党の忍びも方々に潜ませていた。

勝家がこの場にいないのは、好都合だった。あの男は、まだ使える。信行の謀反を勝家が報せたことにすれば、付家老としての罪は問わずにすむ。

問題は、いかにすみやかに信行を討ち、家臣や護衛の動きを封じるかだ。下手を打てば、この城内が戦場になる。

帰蝶がいなくてよかった。ふとそんなことを考え、信長は苦笑した。

美濃に、帰蝶の居場所などない。どうせすぐに戻ってくる。そう思っていたが、あれから一年と四月、帰蝶からは一度も音沙汰がない。父母に棄てられ、今度は妻だった。

棄てられることには慣れている。だが、城下を歩く時、遠乗りに出かけた時、似た女を見かけるとなぜか立ち止まってしまう。そのたび、信長は自嘲の笑みを漏らした。

行列は城の目の前にまで達していた。大手門でやり取りがあり、門扉が開きはじめる。

「いいか。信行が本丸に入るまで、くれぐれも手は出すな。兵が伏せていることも、悟られてはならん」

「承知いたしております。すでに手配りはすんでおりますゆえ、殿は、こちらでごゆるりとお待ちいただければよろしいかと」

「そうだな」

細々としたことに口を出しすぎている。そのことに気づいて、信長は苦笑した。知らず知らずのうちに、どこか気負っているのだろう。

謀反の明らかな証があるわけではなかった。だが、謀反を企んでいようといまいと、信行は殺す。

長く、深い因縁だった。だが、それもじきに終わりを迎える。

さらばだ。心の中で、弟に別れを告げた。


重い音を立てて、大手門の扉が開かれていく。

勘十郎信行は、目の前に佇む城を見つめた。まさか、ここで仕掛けてくることはあるまい。

「そう、硬くなるな」

小声で、隣の津々木蔵人に囁く。背後には、蔵人を含めた侍が二十、荷を運ぶ徒歩が四十。いずれも、馬廻り衆の中から選りすぐった精鋭である。

病の真偽を、信行はいまだ見極められずにいた。昨夜、母から届いた書状には、信長は明日をも知れない容態だと記してあったが、世間知らずの母のことだ、信長にしてみれば欺くのはわけもないだろう。

だが最早、真偽は問題ではない。やるべきことは、ただ一つだけだ。

「まいろうか」

門の向こう側に、討手《うって》が隠れている気配はない。外堀にかかる橋を渡り、二の丸に入った。

「ようおいでくださいました。殿が主殿にてお待ちにございます」

二人の男が出迎え、頭を下げた。名乗ったが、どちらも信行には聞き覚えがない。身のこなしを見れば、相当に腕が立つことがわかる。おそらく、信長の馬廻り衆だろう。

小者に馬を預け、徒歩で進む。

城の構造はほぼ、頭に入っていた。広さは二町四方。信行がいる場所の左右には、城兵の詰め所や中間、小者の住む長屋が建ち並んでいる。

正面には、本丸に繋がる橋とその先の門が見える。信行を迎えるため、門扉は開いていた。距離はおよそ二十間。全力で駆ければ、十数える間に駆け抜けられる。

左右の塀が途切れ、二の丸馬場に出た。ここから内堀まで、遮るものはない。ところどころに武装した兵が立っているが、思っていたよりも数は少なかった。

「信行様と近臣方はこちらへ。残るご家中の方々は、二の丸にてお待ちいただきますよう」

「承知した。だが、見舞いの品々もある。本丸へ運ぶ人数は残してもらいたいが」

出迎え役の二人が、顔を見合わせる。信行も、無言で蔵人と視線を交わした。

「それには及びませぬ。こちらでお運びいたしますゆえ」

「さあ、殿がお待ちでござる。お急ぎくだされ」

二人が踵を返した刹那、信行は腰の刀を鞘走らせた。一人の背中に抜き打ちを浴びせ、もう一人の胴を蔵人の刀が貫く。

合図の笛が響いた。昨日、清洲に入った味方が、二の丸のどこかにいる。二十人と少ないが、半数以上が銭で雇った忍びだった。合図があれば、城内の攪乱《かくらん》に動く手筈になっている。

二人が倒れるのも見届けず、信行は身を翻す。荷車の陰に滑り込んだ時、鉄砲の筒音が立て続けに響き、地面にいくつもの土煙が上がった。

そのうちの一発が、脇腹を掠めた。中に鎖帷子を着込んでいなければ、どうなっていたかわからない。直垂の袖にも、穴が空いている。

「やはり、やる気だったようだな」

解かれた荷から弓矢が取り出され、各自に配られる。こちらへ向かってきた兵が、矢を受けて次々と倒れた。

「固まれ。一気に駆け抜けるぞ！」

六十人が信行の周りに壁を作り、一丸となって走り出す。筒音が響くたび、誰かが倒れる。倒れた味方を踏み越えながら、ひたすら前へと進んだ。

橋の向こうの楼門。その二階に、敵は射手を配している。味方が駆けながら矢を放った。弓も矢も小ぶりだが、数と速さではこちらに分がある。倒れたのか身を隠したのか、とにかく銃撃がやんだ。

橋の半ばまで辿り着いた時、門扉が動きはじめた。

「急げ、門を閉めさせるな！」

先頭を駆ける数人が、門の内側に飛び込んでいく。得物を打ち合う音。いくつかの悲鳴が重なり、門扉の動きが止まる。

信行が門を駆け抜けた時、すでに方々で斬り合いになっていた。

味方は四十人ほどまで減っているが、敵はそれよりもずっと少ない。こちらがこれほど早く仕掛けてくるとは、予想していなかったのだろう。

乱戦が続く中、不意に地を揺るがすような轟音が響いた。振り返る。二の丸の一角、蔵の建ち並ぶあたりで、激しい煙が上がっていた。味方の忍びが、煙硝蔵に火を放ったのだ。

敵に動揺が走った。味方が勢いづき、敵兵を追い立てる。

「信行殿、お覚悟！」

鎧武者が、槍をつけてきた。面頬《めんぽお》で隠れ、顔は見えない。目の前に伸びてきた穂先を、すんでのところでかわした。刀で柄を叩き、間合いを詰めると同時に、面頬の隙間へ突きを放つ。切っ先は、過たず相手の左目を抉った。甲高い悲鳴が上がる。刀を引き、首筋を掻き切った。

返り血を浴びながら、信行は笑っている自分に気づいた。一歩間違えれば、そこには死が待っている。だが、ここで果てたとしても、戦わずに負けたという屈辱だけは感じずにすむ。

「殿!」

蔵人が体を寄せてきた。

「そこかしこから敵が湧き出してまいります。このままでは」

四方に視線を走らせた。信長。この本丸のどこかにいるはずだ。

出てこい。心の中で、兄に呼びかける。私はもう、母に抱かれた童ではない。己の意思で貴様を討とうとする、対等な敵だ。

あの男なら、どこに腰を据えるか。考えながら、顔を上げる。天に向かってそびえる櫓が見えた。

煙硝蔵の屋根が吹き飛ぶ瞬間を、信長は目の当たりにした。

凄まじい勢いで炎と煙が上がり、味方の兵が右往左往している。火は瞬く間に両隣の蔵に燃え移っている。鎮火にはかなりの人数を割かれそうだった。

火は、煙硝蔵だけでなく、二の丸の他の場所でも上がっていた。今のところ、煙は三ヶ所から上がっている。

「蜂須賀党の忍びは、何をしておった？」

「も、申し訳、ございませぬ！」

藤吉郎が床に額を擦りつける。

昨日、母と市の警固についていた者たちだろう。おそらくは、忍びだ。一所《ひとところ》に押し込め、有無を言わさず撫で斬りにしておくべきだった。

煙硝蔵の爆発が、敵を後押ししていた。見下ろせば、本丸に雪崩れ込んだ敵の勢いは、半数近くに討ち減らされても、なお衰えていない。

「後手に回ったな」

謀を悟られないよう、兵を分散させたのが裏目に出ている。

慎重な信行のことだ、必ず自分に会って、病状を確かめようとする。その読みが、完全に外された。信行は謀を逆手に取り、こちらの懐深くまで飛び込んでいる。

甘く見過ぎていた。この二年余りの間、信行は己を研ぎ澄ませてきたということだ。

眼下に目を凝らし、信行の姿を探す。

見えた。鎧武者の向けてきた槍をかわし、一気に踏み込む。次の刹那、鎧武者の首筋から血が噴き上がった。

信行が周囲を見回す。そうか、俺を探しているのか。

「面白い」

刀を腰に差し、長押《なげし》にかけられた手槍を摑む。

「殿、短慮はなりませぬ！　しばし、いましばしお待ちを！」

すがりつく藤吉郎を蹴り飛ばし、階段を下りていく。北櫓に詰めているのは、具足に身を固めた前田犬千代ら近習が二十名のみ。制止を振り切り、蹴破るように入り口を開けて外へ出た。

血と土埃の臭い。悲鳴、怒声、刃のぶつかる音。血が昂り、思わず笑みが漏れる。

門の手前では依然として乱戦が続き、主殿や客殿にも飛び火している。河尻与兵衛や森可成の姿も見えた。

信長に気づいたのか、乱戦の中から一人が飛び出してきた。

津々木蔵人。信長を見据え、真っ直ぐ駆けてくる。

前に出ようとする犬千代たちを抑え、信長は歩を進めた。

間合いに入った。蔵人が雄叫《おたけ》びを上げ、血に濡れた刀を振りかざす。信長も、槍を握る手に力を籠め、渾身の突きを放った。

穂先が、直垂の下に着込んだ鎖帷子を貫いた。蔵人の手から刀が落ちる。膝を折りかけた蔵人の左手が槍の柄を摑んだ。同時に、右手で脇差を抜き、振り下ろす。槍の柄を叩き斬り、蔵人がさらに踏み込んできた。信長は槍を捨て、後ろへ跳ぶ。刀を抜きながら、再び前に出た。

馳せ違う。横に薙いだ刀に、重い手応えがあった。振り返る。胴を離れた蔵人の首が、地面に落ちた。

刀身の血を払い、鞘に納めた。

戦場を見渡す。見えるのは、ほとんどが味方の姿だった。すでに百名は超えているだろう。残る敵は、十名いるかどうか。分断され、囲まれた末に斬り刻まれていく。

信行の姿を探すが、入り乱れる味方に遮られて見えない。

「双方、剣を引け！」

腹の底から声を放った。何かに打たれたように、敵味方ともに動きを止め、戦場に静寂が下りた。

「上総介信長はこれにある。信行、我が首が欲しくば、ここへまいれ！」

視界の片隅で、十人ほどの味方の輪が小さく揺れる。

その中から、朱に染まった人影がゆらりと現れた。直垂は襤褸《ぼろ》同然で、烏帽子も失い髪を振り乱している。右手の刀は半分ほどで折れ、だらりと下げた左腕は、ぴくりとも動かない。

「兄上……」

三間ほどの距離で、信行が立ち止まる。幽鬼のような立ち姿だが、目だけは異様な輝きを放っていた。

「いい目だ」

これだけの気迫をもっと早くに見せていれば、立場は入れ替わっていたかもしれない。

「その目で、吉乃を犯したか」

「ご存知でしたか」

信行はかつて、家臣に嫁いだばかりの女に手をつけ、飽きると家来どもに代わる代わる犯させた。色白細面、土田御前によく似た、たいそう笛の達者な女子だったという。

藤吉郎が、末森城で奥仕えをしていた女から仕入れた噂だった。他にも、いくつかの筋から裏を取ってある。

「兄上が望んでも得られなかったものを、踏みつけにしてやりたい。そう思うただけにござる。確かに、吉乃は母上によく似ていた。兄上が惹かれるのも無理はない」

喉を鳴らし、信行が嗤う。

「よもや、吉乃のためにそれがしを討つ、などとは申されますまいな?」

「無論だ」

「安堵、いたしました」

言うと、信行は折れた刀を手放した。それが地面に落ちるよりも早く、脇差を抜いて地面を蹴る。

「殿をお守りいたせ！」

誰かが叫んだ直後、筒音が響いた。信行が歩みを止める。腹のあたりに、新しい染みが浮かんでいた。徐々に広がり、袴まで濡らしていく。

「殿！」

頷きを返すと、犬千代は弦を離れた矢のように飛び出していった。さらに数名の近習が、その後に続く。

犬千代の槍が、胴を貫いた。さらに一本、二本と、槍が信行の体を突き抜けていく。口から鮮血を溢れさせながら、信行は膝をついた。それでも真っ直ぐに信長を見据えている。

「お見事なご最期、感服仕った」

信行の背後に立ち、河尻与兵衛が言った。足を広げ、刀を振り上げる。

「介錯《かいしゃく》仕る」

「待て」

与兵衛を制し、歩き出した。

一歩踏み出すごとに、体の中で何かが目覚めていく。

信行の前で足を止めた。刀の柄に手をかけ、鯉口《こいぐち》を切る。

「満足か？」

弟は満ち足りた表情で、小さく頷いた。

この世に生まれ落ちた時から、こうなることは定められていた。少しばかり、遠回りしすぎただけだ。

「ならば、死ね」

呟き、刀の鞘を払った。


「何が起きておる。これは、いかなることじゃ！」

久子の叫びは、耳を聾する怒号と喚声に掻き消された。

信行が城に入ったという報せがあった直後、どこかで鉄砲の筒音が巻き起こり、城内が混乱に陥った。宛てがわれた座敷の外では、慌しく足音が響き、具足の鳴る音も聞こえる。廊下に控えていたはずの小姓も、どこへ行ったのかわからない。何が起きたのかも理解できないうちに、喧騒は客殿のすぐ外にまで迫ってきた。

「母上、ここにいては危のうございます。奥へ移りましょう」

「市、これはいったい……」

「戦です。勘十郎兄上と、信長様の」

この娘は、何を言っているのか。明日をも知れない病の信長が、なぜ戦など。

「やはり、信長様の病は偽りだったのです。最初から、勘十郎兄上を除こうと」

「馬鹿を申すな！」

信長は、家督を信行に譲ると言った。涙を流し、自分に詫びたのだ。信行を殺そうとするはずがない。

「とにかく母上、奥へ……！」

市の声を無視して、襖を開いた。廊下を駆け、主殿の座敷に駆け込む。信長が寝ていた部屋。延べられた床には誰もいない。

「おのれ……」

再び駆け、濡れ縁に出る。

そこは、まぎれもない戦の場だった。具足をつけた軍兵《ぐんぴょう》が、直垂姿の男たちを追い立て、斬り刻んでいる。立ち込める血の臭いに吐き気を催したが、気力を振り絞って歩き出す。

庭に倒れた直垂姿の男。心の臓が高鳴り、全身が震えた。駆け寄り、顔を確かめる。違う。信行の近習だ。安堵のあまり、眩暈《めまい》に襲われた。

「母上！」

よろめいたところを、市に支えられた。

「信行を、あの子を探さねば……」

突然、周囲が静まり返った。剣戟《けんげき》の音がやみ、双方が剣を引いている。市に支えられ、声のした方へと進んだ。

「兄上……」

不意に足を止めた市が、震える声で呟いた。その視線を追う。男が一人、串刺《くしざ》しになっていた。数本の槍に貫かれ、膝をついている。その目の前に、信長が立っていた。

目を見開いた刹那、膝をついていた男の首が飛んだ。

時の流れ方が、変わったようだった。宙に舞った首が赤い飛沫《しぶき》を撒き散らしながら、ゆっくりと地面に落ちる。

眼前の光景が、理解できない。体が、理解することを拒んでいる。

首は久子の足元まで転がり、こちらを向いて止まった。血だらけの、青褪めた顔。口元にかすかに浮かぶ、満ち足りた笑み。なぜか、美しいと思った。

市が、羽織っていた打掛を脱ぎ、首を包んで抱いた。京から取り寄せた高価な打掛が、滴る鮮血に濡れていく。

「……鬼じゃ」

静寂を破ったのは、自分の声だった。

「そなたは人ではない。血の通わぬ悪鬼、天魔外道《げどう》じゃ」

「今頃、気づかれましたか」

信長は刃についた血を払い、刀を納めた。勝ち誇るような笑みを湛え、こちらに歩み寄る。

「そしてその天魔を産み出したるは、他の誰でもない、母上にござる」

「黙れ！」

視線を左右に走らせる。転がった死体の脇に、刃こぼれだらけの刀が落ちていた。拾い上げ、柄を握る。信長は何も言わず、笑みも消さない。

この魔物を、生かしておいてはならない。この身から産み落とされたのなら、葬り去るのは自分の役目だ。

刀を振り上げたところで、誰かが背後に立った。河尻とかいう、信長の馬廻りだ。

「御免」

河尻が言った直後、首筋に衝撃が走り、視界から光が消えた。

終章　覚醒

一

あの男を産み落とした刹那のことを、今も覚えている。

丸一日近くかかる難産で幾度も気を失い、死の淵《ふち》をさまよった。

視界は霞み、頭は靄《もや》がかかったように、ろくにものを考えることもできない。産婆が声を張り上げるたび、侍女たちが忙しなく行き交う。苦痛は、いつ果てるともなく続いた。

このまま、自分は死ぬ。いや、この腹の子に殺されるのだ。そう思った瞬間、憎しみとともに生きる力が湧き上がってきた。

生きてやる。こんなところで死んでたまるか。幼い頃、貧しさの中で夢見たもののうち、まだ半分も手に入れてはいないのだ。

あれから二十六年が経ってもなお、気力に衰えはない。

あの男は、弟を自らの手で殺め、母を幽閉しながら、尾張国主として今ものうのうと生き続けている。信長に対する憎しみだけが、久子を支えていた。

信行が死んで、もう一年半になる。あの日の記憶は曖昧で、いまだに悪い夢のようにしか思えない。

息子の死を目の当たりにした直後、久子の記憶はいったん途切れる。目が覚めたのは翌朝で、久子は城内の座敷で夜具に寝かされていた。

清洲の城は、まるで何事もなかったかのように平穏だった。死体はすべて片付けられ、武装した兵も見当たらなければ、血の臭いも漂ってはいない。

戦など、なかったことにされていた。信行は謀反を企てた咎で自ら腹を切り、河尻与兵衛が介錯を務めたのだと、見舞いに訪れた島田秀満が淡々と述べた。

「本丸奥の離れにお部屋をご用意いたしました。是非、そちらへお移りいただきますよう。御母堂様にあっては、亡き信秀様の菩提を弔いながら平穏無事に余生をお送りいただきたいとの、殿の思《おぼ》し召《め》しにございます」

それから、幽閉の日々がはじまった。末森から侍女を呼び寄せることは許されたものの、城を出ることはおろか、城内を歩き回ることさえ禁じられている。

訪れる者は、誰もいない。市は清洲城内で暮らしているらしいが、顔を見せることはなかった。

その後、信長は岩倉の織田伊勢守を降して尾張の大半を制した。昨年には京へ上り、事実上の尾張国主として、将軍に謁見する。弾正忠家という呼び方はもう、聞かれなくなった。大和守家も伊勢守家も途絶え、信長とその一族、家臣団こそが、織田家そのものとなったのだ。

久子の時は、一昨年の十一月一日、すなわち信行の死の瞬間から止まっていた。朝も夜もなく、季節の移ろいもない、一切が闇に閉ざされたような日々。なぜ、信行が死んで、自分だけが生き延びているのか。信長はなぜ、自分を殺さなかったのか。

敗北感と喪失感を抱いたまま生き長らえる姿を、手元に置いて楽しむ。それこそがあの男の復讐なのだと、ある日気づいた。

それからは、死を選ぶことも、髪を下ろして俗世を離れることも考えなかった。死ぬことも髪を下ろすことも、敗北を意味する。ならば、生き続けてやる。

ただひたすら、生きるために食べ、眠った。そしてしばしば、夢を見た。どれも、久子の憎悪を掻き立て、煽るようなものばかりだった。

その日も、久子は夢を見ていた。

燃え盛る炎を背に、あの男が佇んでいる。右手には血の滴る刀。左手には、斬り落とされた首。

信行。自分の声で、久子は目覚めた。

何度も見た夢だった。それでも、体は汗で濡れている。起き上がり、格子窓を開けた。まだ、夜は明けはじめたばかりだが、梅雨の最中とあって、まとわりつくような湿気を感じる。

ふと、城内が騒がしいことに気づく。耳を澄ますと、いくつかの足音と、具足の鳴る音が聞こえた。

「御母堂様」

かろうじて聞き取れるほどの囁き声。頷くと、それが見えていたかのように襖が開く。

菊の姿を確かめると、久子は声を潜めて訊ねた。

「動いたか」

「はい」

菊の声は、一間も離れればほとんど聞こえない。久子についている監視の者たちも、何を話しているかはわからないはずだ。

「舞をひとさし舞うや、具足をつけ、一騎駆けにて飛び出していかれました。従うは、近習が数騎のみ」

「あの者は、とうとう血迷ったか」

具足をつけたというからには、逃げ出したわけではあるまい。たったそれだけの人数で、今川の大軍に挑むつもりなのか。昨夜の軍議でも、戦の話などろくにせず、重臣たちを追い返したという。恐怖のあまり自暴自棄になったとしか思えない。

今川の大軍は、目前に迫っていた。総勢四万五千とも号しているが、実数は二万から二万五千。それでも、信長の動かせる兵力は五千にも満たない。

元はといえば、信長が仕掛けた戦だった。尾張に残る今川方の拠点、鳴海、大高《おおだか》の両城に対し、いくつもの付城を築いて包囲したのだ。この二つの城を救うため、今川義元が大軍を繰り出してくるのは自明の理だった。

いずれ、鳴海と大高を囲む付城は残らず落とされる。だが、二万を超える大軍を催した以上、義元がそこで矛を収めるはずがない。熱田、那古野を奪い、この清洲にまで押し寄せてくる。信長に残された道は、清洲に籠もってひたすら耐え、和睦に持ち込む以外にないはずだった。

「今川の間者には？」

「すでに伝えております。今頃は城を抜け、今川の本陣へ向かっているかと」

この清洲にも、今川の間者が小者として潜り込んでいた。渡りをつけてきたのは向こうからで、それ以来、久子は何度か信長の動きを今川に流している。

条件は、信長の滅亡後、織田の家督を坊丸に継がせることだった。信行の嫡男でありながら、坊丸は幼少を理由に処罰を免れている。今は、末森城代となった柴田勝家の下で養育されていた。

坊丸は、信行の血を享けた、ただ一人の男子だ。織田家の名跡を継ぐ者は、坊丸を置いて他にいない。信長が討ち取られれば、勝家とて諦め、今川に降るだろう。

自棄《やけ》になったにせよ、籠城よりも野戦での華々しい最期を選んだにせよ、信長の死は決した。信行を死に追いやった者たちは滅び、坊丸が織田家を継ぐ。それは、久子の勝利でもある。

これで、信行の仇が討てる。ようやく、悪夢から解き放たれる。

早くあの男の首が見たいものだと、久子は思った。


辰の刻（午前八時頃）を告げる鐘の音が響いた。

信長は、清洲から熱田までの三里を一刻ほどで駆け抜けた。近習の五騎は、遅れることなくしっかりとついてきている。

南東に、煙が幾筋か立ち昇っているのが見えた。丸根、鷲津両砦の方角だ。

「お待ちいたしておりました」

熱田神宮の摂社、源太夫殿宮《げんだゆうとのみや》に入ったところで、蜂須賀小六が出迎えた。境内には、武装した兵が整列している。蜂須賀党を中心とする、足軽二百である。

信長はその中に、見知った顔を見つけた。生駒屋敷の食客、滝川一益である。

「久しいな。ようやく、俺に仕える気になったか？」

「何の。吉乃様の御為《おんため》にござる」

「吉乃が、何か申したか？」

一益はゆっくりと首を振る。

「殿に死なれては吉乃様が悲しむであろうと、それがしが勝手に思うたまでにござる。生駒家の方々には、長年世話になっておりますゆえな」

以前と変わらない飄々とした口ぶりで言う。圧倒的に不利な戦だが、悲愴《ひそう》の色はどこにもない。近くの川へ釣りにでも出かけるような風情に、信長は苦笑した。

「まあよい。好きにいたせ」

吉乃は奇妙丸の後にも、二人の子を産んでいる。一人は男児で茶筅《ちゃせん》、もう一人の女児には五徳《ごとく》と名づけた。吉乃の心の病は相変わらずだが、我が子は慈しんでいる。吉乃の目は子らにしか向けられていないと感じることもしばしばだった。もしかすると、信長が死のうと生きようと、吉乃は何とも思わないのかもしれない。

埒もない。自嘲して、目の前の戦に集中した。

「小六。丸根、鷲津はどうなった?」

「火の手こそ上がっておりますが、いまだ持ちこたえております」

伝令網には、通常の三倍の人員を配した。この戦では、いかに早く戦況を摑むかが鍵となる。

清洲から駆け続けで、馬は疲弊している。小六の用意した替え馬に鞍をつけ、跨った。

「すぐに発つ。続け」

野戦の他に、生き延びる道はなかった。

清洲に兵を集めて籠城すれば、義元は鳴海、大高を囲む付城をことごとく落とし、大高城から東海道に沿って、鳴海、熱田へとさらに兵を進めてくる。清洲に拠って数ヶ月を凌いだところで、熱田と津島を押さえられれば、織田家は滅ぶ他ない。

「殿、海上に船団が」

熱田を発ってすぐに、注進が入った。

「その数、およそ一千艘。我らを見張るかのように、悠々と進んでおりまする」

伊勢長島《ながしま》の一向門徒を束ねる、服部《はっとり》左京進《さきょうのしん》の船団だった。左京進は今川方に蟹江城を奪われた際にも、船で今川勢の将兵を運んでいる。

信長は、遠眼鏡《とおめがね》を海上に向けた。昨年上洛した際、堺に足を延ばして手に入れた物だ。見た限り、乗っているのは水夫ばかりで、軍兵の姿はない。おそらく、大高あたりに船を寄せ、今川の兵を乗せて熱田まで運ぶつもりだろう。

「構うな。今は前へ進むことだけを考えよ」

満潮の時刻で、海沿いの道は使えない。天白川《てんぱくがわ》を遡って、内陸の道を選んだ。

巳の刻（午前十時頃）、鳴海城の北に築いた丹下砦《たんげとりで》を経て、善照寺砦《ぜんしょうじとりで》に入った。後続の馬廻り衆や丹下砦で加わった兵を合わせ、信長の本隊は二千に膨れ上がっている。

梅雨の晴れ間の炎暑である。駆け通した兵も馬も汗に濡れ、荒い息を吐いている。いったん兵馬を休ませ、信長は砦の物見櫓に登った。

善照寺砦は、起伏の多い鳴海、大高一帯でも、一段高い小山の上に築かれている。櫓からは、西に鳴海城、南に中島砦《なかじまとりで》、南西の丸根、鷲津両砦とその向こうの大高城までが見渡せる。

丸根、鷲津はすでに陥落し、両砦を合わせた六百五十の将兵も全滅した。守将の佐久間盛重、織田玄蕃允《げんばのじょう》、飯尾定宗《いいのおさだむね》らもことごとく討死している。

鷲津砦は、今川勢の先鋒、朝比奈備中守《あさひなびっちゅうのかみ》により陥落。丸根砦を落とした敵の将は、松平元康《もとやす》。あの、竹千代である。昨夜、夜陰に乗じて大高城に兵糧を入れ、城兵と一手になって砦を落としたという。

駿河へと送られる竹千代の駕籠を見送ったのは、このあたりだった。あれから何年が経ったのか、考えかけてやめた。今は、感傷に浸る暇などない。

朝比奈、松平を合わせ、丸根と鷲津に展開する今川勢は五千。それだけの敵を、本隊から引き離すことができた。死んだ六百五十の将兵は、その役目を果たしたことになる。

今のところ、丸根、鷲津の失陥も含めて、戦況はほぼ予定通りに進んでいた。

この一年余りで、負けないための算段はすべて整えた。二万五千の大軍が尾張の中心部に雪崩れ込めば、滅亡を待つ他ない。鳴海、大高周辺の入り組んだ丘陵地帯で食い止めるしか、勝ち目はなかった。二万五千のうち、五千でも叩き、重臣を数人討ち取れば、義元も無理押しは避けて兵を引く。

　二千で今川の二万五千を撃退したとなれば、信長の武名は格段に上がる。譜代の重臣や国人、土豪も信長に従い、今よりさらに多くの軍勢を集めることができる。一万近い兵力を持てば、義元も迂闊には手を出せない。

「殿」

　櫓の下に控える近習が、声をかけてきた。隣に、百姓姿の小男が見える。

「上がってまいれ」

　木下藤吉郎が、軽い身のこなしで梯子を登ってくる。

「梁田様より伝令。沓掛城を発った義元の本隊は、二村山《ふたむらやま》の峠を越え、間米村《まごめむら》を通過。前衛はすでに、大高道に入っておりまする」

　梁田弥次右衛門には蜂須賀党の忍びをつけ、義元本隊の探索を命じてあった。

「大高道か」

　沓掛城からは、東海道を進めば鳴海城、大高道を通れば大高城へと続く。やはり義元の狙いは、大高城での服部水軍との合流だ。義元本隊が船を手に入れれば、熱田を守る手立てはない。

　櫓から下りて、諸将を集めた。

「手筈通り、大高城へ向かう義元本隊の横腹を衝く」

今川勢と服部水軍の合流を阻止するには、それしかない。

馬に乗れるようになってから、このあたりには何度も遠乗りに来た。自ら駆けた道だ、間道も丘陵の起伏も知り尽くしている。沓掛から大高へ至る道は、両側に丘陵が迫り、幅も狭い。上手くいけば、敵の重臣の首を一つか二つは獲れる。

「まずは大物見を出す」

大物見は、敵に発見された場合その場で戦闘に入れるよう、通常の物見よりも大人数で編制する。判断力と戦場経験、小部隊の指揮能力を勘考し、信長は佐々隼人正、千秋季忠の二人を指名した。二人の手勢は、合わせて三百。

「殿。ひとつ、お願いの儀が」

佐々隼人正の弟、成政《なりまさ》が一歩進み出た。

「申せ」

「それがしの下に、前田又左衛門利家が参じております。ぜひとも、お目通りを」

犬千代のことだった。昨年、つまらない諍いから信長の近臣を斬り捨てたので、召し放ちにしている。この戦で手柄を立てて、帰参の許しを得るつもりだろう。

「甘い。犬千代に伝えよ。何の手柄も立てぬうちから、伝を頼りに目通りを願い出るなど、傾《かぶ》き者の風上にもおけぬ」

「はっ。承知仕りました」

些細なことで激昂《げっこう》して刀に訴えるのが、犬千代の欠点だった。今しばらく、辛酸を嘗めさせた方がいい。

佐々、千秋両隊の出陣を見送ると、信長は中島砦への前進を命じた。鳴海城から東南の平地に築かれた付城だ。

鉄砲の筒音が響いたのは、善照寺砦を出ようとした時だった。続けて、喊声が聞こえてきた。

「馬鹿な」

あまりに早すぎる。物見を出して、両隊の後を追わせた。

喊声がやみ、筒音も聞こえなくなった頃、物見が駆け戻った。

佐々、千秋隊は、大高道に辿りつく前に今川勢に捕捉されていた。敵はこちらの策を見透かしたかのように、間道を進む両隊を待ち受け、包囲、殲滅《せんめつ》したという。

「佐々様、千秋様は、五十名ほどとその場に踏みとどまり、配下の兵に逃げ延びるよう申しつけられた由」

両者とも、もう生きてはいないだろう。だが、そのおかげで成政や犬千代ら二百人近くが、生きて中島砦まで戻っている。

続けて、注進がもたらされた。

「敵前衛、大高道から東海道へ向け北上中。その数、およそ五千！」

佐々、千秋隊を殲滅した敵だろう。東海道に入れば、ここからは目と鼻の先である。今川勢の他の隊も、大高道を逸れて北へ転進しているという。

奇襲は読まれていた。信長本隊の動きも、知られていると見た方がいい。敵はこの機に、信長とその主力を叩く方針に切り替えたのだ。

「殿。ここはいったん退くべきでは」

池田恒興が進言した。

「敵はいずれ、この善照寺や中島まで押し寄せてまいりましょう。丸根、鷲津の五千も加われば、我らはひとたまりも……」

一瞥すると、恒興は言葉を呑み込んだ。

退路などありはしない。退くことは、すなわち滅びだった。

「中島砦へ移る。急げ」

「殿！」

「退くことはできぬ。ならば、前に進むしかない」

諸将の制止を振り切り、午の刻（正午頃）、善照寺山を下りて中島砦へ入った。休む間もなく、下知を出す。

「打って出る。先鋒は森可成。第二陣、河尻与兵衛。三陣は蜂須賀党と、我が近習といたす」

「殿、お待ちくだされ！」

声を上げたのは、中島砦の守将、梶川平左衛門《かじかわへいざえもん》だった。

「殿が打って出ている間に丸根、鷲津の敵が攻め寄せれば、それがしの手勢二百五十では到底支えきれませぬ。せめて、殿の下に加えていただきたく」

信長は、平左衛門と砦の守兵に向き直った。

「敵は数日間行軍を続けてきた。昨夜は大高城に兵糧を入れ、早朝からは、数刻にわたり戦い続け、疲弊している。大軍とはいえ恐れるな。敵が押し寄せれば引け。敵が引かば、引きつけよ。首を獲ることは禁ずる。我が下で戦わずとも、戦に勝てばこの場にいる者はすべて、末代までの功名となる。ただ、励むべし」

砦の守兵たちが歓声を上げる中、藤吉郎が近づいて片膝をついた。

「今川義元、桶狭間山《おけはざまやま》にて陣を構えたとの由にございます」

「まことか？」

「梁田様の手の者が報せてまいりました。陣幕を巡らし、佐々様、千秋様の御首級《おしるし》を実検したとのことにございます。兵には兵糧を摂《と》らせ、馬にも飼葉を与えておるとの由。しばらく、彼《か》の地に腰を据えるものかと」

桶狭間山は、東海道と大高道の中間に当たる小高い丘だった。中島砦からは半里足らず。信長が今川勢の前衛とぶつかれば、すぐに後詰に駆けつけられる距離だ。

ふと、大気の質が変わったことに気づいた。生暖かく、湿り気を帯びた風が吹きはじめている。西の空を見上げる。黒々とした雲が近づいてきていた。

「雨が来る。鉄砲、玉薬を濡らすな！」

風は、西から東に向かって吹いている。味方にとっては追い風だ。まだ、運には見放されていない。

曳き出された馬に跨り、采配を振り下ろす。

「出陣！」

二

織田家の存亡がかかった戦の中にあって、清洲城内は静まり返っていた。

馬廻り衆は信長を追って城を飛び出し、残るのは戦の役に立たない吏僚や年寄りと女ばかりだ。

「戦の様子は、まだ伝わってこぬのか？」

信長が出陣して、とうに三刻（六時間）以上が経つ。いてもたってもいられず、久子は菊を連れて離れを出た。

主殿の表座敷に入ろうとすると、留守居の家臣が行く手を阻んだ。

「御母堂様、なりませぬ。お控えくだされ！」

「黙れ。わらわは織田家当主の生母ぞ！」

一喝すると、家臣は引き下がった。

上段の間に座し、広々とした座敷を見渡す。いずれは坊丸を膝に抱いた自分に、居並ぶ家臣たちがこぞって平伏するのだ。想像すると、胸のすくような心地がした。

いや、まだ気を抜くわけにはいかない。信長が討たれた時点で、今川義元が約束を反《ほ》古《ご》にしないとも限らない。このあたりで何か、目に見える手柄を立てておくべきだ。

思い立つと、久子は城内の斯波屋敷に向かった。

事実はどうあれ、尾張の正式な守護は、斯波義銀である。名目上は、信長は義銀の臣下に過ぎない。

「土田御前、いかがなされた？」

二十一歳になったはずだが、物腰は卑屈そのものだった。人の顔色を窺いながら生きてきた人間の目だ。

「単刀直入に申し上げます。尾張全土に、信長討伐のお触れを出されませ」

「それは」

「今夜にも、今川の大軍がこの清洲に押し寄せてまいりまする。生き延びたければ、尾張の国人、土豪を糾合し、今川に忠義を尽くすのです」

義銀の目が、宙を泳いだ。

「今川殿は、筋目を大切になされる御方。あなた様を粗略に扱うことはございませぬ」

「されど、そのようなことが信長に知れたら……」

怯える義銀に向かって、久子は膝を進める。

「信長がこの城に戻ることは、二度とございませぬ。戻ったとしても、すでに首だけになっておりましょう」

「そなたは、信長の生母ではないか。何ゆえ……」

眼光に力を籠めると、義銀は口を噤《つぐ》んだ。さらに膝を進め、息がかかるほど近づく。

「まずは、那古野の林通勝に書状を。あの者を味方に引き入れ、我らでこの城を押さえるのです。さあ、ご決断を」

促すと、義銀は体を震わせながら頷いた。

林通勝に宛てた書状を菊に持たせ、送り出した。機を見るに敏な男だ。好機とばかりに馳せ参じてくるだろう。

表座敷に戻ると、城内がにわかに騒がしくなった。那古野から通勝が駆けつけたにしては早すぎるが、すでに信長を見限り、こちらへ向かっていたということも考えられる。

縁から、具足を鳴らす音が聞こえてきた。

「通勝か」

ようまいった。言いかけた言葉を、久子は呑み込む。

「御母堂様、あまり勝手な振る舞いをなされては困りまする」

現れたのは、柴田勝家だった。背後に、十人ほどの家臣を従えている。

「そなたが、何ゆえ清洲へまいる？」

「殿より、この城の留守居を申しつけられてございます。つまらぬ謀を企てる者がおるゆえ、しかと押さえよと」

勝家が、懐中から書状を取り出した。思わず、顔が引き攣る。書状は、赤い染みで汚れていた。

「女子を手にかけるは気が引けましたが、激しく抵抗いたしましたゆえ、やむなく斬り捨て申した。今川の間者も、我が手の者が始末してござる」

手足をもがれたも同然だった。動かぬ証拠まで押さえられているのだ、言い逃れを並べたところで意味などない。

「信長はすべてを承知の上で、わらわを泳がせていたと申すか？」

答えはない。だが、肯定したも同然だった。

不意に、雷鳴が轟いた。先刻までの晴天が嘘のように空が暗くなり、生暖かい風が吹きはじめる。雷鳴は続けざまに轟き、そのたびにあたりが白く染まった。降り出した大粒の雨が、座敷を濡らしていく。

勝家が目で合図すると、家臣が二人、前に出た。罪人を引き立てるように、久子の両腕を摑んで立たせる。

「坊丸君のためにも、手荒な真似はいたしとうござらぬ。離れにて、殿のお帰りを待たれませ」

「殿の、お帰りとな?」

腹の底から、笑いが込み上げてきた。

「無駄じゃ、信長は戻らぬ。あの者は野辺に屍を晒し、そなたも城を枕に討死いたすがよい。わらわはまだ、負けてなどおらぬわ!」

そうだ、まだ終わったわけではない。久子は声を放って笑った。

勝家主従は気を吞まれたように、無言のまま、久子を見つめている。


これまで経験したことがないほどの、凄まじい嵐だった。

雨は、中島砦を出てすぐに降り出した。大粒の雨が容赦なく叩きつけ、吹き荒ぶ風が背中を押す。

到底馬に乗っていることはできず、信長は下馬して行軍を停《と》めた。鉄砲足軽は、鉄砲と玉薬を抱えて林の中に逃げ込んでいる。

視界はほとんど閉ざされ、数間先も定かではない。雷鳴が耳を聾し、稲妻が一面を覆う黒雲を切り裂く。風は道の両側の木を根元からへし折り、雹《ひょう》までが降り注いだ。嵐が吹き荒れたのは、ほんの四半刻足らずだった。西の空には、もう夏の青い空が見えはじめている。

「殿、あれに！」

藤吉郎が前方を指差す。

軍勢が見えた。今川の前衛。嵐を真正面から受け、隊形は乱れきっている。再び馬に跨り、従者から受け取った手槍で敵勢を指した。

「天運は我にある。かかれぇ！」

雷鳴は遠のき、雨も雹もやんだが、風はいまだ強い。追い風に急《せ》き立てられるように、全軍が走り出す。

突如として目の前に現れた軍勢に、敵は明らかに狼狽している。筒音が連続して起こった。すべて、味方のものだ。槍襖を作ろうとしていた敵兵がばたばたと倒れる。

「槍隊、前へ！」

森可成の下知が響いた。背を向けて逃げはじめた敵に、三間半の長槍が振り下ろされる。槍隊が左右に分かれ、その間から可成の率いる騎馬が突っ込んだ。

敵の前衛は一撃で崩れ、敗走していった。敵が逃げる先には、義元の本陣がある。敵は桶狭間山の麓から中腹にかけ、北西に向けて三段の陣を構えていた。急拵《きゅうごしら》えだろうが、柵も巡らされている。数はおよそ五千。このまま進めば、真正面からぶつかることになる。

「殿」

藤吉郎が、窺うような視線を向けてくる。

ここで退くか。そんな考えが脳裏に浮かぶ。二千で、五千の前衛を打ち破った。戦果としては十分だ。ここで深追いして押し返されれば、今度はこちらが窮地に立たされる。

いや、まだだ。前衛を破った程度で、義元は退きはしない。義元に負けるということはすなわち、母に負けるということだ。

母が今川に通じていることは、とうに掴んでいる。知っていて、敢えて泳がせていた。大方、自分の死後、坊丸に家督を継がせるつもりだろう。自分が死んだ後のことなどどうでもいい。だが、母の思い通りになることだけは、赦せなかった。

敵本陣に目を凝らす。旗や陣幕が散乱し、兵たちが忙しなく行き交っている。敵の本隊もまだ、嵐の混乱から立ち直ってはいない。そこへ信長が現れ、前衛を打ち破った。動揺は大きいはずだ。

大きく息を吸い、命じた。

「進め」

可成を先頭に、桶狭間山へ向けてひた走る。敵陣では太鼓や鉦《かね》が打ち鳴らされ、迎撃の態勢が整えられていく。

そこへ、敗走する敵の前衛が雪崩れ込んだ。敵陣に、わずかな綻《ほころ》びが生じる。

味方の先鋒が斬り込んでいく。先刻の豪雨で地面はぬかるみ、柵は容易く引き倒された。徒歩《かち》で槍を振るう可成の姿が見える。続けて、河尻与兵衛の隊が突っ込んだ。

信長は麓で馬を止め、戦況を見据えた。味方は敵の第一陣を突破し、第二陣に躍りかかっていく。矢も鉄砲も使えないほど、敵味方が入り乱れていた。

「退くな。持ちこたえよ！」

「じきに味方がまいる。それまで耐えるのだ！」

敵将が、口々に声を嗄《か》らして叫んでいる。

時はかけられない。じきに、周囲に展開する敵が義元の危急を知り、駆けつけてくるだろう。そうなれば味方は包囲され、戦況は一変する。

第二陣が崩れた。だが、休みなく動き続けた味方の勢いは、さすがに衰えはじめている。第三陣は精鋭揃いで、付け入る隙が見えなかった。

「小六！」

蜂須賀小六を招き、第三陣の右手に見える急斜面を示す。

「お任せを」

小六はにやりと笑い、配下を引き連れて駆けていった。

「続け！」

信長は敵味方の死体を踏み分け、第二陣のあったあたりまで馬を進めた。敵の視線が一斉に集まる。不意に、敵の右手から喊声が上がった。急斜面を登った蜂須賀党が、敵の横腹を衝く。

「久能氏忠《くのうじただ》殿、討ち取った！」

義元の妹婿だった。第三陣が一気に崩れ立つ。

視線を上げた。陣幕の中はすでに無人で、打ち捨てられた塗り輿や床几、卓や酒樽《さかだる》までが散乱している。信長は馬を下り、山の頂まで駆け登った。三百ほどの敵が一丸となって、東へ向かって逃げている。半数ほどが騎馬だった。間違いない。義元の旗本だ。

義元が後退してもなお、周囲では乱戦が繰り広げられている。大将が逃げ出したことにも気づいていないのか、今川勢は必死の抵抗を続けていた。

「殿、背後から敵が……！」

追いついてきた藤吉郎が、荒い息を吐きながら言う。視線を転じると、西と南から敵が迫っているのが見えた。数千、いや、万に近い。

退路は完全に絶たれた。味方は疲弊し、半数近くにまで討ち減らされている。山上にとどまる敵は、援軍の接近を見て息を吹き返した。義元とその旗本はすでに、三町近くも遠ざかっていて、今から追いつくのは難しい。

「最早これまでにござる。ここは我らが支えますゆえ、殿は落ちられませ！」

森可成が、血刀を手に進言した。兜は失い、全身に傷を受けている。山頂付近に追い詰められた味方は誰もが肩で息をし、無傷の者は見当たらない。

ここまでか。あとほんの一歩、届かなかった。

信長は天を仰いだ。凄まじい嵐をもたらした雲はきれいに消え、夏の空が広がっている。

父に棄てられ、弟をこの手で殺し、母は幽閉した。帰蝶は去り、吉乃の病は今も治る気配がない。もう、失う物など何もなかった。生まれた瞬間に死を望まれ、うつけと罵られ、この世のすべてを憎みながら生きている。そんな人間が一国を制し、〝海道一の弓取り〟と称される男に背を向けさせた。

「うつけにしては、上出来よ」

落ち延びるつもりなどなかった。帰る場所など、ありはしない。人の生など、所詮は夢幻。すべて消え去ったところで、惜しくはない。

ふと、帰蝶の顔が浮かんだ。尾張を去ってから、一度も音沙汰はない。今頃は、故郷で穏やかな暮らしを送っているのだろう。そう思うと、不思議なほど安堵を覚えた。

遠ざかる義元を目で追った。なぜか、先ほどからほとんど進んではいない。

東の麓には深田が広がっていたことを、信長は思い出した。義元は、豪雨で泥濘《ぬかるみ》と化した地面に、馬の脚を取られているのだ。

三百に囲まれた、白馬に乗った将。こちらを振り返る。義元。束の間、視線がぶつかった。

「まだ、終わってはおらんか」

隣で震える藤吉郎の肩を叩く。

「猿、覚えておけ。人を動かすに必要なのは、恐怖を与えること。利を食らわせること。そしてもう一つ」

ぞくりと背筋が震え、信長は恐怖を覚えた。体の奥深くで、何かが蠢《うごめ》いている。信行の首を刎《は》ねた時にも、同じものを感じた。血を求めてやまない、凶暴で禍々《まがまが》しい何か。次に目覚めれば、もう二度と元には戻れない。

いや、違う。これこそが本当の自分なのだ。体が震えるのは恐怖ではない。歓喜だ。恐れるな。解き放て。信長は己に命じた。自然と、笑みが浮かんでくる。

「狂気だ」

振り返り、槍の穂先を東の麓へ向ける。

「皆の者、聞け。あれこそ義元の旗本ぞ！」

周囲の味方が、一斉に振り返る。

「死のうは一定《いちじょう》。一期《いちご》は夢よ、ただ狂え！」

疲れきっているはずの将兵が、雄叫びを上げた。猛《たけ》りきった獣のようにその目は血走り、殺気立っている。

「続け！」

信長は一兵卒のように、槍を手に駆けた。


あれほど静まり返っていた城内が、沸き返っている。

夕刻、久子は奥の離れで独り、留守居の者たちが上げる歓声を聞いていた。

離れは武装した兵が周囲を固めていて、様子を窺うこともできない。それでも、何が起きたのかはおおよそ見当がつく。

負けた。久子ははっきりと悟る。どんな手を使ったのかはわからないが、信長は生き残り、今川勢は敗退したのだ。

信長が帰れば、自分は斬られるだろう。当主の生母とはいえ、今川と通じ謀反を企てたのだ。生かしておけば、家臣たちが納得しない。

庭に面した障子の向こうから、西日が射《さ》し込んでいる。赤く染まった部屋は、まるで血の海だった。

ここで死ぬのか。それもいい。最早、あの男に勝つ術は何一つ残されていないのだ。

生き長らえたところで意味などない。

日が落ちてほどなくして、再び城は歓声に包まれた。浮き立った気配が離れにまで伝わってくる。

歓声がやんでしばらく後、縁に足音が響いた。何か言い交わす声の後、監視の兵が遠ざかる気配がした。

障子が開く。信長。具足も解かず、血と汗の臭いを漂わせていた。腰の大小とは別に、手には太刀を握り締めている。

「それがしの、勝ちにござる」

「そのようじゃな」

「これなる太刀は、今川治部大輔《じぶのたいふ》義元が佩刀《はいとう》、左文字《さもんじ》に候」

「義元を、討ち取ったと？」

信長が頷く。

言葉を交わすのは、あの日以来だった。宙を舞う、信行の首。今もはっきりと脳裏に浮かぶ。

「その太刀で、わらわを斬るか」

沈黙。信長の顔に、表情と呼べるものはない。

「どうした。早う斬るがよい。弟の首を手ずから刎ねたそなたが、よもや、母は斬れぬなどと申すのではあるまいな?」

無言のまま、信長は歩き出した。端座する久子の横に回り込む。鞘鳴り。うなじに、冷たい刃の感触。

はじめて、久子は恐怖を覚えた。死が、すぐそこまで迫っている。ようやく実感すると、体が強張り、膝が震え出した。死にとうない。口から飛び出しそうになる言葉を、歯を食い縛って堪える。命乞いをして生き長らえるなど、死よりも恐ろしい。

目を閉じる。どれほどの時が経ったのか。不意に、何かを切る音が耳朶を打った。肩のあたりが軽くなる。

切り落とされたのは、髪だった。目を開け、信長を見上げる。

「母上は、すでに死んだも同然」

刀を納め、信長が言った。

「こたびの謀反は、なかったことといたします。この上はどこぞの寺にでも入り、出家なされるがよい」

「なぜじゃ、何ゆえ斬らぬ」

「斯波義銀は、まだ利用する価値があるゆえ、生かしておきます。されど、母上を生かすのは、斬ったところで一文の得にもならぬからです」

覚えず、こめかみが震える。義銀のような愚物よりも価値がない。これ以上の侮辱はなかった。

「ご自身を買いかぶるのはやめにして、潔く俗世と縁を切り、敗北を噛み締めながら生き続けられよ」

「斬れ！」

立ち上がり、久子は叫んだ。

「わらわを斬って、罪業を重ねよ。弟のみならず母を殺し、無間地獄《むげんじごく》に堕ちて永久《とこしえ》の苦しみを味わうがよい！」

言うと、信長は意外そうな顔をした。

「母上。まだ、気づいておられぬのか」

久子を見据える目に、暗い光が灯る。

「誰もがそれがしを憎み、恐れ、蔑み、血を分けた兄弟や生みの母にまで命を狙われる。この現世《うつしよ》こそ、それがしにとって、紛《まご》うかたなき地獄にござる」

体の芯まで凍《い》てつくような、冷たい声音。信長の口元は、醜く歪んでいた。笑っているる。それとも、泣いているのか。なぜか、体から力が抜けていくのを感じ、久子はその場に膝をついた。

「ついでながら、一つお教えいたそう」

こちらを見下ろしながら、信長が口を開く。

「母上。あなたは、信行さえも愛してはおりませんでした。どれほど言い繕っても、あなたは信行を、己に都合よく動く道具としてしか見てはいなかった」

「何を……何を申すのじゃ」

「思えば、哀れな弟にござった。信行が最期に浮かべた笑み。あれは、母という名の牢獄を出で、一人の男として立つことができた、喜びの表れにござる」

「馬鹿な、わらわは……」

久子は言葉に詰まった。わらわは信行を、心の底から愛しておった。そう言いきれない自分に動揺し、混乱した。

「それがしもそろそろ、この牢獄を出る所存。もう、会うこともありますまい」

感情の籠もらない目で久子を見下ろし、信長は踵を返した。

「ならば、見届けてやる」

信長の背に、言葉をぶつけた。

「そなたがこの先、どれほどの悪行をなし、どのような死に様を迎えるか見届けてやろう。そなたは必ず、わらわよりも先に死ぬ。その日まで、わらわは生き続けるぞ」

足を止め、信長が振り返る。

「存分に、なされませ」

言い捨て、再び歩き出す。

その背中はゆっくりと遠ざかり、やがて闇に消えた。

三

戦後処理と今川の報復への備えで、永禄三（一五六〇）年はまたたく間に過ぎていった。

永禄四年も麦の刈り入れが終わり、すでに入梅を迎えている。

相変わらず、信長は多忙だった。馬廻り衆の再編に、対今川戦で消費した莫大《ばくだい》な戦費の穴埋め。斎藤義龍への備えも怠ることができない。

今川勢は鳴海、大高の両城から撤収し、尾張から今川の勢力は一掃された。岡崎城に拠って自立の意志を見せはじめた松平元康との和睦交渉も進んでいる。今のところ、義元の跡を継いだ今川氏真《うじざね》が弔い合戦を仕掛けてくる気配はない。

桶狭間での大勝で、誰もが信長を見る目を変えた。家中はこれまでにないほどまとまり、ようやく信長の下に一致団結しつつある。名実ともに尾張の統一が成り、用済みとなった斯波義銀は追放した。

最大の敵を打ち破り、謀反の芽も残らず摘《つ》み取った。斎藤義龍には、犠牲を払ってまで尾張を攻め取る野心はない。すべては、順調に進んでいる。

だが、残されたのは虚しさにも似た思いだけだった。この先に何があるのか。生き延びた自分は、どこを目指せばいいのか。深い霧の中に放り出されたような心地が、もう一年近くも続いている。

五月初旬、信長は梅雨の晴れ間を縫って、領内の巡検に出かけた。

「のどかなもんですなあ」

方々から聞こえてくる田植え歌に耳を傾けながら、木下藤吉郎が言った。桶狭間での働きに報いて士分に取り立てたが、信長が出かける時は自ら望んで轡を取る。

「昨年のこの時季は今川勢の噂で持ちきりで、誰もが戦々恐々としとったもんですが」

「そなたは確か、どこぞの百姓の家の出であったな」

「へえ、中村《なかむら》にございまする。もう何年も帰ってはおりませんが」

「中村ならば、清洲からすぐではないか」

「それが、継父との折り合いが悪うございまして、顔を合わせれば罵り合い、果ては取っ組み合いになってしまいまする」

「俺は、実の母を棄てたぞ。その継父とやらが目障りなら、棄ててしまえばよかろう」

戯言めかして言うと、藤吉郎は頭を掻いた。

「それはそうでありましょうが……なかなか殿のようにはまいりませぬ」

藤吉郎の言う通り、今年の農民たちの表情は明るかった。供は十名足らずで、信長と気づく者はおらず、田植え歌が絶えることはない。無論、刺客に備えて、蜂須賀党の忍びが離れたところで警固に当たってはいる。

巡検のついでに、生駒屋敷まで足を延ばした。

奇妙丸は五歳、茶筅丸は四歳、五徳は三歳になっている。正室が不在のため、奇妙は事実上の嫡男として扱われていた。

ともに暮らしていないせいか、三人は信長にあまり懐いていない。

信長にしても、いまだに、奇妙たちが我が子だという実感を抱けずにいる。立って歩いた時も、はじめて「ちちうえ」と呼ばれた時も、何の感慨も湧きはしなかった。せめて、使える手駒になってもらいたいと思うだけだ。

子らは、実の父親よりもむしろ、猿真似やどこで覚えたかわからない軽業で笑わせる藤吉郎がやってきたことに喜んでいる。

吉乃は縁に座り、庭で藤吉郎と遊ぶ三人を眺めている。信長はその隣に腰を下ろした。話しかけても、吉乃は曖昧な返事をするだけで、こちらに顔も向けない。そのくせ、誰かが転んで怪我などすると、すかさず駆け寄って抱き上げ、てきぱきと手当てを命じるのだ。

どれほど近くにいても、吉乃の目に信長は映らない。我が子にすべてを捧《ささ》げる吉乃には、それ以外の何者も目に入らないのだろう。これが母のあるべき姿なのかもしれないと、信長は思う。

「俺を産んだのは、母になるべき人間ではなかった」

答えがないことを承知で、吉乃に語りかける。

「そんな女から生まれた俺は、いったい何者なのか。考え続けてきたが、いまだに答えは出ぬ」

珍しく、吉乃がこちらに顔を向けた。

「殿は」

吉乃が怪訝そうに口を開く。

「織田信長様では、ございませぬのか？」

その童じみた問いかけに、信長は声を上げて笑った。

「そうだな。俺は織田上総介信長だ。他に、答えなどありはせぬ」

言うと、吉乃も口元を綻ばせ、再び子らに目を向けた。

もう一度、吉乃の笛が聴きたい。ふと思ったが、それもう、叶うことはないだろう。


その日のうちに、信長は清洲へと戻った。

馬丁に馬を引き渡すと、城内の様子が何かおかしいことに気づいた。緊迫しているわけではないが、どことなく落ち着きがない。

「何事か」

留守居の家臣を摑まえ、訊ねた。

「はっ、それが……」

返答を聞くと、信長は足早に奥へと向かった。

奥座敷の障子を荒々しく開くと、中にいた女が頭を下げた。

「お帰りなさいませ、殿」

顔を上げ、帰蝶が微笑む。まるで、ずっとこの城にいたかのような何気なさだ。ぶつけるつもりだった怒声が、口から出す前に霧散していく。

嘆息し、向き合って座った。

帰蝶が尾張を去ったのは、もう四年近くも前のことだった。帰蝶はもう、三十になったはずだ。だが今、目の前の帰蝶に時の流れは感じない。子がいないせいだろうかと、信長は思った。

「相変わらず、お忙しそうですね」

「して、今さら何の用だ?」

訊ねると、帰蝶は娘のようにころころと笑った。

「何の用などと。妻が夫のもとに帰るのは、当たり前の話ではありませんか」

言われてみれば、正式に離縁したわけではなかった。とはいえ、今頃現れて妻ですと言われたところで、素直に頷ける話ではない。

「今まで、どこで何をしておった？」

「美濃稲葉山城にて、兄の世話になっておりました」

「そうか。そう言っていたな」

「はい。兄は、夫に棄てられた異腹の妹を、快く迎えてくださいました。おかげでこの四年、食べる物も着る物も、苦労したことはございませぬ」

「ならば、何ゆえ戻ってきた？」

「兄は、数日中に身罷ります る。あるいは今日、明日にでも」

「病か？」

帰蝶は首を振った。その顔からは、笑みが消えている。

「わたくしも、殿と同じ罪を犯しました」

「そなた、まさか」

「兄は床に就いておりますが、快癒することはまずあり得ません。もしも兵を出すつもりがおありならば、早々に陣触れを」

毒を盛ったか、とは口にしなかった。義龍の懐に飛び込み、機を窺うための四年間だったのだ。帰蝶は一兵も用いず、父の仇を討って帰ってきた。

「殿がもっとも辛い時にご一緒できなかったこと、お詫びいたします。されど、これからはもう、殿のお傍を離れることはございませぬ」

不意に、胸の奥の深いところに熱を感じた。火で温めた石でも抱いているような心地。これまで、一度も味わったことがない。自分が狼狽しかけていることに気づいて、信長はさらに困惑する。

信長の内心を見透かしたように、帰蝶が穏やかに微笑む。迷い子を見つけた母親は、こんな顔で笑うのかもしれない。

何かが崩れてしまいそうな気がして、信長は顔を背けた。

「この、うつけが」

「存じております。輿入れの日、帰蝶もうつけになると約束いたしましたゆえ」

「そうであったな」

立ち上がり、障子を開け放す。吹き込んだ風が、頬を心地よく冷やした。

「礼を申す。生き延びることに汲々《きゅうきゅう》として、蝮の遺言など忘れておった」

「では、美濃をお獲りになられますか？」

「獲る」

首尾よく美濃を獲ったとして、その先には何があるのか。

美濃を制する者は天下を制す。そんな言葉を思い出した。美濃は地味豊かで交通の要衝にあり、兵は強く、京にも近い。

「天下、か」

呟き、信長は苦笑する。人間五十年。信長は二十八歳になった。尾張一国を制するのに半分以上を費やしていて、何が天下か。

この世が憎ければ叩き潰し、すべてを斬り従えて望みの世を作れ。そう言ったのは、亡き父だった。今考えても、夢のような話だ。

だが、人の生など所詮は夢。だからこそ、賭けてみるのも悪くはない。

日が暮れかけていた。梅雨の合間の晴れ渡った空は、血の色に染まっている。

「俺は弟を殺し、母を棄てた」

「はい。伺っております」

「叔父を暗殺し、主家を罠に嵌め、戦に勝つために家来を見殺しにした。俺を買っていた政秀も道三も、救ってやることができなかった」

帰蝶は何も言わない。

「信行を斬った時、母上は俺を、天魔外道と罵った。ならば、天魔の中の王を目指すのも、悪くはない」

帰蝶も腰を上げ、信長の隣に立った。

「ではわたくしは、魔王の妻、ということになります」

「憎まれ、恨まれもしよう。命を狙われることさえあるやもしれんぞ」

「そのようなこと、尾張の大うつけに嫁ぐと決めた時から覚悟しております」

帰蝶は向き直り、信長を真っ直ぐに見つめた。

「殿はもう、お独りではありません。たとえ、殿の行き着く先が地獄の果てであろうと、わたくしがご一緒いたします」

永禄四(一五六一)年五月十一日、斎藤義龍が没した。享年三十五。

十三日早朝、清洲に集結した織田軍三千は、出陣の時を待っていた。渡河のため、木曽川には蜂須賀党をはじめとする川並衆も待機させてある。

義龍の跡を継いだ龍興《たつおき》はまだ十四歳で、暗愚という評判だった。土岐頼芸、斎藤道三、義龍と、国主を次々とすげ替えてきた美濃の武士たちを統率していくことは、到底できないだろう。

今度は甥殺しかと、信長は思った。この手で弟の首を刎ねたのだ、恐れなどない。

この先も敵味方を問わず、とてつもない量の血を流させることになる。無辜の民も女子供も、必要とあらば躊躇いはしない。事と次第によっては、我が子さえ殺めるだろう。

己が選んだ道だ、悔いはない。

「これより美濃へ攻め入り、斎藤龍興を討つ」

城内の馬場に整列した将兵を前に、信長は言った。

「美濃を制した暁には、京へ上り、天下を獲る」

一同は互いの顔を見合わせ、何事か囁き合う。誰もが耳を疑っているのだろう。

どれほど強大な勢力を持つ大名であろうと、本気で天下を狙う者などいない。他国の侵略を受けず、家名を存続し、できることなら版図を広げる。それさえできれば、敢えて危険を冒して天下を目指す必要などないのだ。

「愚かな夢と、嗤いたければ嗤うがよい。うつけと呼ばれた頃から、嗤われるのは慣れておる。されど、俺を侮った者たちがどんな末路を迎えたか、よもや忘れてはおるまい」

ざわめきが静まる。

「従えぬという者は、今すぐこの場から立ち去るがよい。天下を目指す軍に、臆病者はいらん」

立ち去る者はいない。見回すと、一人一人の顔に覇気が滲み出てくる。

「神も仏も必要ない。ただ、我一人を信じよ」

鬨の声が上がった。天魔の軍に相応しい狂熱を放ちながら、全軍が動き出す。

城門をくぐった。沿道では城下の民が鈴なりになって、出陣を見送っている。

ふと、胸の底が疼いた。懐かしい、いとおしさにも似た疼き。

左右を見回した。

一人の尼僧。憎悪と殺気に満ちた、射るような目つき。

美しい。そんな思いが湧き上がり、信長は薄く笑った。心の中で、母はすでに殺している。あれは、ただの亡霊だ。

馬を止めることはせず、尼僧の前を通り過ぎた。これから美濃を獲り、都に攻め上るのだ。亡霊に関わっている暇などない。

振り返りたい衝動を押し殺し、信長は馬を進めた。

参考文献

『信長公記』太田牛一著　桑田忠親校注　新人物往来社
『考証　織田信長事典』西ヶ谷恭弘著　東京堂出版
『織田信長家臣人名辞典』高木昭作監修　谷口克広著　吉川弘文館
『織田信長合戦全録』谷口克広著　中公新書
『織田信長の尾張時代』中世武士選書10　横山住雄著　戎光祥出版
『織田信長　戦国最強の軍事カリスマ』桐野作人著　新人物往来社
『桶狭間合戦　奇襲の真実』太田輝夫著　新人物往来社
『信長四七〇日の闘い　伊勢湾と織田・今川の戦略』服部徹著　風媒社
『織田信長最後の新説』惟月太郎著　一水社

解説

末國善己

いま歴史小説に新しい風が吹いている。二〇一〇年代に入って、『三人孫市』『某《それがし》には策があり申す　島左近の野望』の谷津《やつ》矢車《やぐるま》、『天衝　水野勝成伝』『鬼手　小早川秀秋伝』の大塚卓嗣《おおつかたくじ》、『殿さま狸』『くせものの譜』の簑輪諒《みのわりよう》など、若手の歴史小説作家が続々と誕生し、独自の歴史解釈と現代的なテーマを織り込んだ戦国ものの名作を世に送り出しているのだ。彼らより少し早くデビューし、『破天の剣』で第十九回中山義秀《なかやまぎしゆう》文学賞を受賞した天野純希は、新世代歴史小説作家の先輩格といえる。

著者は、『南海の翼』で土佐の長曽我部元親《ちようそかべもとちか》を、『破天の剣』で薩摩の島津家久《しまづいえひさ》を描くなど、歴史小説ではお馴染《なじ》みだが、中央の政治にはあまり関与していない（つまり歴史の教科書には記述が少ない）という意味ではマイナーな武将を主人公にすることが多かった。それが本書『信長　暁の魔王』では一転、戦国ものの激戦区となっている織田信長を取り上げている。著者は、『南海の翼』に四国攻略を狙う信長を登場させ、驚異の戦闘力を持った少女を主人公にした伝奇小説『風吹く谷の守人《もりびと》』でも物語の遠景に信長を置いていたので、満を持して信長に挑んだのかもしれない。

　信長を題材にした歴史小説は、「天下布武」を掲げ天下統一に向けて進む三〇代以降をクローズアップすることが多い。クライマックスは本能寺の変であり、明智光秀《あけちみつひで》を操って謀叛《むほん》を起こさせた黒幕は誰かを描く歴史ミステリーの謎解きは、作家の腕の見せどころになっている。これに対し本書は、信長が生まれたところから桶狭間《おけはざま》の戦いまでの信長の少年期、青年期に焦点を当てているのだ。

　信長は、浅倉攻めで義弟の浅井長政《あざいながまさ》に離反され挟撃の恐怖に直面した金ヶ崎の戦い、反信長連合による包囲網など、何度も危機にさらされている。ただ、これらの状況で信長が敗れても、支配地域を縮小し本拠地の尾張《おわり》を固めれば再起する可能性も残されていた。ただ織田一族が割拠《かっきょ》していた尾張を統一する戦いをしていた青年期は、信長が寡兵《かへい》を率いて最前線で戦うことも珍しくなく、敗北は即、死だった。外交交渉でも、武力に訴える合戦でも、少しの判断ミスも許されなかった信長の若き日は、実にスリリングで魅惑的《みわくてき》なエピソードに満ちている。何より、家臣を平然と切り捨て、自分に逆らう者は非戦闘員でもなで斬りにする信長の冷酷さが、どこから来たのかを考えるならば、幼少期の体験は避けて通れないのである。それだけに、戦前の信長ものの代表作といえる鷲《わし》尾雨工《おうこう》『織田信長』、信長を近代的な合理主義者として描き、後世に多大な影響を与えた坂口安吾《さかぐちあんご》『信長』、信長の誕生から美濃《みの》平定までの青春時代を描く安部龍太郎《あべりゅうたろう》『蒼《あお》き信長』など、信長の前半生に着目した名作は少なくない。

本書もこの系譜に属しているが、著者は、織田家の家族関係、特に不仲だった母親との確執が信長の人格形成に与えた影響をたどることで、独自色を出している。

物語は、信長の「この世に生まれ落ちた刹那のことを、今も覚えている。／そう話すと、誰もが笑った。そんなことがあるはずがない。きっと、夢の中で見た出来事を、本当にあったことと思い込んでいるだけだ、と。／だが、あれは断じて夢などではない。暗く、しかし温かい場所から引きずり出され、やわらかな産着《うぶぎ》にくるまれたあの感触は、今もしっかりと残っている」との独白から始まる。

これは「永ひあひだ、私は自分が生まれたときの光景を見たことがあると言ひ張つてゐた」、それは「その場に居合はせた人が私に話してきかせた記憶からか、私の勝手な空想からか、どちらかだつた。が、私には一箇所だけありありと自分の目で見たとしか思はれないところがあつた。産湯を使はされた盥《たらい》のふちのところである」という有名な冒頭部がある三島由紀夫《みしまゆきお》『仮面の告白』へのオマージュだろう。

『仮面の告白』は、生まれてすぐに祖母によって母から引き離され、祖母に溺愛されて育った「私」が、人と性的傾向が違うこと（現代的にいえばセクシャルマイノリティ）に悩み、自分がそのようになった理由を客観的に分析する告白小説である。

本書には信長の独白が随所にはさまれているが、信長が自分の性格を掘り下げることはない。その代わりを行っているのが著者で、史料に残された信長の言動から父、母、兄弟をどのように見ていたかを推測し、さらに親子、兄弟が平然と殺し合った殺伐とした時代ながら、能力があれば出身階層や長幼の序など関係なく出世ができる可能性を秘めていた戦国乱世を若者がどのように捉えていたかなども踏まえながら、信長の青少年期の心理に迫っていく。これが、実際の信長はこのように考えていたのではと思えるほどリアリティがあるのだ。信長は、比叡山《ひえいざん》を焼き討ちし、伊勢長島の一向一揆《いっこういっき》鎮圧では二万人を焼き殺し、謀叛を起こした荒木村重の一族と重臣、その家族など約六七〇人を処刑するなどした。本書を読むと、どす黒い情念とせつなく哀《かな》しい事情が、信長を冷酷非情な男に変えたことが納得できるはずだ。三島と同じように、生育環境、社会的要因などから信長の内面に切り込んだ本書は、戦国版『仮面の告白』なのである。

信長は、主筋の尾張守護代の清洲《きよす》織田家、その主君の尾張守護・斯波《しば》氏を凌《しの》ぐ勢力を築いた織田信秀と、尾張の土豪・土田政久の娘で正室の久子（土田御前）の間に生まれた。久子は信長を妊娠中からつわりに苦しみ、難産で命の危険も感じた。そのため生まれた時から我が子に愛情が持てなかったとされている。武家の習慣として、すぐに信長は乳母に引き取られ、離れ離れに暮らしたことが母子の間の亀裂を深めていた。その一方、翌年に生んだ弟・信行の時は驚くほど安産で、初めて我が子に愛情を感じた久子は、肌身離さず手元に置いて育てることになる。

母から、汚い物を見るような目で見られ、「おぞましい」「産まねばよかった」などの呪いの言葉をかけられ、父は外交と合戦に忙しく家にいない状況で、信長は両親に「棄《す》てられた」と考えるようになる。『信長公記』は、「十六、七、八」の信長が「明衣の袖をはづし、半袴《はんばかま》」などの異装で取り巻きを連れて出歩き、「人目をも御憚《はばか》りなく、くり、柿は申すに及ばず、瓜をかぶりくひ」にするので、「大うつ気」と呼ばれたとする。著者は、家族に心を許せず、家庭が安住の場所ではなかった信長は、必然的に外に出歩くようになったとしており、この説にも説得力を感じるだろう。

「大うつ気」時代の信長は、腰に「ひうち袋、色々余多《あまた》」を付けていたのは有名だが、著者はその理由にも面白い解釈をしているので、実際に読んで確認して欲しい。

いつも遊び歩いているように見える信長だが、信秀は常に合理的かつ理性的に物事を判断する嫡男《ちやくなん》が、卓越した将器を秘めていると感じていて、信行を後継者にして欲しいと考えている久子の反対を押し切り、信長に家督を譲ることを決める。両親に「棄てられた」という諦念が〝情〟を失わせ、〝力〟を手に入れないと寝首をかかれると考えるようになった信長は、唯一信頼していた信秀が、権謀術数をめぐらせてのし上がったとの世評とは裏腹に、下克上をする勇気がなかったり、肉親の〝情〟に流され判断を誤ったりするのが歯痒《はがゆ》くて仕方ない。この信秀の弱さに触れたことで、信長は〝情〟に左右されず、〝力〟だけを信じる傾向に拍車をかけていくのである。

そして信秀が死ぬと、どうにか保たれていた織田家のバランスが崩壊、家督を継いだ信長と、その追い落としをはかる久子・信行の凄《すさ》まじい権力闘争が開始される。

　フィクションの世界では、母親の命令に従う軟弱な男として描かれることも多い信行だが、本書では、信長と同様に、信秀の陰謀家としての資質を受け継ぐ策士とされているので、今まで見たことのないスタイリッシュな信行を目にすることになるだろう。そして乱世をしたたかに渡ってきた久子も、一筋縄ではいかない癖者なのだ。

　信長と久子・信行の暗闘が本格化する中盤以降は、狐と狸が化かしあうコンゲーム色が強くなる。また物語が進むと、信長は生駒《いこま》家の娘・吉乃と親密になっていくが、どうも吉乃は信長に誰かを殺して欲しいらしい。信長が目的の人物を捜す〝犯人当て〟の要素も加わるだけに、最後までスリリングな展開が楽しめるのである。

　若き日の信長の周囲では、不可解な事件が相次いでいる。信長の傅役《もりやく》・平手政秀《ひらてまさひで》は切腹しているが、その理由は、奇行が改まらない信長を自身の命を使って諫《いさ》めた、長男の五郎右衛門《ごろうえもん》が愛馬を信長に献上することを拒んだことで関係が悪化したためなど諸説ある。また信長は斎藤道三《さいとうどうさん》の娘・帰蝶と結婚するが、義父の道三は嫡男の義龍《よしたつ》に攻められ敗死している。義龍は、自分の父は道三ではなく、道三に追放された土岐頼芸《ときよりのり》であるとして道三を討ったともされるが、この理由には納得し難い。著者は、これらの事件は、信長と久子・信行が謀略戦を繰り広げた結果によって引き起こされたとして歴史を読み替えていくので、驚きも大きいのではないか。

幼い頃から母親に（どちらかといえば精神的な）虐待を受けてきた信長は、母への憎しみを、自分の周囲にいる人たち、取り巻く社会への不信に発展させる。その原因を作った久子のエキセントリックさは（現代的にいえば〝毒親〟か）、目を背けたくなるほどだが、次第に、少しでも弱みを見せればすべてを奪われる弱肉強食の世を生きる緊張感が、久子を歪《ゆが》めたことも分かってくる。

本書は、久子を悪役にする単純な物語ではなく、貧困や夫への不信が久子という〝怪物〟を生み出し、その久子に精神的に追い詰められた信長がさらなる〝怪物〟へと成長する負のメカニズムを明らかにしているのだ。そして、久子や信長のような〝怪物〟を生み出す病理は現代の方が悪化しているので、著者は普遍的な問題提起をしたといえる。その意味で本書は、〝怪物〟を作らないために、社会は、家族は何ができるのかを突きつけているのである。

さらにいえば、信長は家族の〝情〟を切り捨てて自由になったが、それは喜びや悲しみを誰とも共有できない孤独な道を進むことを意味していた。確かに家族といると、温かく安らぐが、干渉されたり時間を奪われたりして煩わしく思えることもある。心の中で家族関係に決着をつけた信長が、最後にたどり着いた境地は、人は家族といるのと、離れたのではどちらが幸福になるのかを問い掛けており、考えさせられる。

集英社文庫

信長《のぶなが》　暁《あかつき》の魔王《まおう》

2017年10月25日　第1刷　　定価はカバーに表示してあります。

著　者　天野純希《あまのすみき》

発行者　村田登志江

発行所　株式会社　集英社
東京都千代田区一ツ橋2-5-10　〒101-8050
電話　【編集部】03-3230-6095
【読者係】03-3230-6080
【販売部】03-3230-6393(書店専用)

印　刷　大日本印刷株式会社

製　本　ナショナル製本協同組合

フォーマットデザイン　アリヤマデザインストア　　マークデザイン　居山浩二

ISBN978-4-08-745646-2 C0193

浅田次郎 つばさよつばさ
浅田次郎 アイム・ファイン！
浅田次郎 ライムライト 天切り松 闇がたり 第五巻
浅田次郎 世の中それほど不公平じゃない 最初で最後の人生相談
阿佐田哲也 無芸大食大睡眠
芦原伸 へるん先生の汽車旅行 小泉八雲と不思議の国・日本
飛鳥井千砂 はるがいったら
飛鳥井千砂 サムシングブルー
飛鳥井千砂 海を見に行こう
安達千夏 あなたがほしい je te veux
阿刀田高 私のギリシャ神話
阿刀田高 遠い迷宮 阿刀田高傑作短編集
阿刀田高 黒い回廊 阿刀田高傑作短編集
阿刀田高 白い魔術師 阿刀田高傑作短編集
阿刀田高 青い罠 阿刀田高傑作短編集
阿刀田高 甘い闇 阿刀田高傑作短編集
阿刀田高 影まつり
穴澤賢 またね、富士丸。
我孫子武丸 たけまる文庫 謎の巻
安部龍太郎 海神《わだつみ》
安部龍太郎 生きて候(上)(下)
安部龍太郎 恋七夜
安部龍太郎 関ヶ原連判状(上)(下)
安部龍太郎 天馬、翔ける 源義経(上)(中)(下)
安部龍太郎 風の如く水の如く
甘糟りり子 思春期ブス
天野純希 桃山ビート・トライブ
天野純希 青嵐の譜(上)(下)
天野純希 南海の翼 長宗我部元親正伝
天野純希 信長 暁の魔王
綾辻行人 眼球綺譚
新井素子 チグリスとユーフラテス(上)(下)
新井友香 祝女
嵐山光三郎 日本詣で ニッポンもうで
嵐山光三郎 よろしく
荒俣宏 日本妖怪巡礼団
荒俣宏 風水先生
荒俣宏 怪奇の国ニッポン
荒俣宏 レックス・ムンディ
荒山徹 鳳凰の黙示録
有川真由美 働く女《ひと》！ 38歳までにしておくべきこと
有島武郎 生れ出づる悩み
有吉佐和子 仮縫
有吉佐和子 連《つれ》舞《まい》
有吉佐和子 乱《みだれ》舞《まい》
有吉佐和子 処女連《れん》禱《とう》
有吉佐和子 更紗夫人
有吉佐和子 仮縫

本書は、二〇一三年十一月、集英社より書き下ろし単行本として刊行されました。

地図・略系図作成／今井秀之

著者は本書に続き、愚将とされてきた斎藤道三の孫・龍興を、信長の前に立ちはだかった武将として再評価した『蝮《まむし》の孫』、徳川家康の父・松平広忠を主人公にした「楽土の曙光」、息子の信長を恐れる信秀の心情に迫った「黎明《れいめい》の覇王」、少年時代の豊臣秀吉と父・木下弥右衛門《きのしたやえもん》との関係に着目した「燕雀《えんじやく》の夢」など、本書ともリンクする作品がある短編集『燕雀の夢』、師の太原雪斎《たいげんせっさい》が死に、その志を受け継ぐために京を目指す今川義元を描いた「義元の呪縛」、没落した名家に生まれた六角承禎《ろっかくじょうてい》の人生が印象深い「承禎の妄執」、故郷を蹂躙《じゅうりん》した信長の命を狙いながら、故郷を救う道があったのではないかと考える伊賀忍者の百地丹波《ももちたんば》の後悔に迫る「丹波の悔恨」など、信長に人生を狂わされた七人を主人公にした連作集『信長嫌い』など、信長関連の秀作を発表している。信長への関心を深めている著者が、本書の続編を書くことを期待したい。

（すえくに・よしみ　文芸評論家）